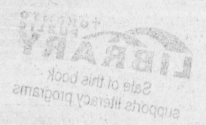

PSYCHO KILLER

Anonyme a beau vouloir rester anonyme, il n'en reste pas moins une star parmi les grands noms du thriller. Après sa cultissime tétralogie du *Livre sans nom* mettant en scène Bourdon Kid, Anonyme récidive avec *Psycho Killer*. Vous laisserez-vous tenter ?

ANONYME

Psycho Killer

TRADUIT DE L'ANGLAIS PAR CINDY KAPEN

ÉDITIONS SONATINE

Titre original :

THE RED MOHAWK

« *Je suis chaque jour le héros de mon propre film.*
Certains jours, sans le savoir,
j'apparais dans les films des autres.
Et j'y joue presque toujours
le rôle du méchant. »

ANONYME

Prologue

Randall Buckwater n'avait pas prononcé un seul juron depuis le jour de son mariage, trente ans plus tôt, lorsqu'il avait promis à sa femme d'arrêter les grossièretés. Mais lorsqu'il fit demi-tour et enfonça l'accélérateur pour quitter la scène aussi vite que possible, il faillit bien en lâcher quelques-uns. À défaut, il opta pour la meilleure alternative qui lui vint à l'esprit. Il hurla les paroles de «On the wings of love» de Jeffrey Osborne. Ce n'était pas la réaction la plus logique à la situation et il n'admettrait jamais l'avoir fait quand on l'interrogerait au sujet de l'incident, mais il était en état de choc. Et de panique. Cela ne faisait aucun doute pour lui, la scène terrifiante dont il venait d'être témoin resterait gravée dans son esprit jusqu'à la fin de ses jours. Et «On the wings of love» ne sonnerait plus jamais de la même façon.

La nuit s'annonçait pourtant si calme, si ordinaire.

1

Randall et son nouveau coéquipier, Pete, étaient postés sur le pont depuis quatre heures lorsqu'ils apprirent la triste nouvelle. Marjorie Buckingham venait de mourir. Cela faisait des mois que l'adorable vieille dame était malade et une vilaine pneumonie avait fini par l'emporter. Le commissaire O'Grady leur avait transmis la nouvelle par radio peu après deux heures du matin.

« Nous y voilà, dit Randall à son jeune acolyte, ta première mise à jour du panneau.

— Merveilleux… » répondit Pete avec sarcasme.

La voiture de patrouille était garée à droite du pont, juste à la frontière du comté. Face à la route, les deux hommes attendaient les automobilistes susceptibles de vouloir traverser le pont. Le panneau dont Randall parlait était celui qui affichait le nombre d'habitants et qui se dressait fièrement à l'entrée de la ville. On pouvait alors y lire :

B Movie Hell : Population 3 672

« T'as juste à retourner le 2, dit Randall, y a un 1 de l'autre côté.

— J'en ai rien à foutre de ce qu'il y a de l'autre côté, j'ai pas envie d'y aller maintenant.

— Pourquoi donc ?

— Y a un putain de rongeur géant dans les parages, répondit Pete d'un ton plaintif.

— Non, il n'y a aucun rongeur géant dans les parages. Allez, c'est un moment important. Ta première mise à jour. Tu devrais être fier. Je l'étais, moi, la première fois.

— Y avait combien d'habitants à l'époque ? demanda Pete.

— Deux mille quarante-quatre. Enfin, à l'époque ça s'appelait Sherwood County, un nom beaucoup plus approprié pour une ville.

— B Movie Hell, c'est quand même carrément plus cool, non ?

— Je trouve pas, non.

— C'est parce que vous êtes un vieux con. »

Randall observa le gamin assis sur le siège passager. Rien ne semblait pouvoir l'intéresser. C'était un gentil garçon, Pete. Il avait un cœur en or, mais de la merde à la place du cerveau. À dix-neuf ans, il avait la maturité intellectuelle d'un gosse de dix ans.

Randall se demandait parfois s'il n'était pas un peu comme lui à son âge. Et puis il se rendait vite compte que c'était impossible. À dix-neuf ans, Randall avait déjà épousé son amour d'enfance et il était sur le point de devenir père pour la première fois. Pour le bien de tous, il valait mieux que Pete ne se reproduise pas avant au moins cinq bonnes années.

« J'vous assure, y a quelque chose là-bas, dit Pete, en louchant à travers le pare-brise.

— C'est juste un bâton, ça bouge pas.

— À mon avis, c'est plutôt un écureuil, un énorme écureuil, putain. C'est carnivore, un écureuil?

— Ça ne mange que des glands.

— Ouais, ben hors de question que je sorte de la voiture, dit Pete.

— Je te dis que c'est un bâton», affirma Randall.

Contrairement à son coéquipier, il n'avait pas besoin de regarder de plus près. Il préférait observer avec fascination son jeune apprenti. Cet idiot pensait vraiment avoir vu un écureuil dans les bois. Il n'y avait pas d'écureuils à B Movie Hell. Il n'y en avait jamais eu.

Le bois que Pete scrutait du regard se trouvait de l'autre côté de la frontière du comté, à trente mètres de B Movie Hell, dans le comté de Lewisville. Mais ça ne changeait rien, Randall savait très bien qu'aucun écureuil ne s'y cachait.

Ce débat pour savoir si ce qu'ils voyaient au loin était un écureuil ou un bâton donnait une idée de l'activité trépidante qui avait animé cette nuit incroyablement longue. Mais depuis le temps, Randall savait que, dans un patelin comme le sien, le boulot d'un flic n'avait rien à voir avec ce qu'il voyait à la télévision ou dans les livres. Le moment le plus palpitant de sa journée, c'était lorsqu'il négociait les «dons» pour sa cagnotte de retraite avec des automobilistes malchanceux contrôlés pour un feu arrière cassé ou un pneu un peu trop lisse.

«J'vous assure que c'est un écureuil, insista Pete, vous voyez pas cette queue crépue? C'est un écureuil, j'vous dis.»

Randall hocha la tête en regardant d'un air perplexe l'idiot qui lui servait de collègue. La conversation, ce n'était pas son fort à Pete. Et son allure ne l'aidait pas vraiment à compenser cette faiblesse. Il avait cette coupe de cheveux ridicule qu'arboraient les jeunes de son âge, une sorte de nid d'oiseau qu'on s'attendrait à voir orné d'une paire de bois. Ses cheveux cachaient la moitié de son visage et n'amélioraient certainement pas l'état de sa peau, grasse et boutonneuse. Pour ne rien arranger, Pete semblait être incapable de fermer la bouche. Sa mâchoire toujours légèrement tombante donnait l'impression qu'il était sur le point de dire quelque chose, mais avec ses yeux constamment plissés (le gamin avait vraiment besoin de lunettes), cela ne faisait que renforcer son air benêt.

« Merde, je crois qu'il est parti, lança Pete en plissant les yeux un peu plus, le visage presque collé au pare-brise.

— Y a jamais rien eu. Tu veux bien aller changer le nombre d'habitants sur le panneau maintenant ? »

Pete haussa les épaules. « Pas maintenant, répondit-il en se tripotant l'entrejambe. L'écureuil pourrait bien revenir d'un moment à l'autre. Avec des renforts. »

Randall tourna la tête et regarda par la vitre côté conducteur. Il avait laissé une de ses mains sur le volant, pourtant ils étaient garés. Il n'avait pas la moindre idée de ce qui le poussait à le faire, mais il laissait toujours une main sur le volant, que le moteur soit allumé ou non.

« D'accord, imaginons qu'il y ait un écureuil dans les parages, dit-il, ça peut pas être plus dangereux qu'une bagarre d'ivrognes en ville.

— Avec les ivrognes, au moins, on se fait un peu moins chier, répondit Pete d'un ton plaintif.

— Vois un peu plus loin que le bout de ton nez, y a pas mal d'argent à se faire sur ce pont.

— Comment ça ? demanda Pete après un moment de silence.

— Si tu te montres peu conciliant, comme moi, les gens te donneront quelques dollars pour les laisser passer plus vite.

— Des pots-de-vin, vous voulez dire ? »

Randall se tourna vers Pete. « Des dons, je vois plus ça comme des dons pour ma cagnotte de retraite.

— Vous partez quand à la retraite ? demanda Pete.

— Dans cinq ans. Je pars à cinquante-cinq ans. Trente-six ans dans la police, c'est bien assez, je trouve. »

Pete fronça les sourcils. Il était visiblement en train d'essayer de faire le calcul.

Randall hocha la tête et regarda de nouveau par la vitre. Il n'y avait pas grand-chose à voir. Un réverbère solitaire éclairait l'extrémité du pont menant à B Movie Hell.

Quand ils étaient en patrouille de nuit, ils avaient de la chance s'ils voyaient passer une voiture par semaine. C'est ce qui rendait fous les policiers. L'ennui, l'attente, et l'absurdité de la situation. Avec le temps, Randall s'y était habitué. Les seuls moments difficiles, c'était lorsqu'on lui refilait un nouveau coéquipier comme Pete. Les conversations futiles étaient parfois plus abrutissantes que le silence.

« Vous leur faites payer combien, aux gens, pour passer ? demanda Pete.

— Autant qu'ils ont l'air de pouvoir se permettre.

— Vous vous êtes fait combien au max ?

— Cinquante dollars.

— Merde, sérieux ?» Pete semblait impressionné. «J'vous parie que je peux m'en faire cent.»

Randall se tourna de nouveau vers lui et le surprit en train de se gratter le pubis pour la centième fois de la soirée.

«Qu'est-ce que t'en ferais de cet argent ? demanda Randall. Tu achèterais de la crème pour soulager tes démangeaisons ?

— Quelles démangeaisons ?

— T'as passé la nuit à te tripoter. Tu commences à m'inquiéter.»

Pete grimaça et arrêta de se gratter pendant quelques minutes.

«J'ai p'têt bien attrapé un truc au Minou Joyeux la semaine dernière.»

Randall leva un sourcil perplexe. «Tu vas chez Mellencamp ?

— Pas souvent, juste une fois de temps en temps.

— Tu te protèges au moins ?

— De quoi ?

— Tu sais très bien ce que je veux dire.»

Il fallut en réalité plusieurs secondes à Pete pour comprendre ce que Randall voulait dire. «Ah, oui, enfin pas tout le temps. Mais cette gonzesse la semaine dernière, elle avait des plaques rouges sur le visage. Ça doit être elle qui m'a refilé un truc.»

Randall secoua la tête. «Merde, Pete. Tu peux même pas choisir la fille ?»

Les joues de Pete s'empourprèrent légèrement. «Bah si, mais je l'avais jamais choisie avant, j'me suis dit que ce serait pas très poli…

— Je croyais que tu n'y allais pas souvent?

— Non, mais je crois bien que j'ai essayé chaque fille au moins une fois.

— Y a combien de filles?

— Une trentaine. Ça fait longtemps qu'ils ont pas embauché de nouvelle. Ils devraient ramener un peu de chair fraîche.

— Faudrait pas que Mellencamp t'entende.

— Il est pas si méchant que ça, vous savez. Il est toujours super sympa quand je le vois.

— Bien sûr qu'il l'est, répondit Randall, moqueur. T'es un de ses clients. Ça veut dire que tu as une dette envers lui.

— Je lui dois rien. Je paie avant. C'est une des règles.

— D'accord. Mais qu'est-ce qui se passera quand tu l'arrêteras pour un feu arrière cassé, hein?

— Il a un feu arrière cassé?

— Non. Mais si ça arrive un jour, tu pourras rien faire.

— Pourquoi?

— Parce qu'il raconterait à toute la ville que tu aimes te faire titiller les couilles avec un plumeau à poussière.»

Pete eut l'air surpris. «Comment vous savez?

— J'en sais rien. Je ne faisais que spéculer.» Il regarda son jeune coéquipier de plus près. «Tu aimes te faire titiller les couilles avec un plumeau à poussière?

— Nan.

— Enfin, bref…» Randall voulait éviter de s'attarder sur une vision de son collègue dans une situation compromettante avec un ustensile de ménage. «Ce que je veux dire, c'est que ce genre de truc, ça peut revenir te hanter. Si Mellencamp a de quoi te faire chanter, un jour il viendra te demander une faveur qui ne te plaira pas, et tu te sentiras obligé de dire oui tout en sachant que tu ne devrais pas.»

Pete éclata de rire avant de recommencer à se gratter les parties intimes. «Ouais, pigé.» Soudain, il se redressa comme si on venait de lui taper dans le ventre avec un tisonnier brûlant.

«Faut que j'aille pisser, déclara-t-il.

— Et l'écureuil?

— Quel écureuil?»

Randall poussa un profond soupir et tendit la main vers la radio. Il l'alluma et reconnut immédiatement la chanson qui passait. Il monta le son. C'était «The greatest love of all» de Sexual Chocolate. «Tu veux bien changer le nombre d'habitants avant d'y aller? demanda-t-il.

— Je le ferai en revenant. Je vais exploser.

— OK, mais dépêche-toi avant qu'on ait un autre mort.»

Pete ouvrit sa portière, mais avant de descendre il se tourna vers Randall. «À mon retour, vous pensez qu'on pourra écouter autre chose qu'EMM pour une fois?

— C'est quoi le problème avec EMM?

— Eighties Movie Music? Je vais pas supporter cette merde ringarde beaucoup plus longtemps.

— Mais c'est la station locale. Faut bien soutenir les locaux.

— Vous avez pas envie d'écouter quelque chose de différent, pour changer ?

— Comme quoi ?

— Pourquoi pas un peu de rap ?

— C'est quoi, ça, le rap ? » Randall savait parfaitement ce qu'était le rap, mais il aimait bien faire semblant de ne pas connaître ce genre de choses, juste pour voir à quel point ça énerverait Pete.

« Bon sang, Randall. À mon retour, je vous ferai découvrir du bon rap de gangster. »

Randall monta encore un peu le son de la radio et regarda son jeune acolyte traverser l'étendue d'herbe qui conduisait à une forêt sombre à quelques mètres de là. Bientôt, Pete disparut derrière de grands arbres. Il était évident qu'il n'allait pas simplement pisser. Il avait probablement besoin de se gratter ou d'inspecter la cochonnerie qu'il semblait avoir attrapée au Minou Joyeux. Randall frissonna en y pensant. Il essaya de se rappeler s'il avait eu un quelconque contact physique avec Pete au cours de la nuit. Lorsqu'il fut rassuré, il se fit plaisir en chantant par-dessus « The greatest love of all » et une autre chanson moins mémorable de Wyld Stallyns. Quand cette dernière se termina et laissa place aux publicités, cinq bonnes minutes s'étaient écoulées et toujours aucun signe de Pete. Randall décida alors de le surprendre en trouvant une station qui passait du rap. Il en parcourut plusieurs avant d'y parvenir, mais il ne put en supporter que dix secondes avant de changer à nouveau de station. C'est à ce moment-là qu'il tomba sur Jeffrey Osborne chantant «On the wings of love».

Il n'avait pas entendu cette chanson depuis plusieurs années mais il se souvint instantanément du plaisir qu'il ressentait lorsqu'il la chantait à pleins poumons, dans sa jeunesse. Convaincu que personne d'autre que Pete ne pourrait l'entendre, il baissa les deux vitres de la voiture, monta le son au maximum et se mit à chanter à tue-tête, en duo avec Jeffrey Osborne pendant le refrain.

Même s'il chantait en y mettant tout son cœur, Randall ne pouvait s'empêcher de garder un œil fixé sur les bois plongés dans l'obscurité. Il s'attendait à voir Pete en sortir à tout moment, curieux de connaître la raison de ce raffut.

Mais le jeune policier ne revenait pas. La forêt était calme comme la mort.

Lorsque la chanson arriva à son couplet final, il décida de faire des appels de phare dans l'espoir d'attirer l'attention de Pete. Après seulement quelques secondes, il vit enfin quelque chose bouger. Une silhouette massive, aux épaules larges, sortit des bois et se dirigea vers la lumière aveuglante qui émanait des phares de la voiture.

Mais ce n'était pas Pete.

C'était un homme beaucoup plus imposant. Pendant qu'il marchait au centre du faisceau lumineux, Randall put l'observer attentivement. Il cessa immédiatement de chanter «On the wings of love». Son visage se figea au beau milieu du couplet quand il vit ce qu'il avait devant les yeux.

L'homme qui sortait des bois s'arrêta au centre de la lumière, comme pour offrir une meilleure vue sur sa personne à Randall. Il portait un jean noir et une veste en cuir verni rouge par-dessus un débardeur noir. Son visage était terriblement pâle, c'est en tout cas ce qu'il sembla à Randall avant que son cerveau n'analyse ce qu'il voyait. C'est à ce moment-là qu'il comprit qu'il ne regardait pas un visage fait de peau et d'os. Il regardait un masque en caoutchouc. Un masque jaune et sale censé imiter un crâne humain. Il affichait un sourire maléfique et plusieurs de ses dents étaient noircies. Au-dessus du masque se dressait une bande de cheveux rouges qui commençait sur le haut du front, comme la crête d'un Mohican ou d'un Iroquois. Et à travers deux trous dans le masque, une paire de grands yeux noirs fixait Randall.

Deux autres éléments attirèrent l'attention de Randall avant qu'il ne démarre le moteur et ne fasse demi-tour à toute vitesse.

L'homme au masque jaune tenait une longue lame argentée et tranchante dans sa main gauche. Une lame couverte de sang, qui gouttait sur le sol.

Dans son autre main il tenait une tête humaine par une poignée d'épais cheveux bruns. Les yeux de Randall s'écarquillèrent tandis que l'image se gravait à jamais dans son esprit.

C'était la tête de Pete.

2

« On laisse pas Bébé dans un coin. »

Bébé avait entendu Patrick Swayze prononcer ces mots un millier de fois. Et ils lui donnaient toujours autant la chair de poule. Ces mots représentaient tellement plus pour elle qu'une simple réplique de *Dirty Dancing*. En son for intérieur, elle était convaincue qu'un jour un type comme Johnny Castle, un homme, un vrai, lui ferait tourner la tête, lui montrerait combien elle compte pour lui, et l'emmènerait loin du Minou Joyeux. Elle rêvait qu'il l'enlève et l'entraîne dans un endroit meilleur, plus agréable. Un lieu comme la station touristique du film lui conviendrait parfaitement.

Elle avait choisi le surnom de Bébé peu après son arrivée chez Mellencamp. C'était un surnom plutôt approprié puisqu'elle avait pendant longtemps été la plus jeune des résidentes. Elle avait dix-neuf ans aujourd'hui et elle avait dû céder son titre de benjamine à son amie Chardonnay qui n'en avait que dix-sept. Mais le surnom était resté, d'autant que la plupart des gens ne connaissaient pas son vrai nom. Depuis qu'elle portait ce surnom, regarder *Dirty Dancing* était un moment spécial pour elle. Elle faisait tout pour essayer de ressembler à Jennifer Grey, l'actrice du film. Elle avait la même silhouette et ne quittait jamais son jean blanc. La principale différence entre les deux jeunes femmes était que Jennifer Grey n'avait pas une tache de naissance bleue sur la joue gauche. Bébé en avait une, et on la voyait de loin. Elle se rappelait ce jour où, âgée d'une dizaine d'années, elle avait gâché deux savons et une demi-journée à essayer de la faire partir. Mais on ne se débarrasse pas si facilement d'une tache de naissance et, avec les années, elle avait fini par s'y habituer. Clarisse, la tenancière du Minou Joyeux, en parlait comme d'un grain de beauté. Et Bébé avait fini par faire de même. Enfin, avec ou sans sa tache de naissance, elle soupçonnait la plupart des autres filles d'être jalouses d'elle. Tout le monde voulait être Bébé, celle de *Dirty Dancing* bien sûr, pas celle qui était actuellement en train de regarder le DVD. Seule dans sa chambre.

Quelqu'un frappa à la porte. Bébé mit le DVD sur pause pour ne pas que la scène de danse finale soit gâchée par une visite impromptue, ni rater une seconde de «Time of my life» chantée par Bill Medley et Jennifer Warnes. Elle roula sur son lit et se dirigea vers la porte. Avant même qu'elle ne l'ait atteinte, la poignée se baissa et la porte s'ouvrit. Chardonnay passa la tête dans l'entrebâillement.

«Salut, Bébé. Qu'est-ce que tu fais?

— Rien, je regardais un film.»

Chardonnay avait ses longs cheveux bruns relevés en chignon sur le dessus de sa tête. Elle était naturellement très belle et avait une magnifique peau couleur olive. Elle entra et ferma doucement la porte derrière elle.

«T'as regardé les infos? demanda-t-elle.

— Non. Pourquoi?»

Chardonnay était une des rares à aimer son boulot au Minou Joyeux. Contrairement à Bébé, elle n'aspirait en aucun cas à en partir un jour. Elle adorait ce travail autant que vivre à B Movie Hell. Elle attrapa la télécommande sur le lit de Bébé et la pointa vers le téléviseur. Elle était sur le point d'appuyer sur une touche quand elle remarqua Patrick Swayze sur l'écran.

«T'es encore en train de regarder *Dirty Dancing*?

— Y avait rien d'autre à la télé», mentit Bébé.

Chardonnay lui sourit, sauta sur le matelas et s'assit contre la tête de lit. D'un bond, Bébé la rejoignit et se blottit contre elle. Elles étaient toutes les deux en pyjama. Bébé compara le sien, en flanelle et à l'effigie de Titi, à celui en soie de Chardonnay, aux motifs léopard. Chardonnay était tellement plus adulte qu'elle, tellement plus sophistiquée.

«Tu devrais essayer de regarder *Coyote Girls* un jour. C'est vraiment génial, dit Chardonnay.

— Ça peut pas être aussi bien que *Dirty Dancing*, personne n'arrive à la cheville de Johnny.»

Chardonnay secoua la tête et répondit avec un grand sourire.

«Mais Patrick Swayze est mort. Adam Garcia de *Coyote Girls* est bien vivant, lui. Et il est toujours aussi sexy.

— Eh bien, je te le laisse. Moi, je garde Johnny.

— OK, dit Chardonnay en appuyant sur les touches de la télécommande. Mais si Adam Garcia débarque ici un jour, je m'en souviendrai.»

Bébé était un peu agacée par Chardonnay, qui n'arrêtait pas de zapper. Le DVD de *Dirty Dancing* était sur pause, elle ne raterait donc rien, mais quand bien même, elle n'avait pas donné la permission à sa collègue de zapper.

«Qu'est-ce que tu cherches? demanda-t-elle.

— Les infos. Ah voilà, regarde!»

Bébé regarda l'écran. Elle n'avait pu s'offrir qu'un petit téléviseur portable mais, même sur l'écran minuscule, elle reconnut le visage affiché derrière le présentateur.

«C'est Pete Neville?

— Ouais, répondit Chardonnay, il a été assassiné.»

Bébé mit la main devant sa bouche.

«Mon Dieu, qu'est-ce qui s'est passé? C'était un type bien, Pete.

— Ils ne disent pas grand-chose pour le moment, mais Sophie a entendu dire qu'un psychopathe avec un masque lui avait coupé la tête.

— Quoi?

— Je t'assure. Ils parlent pas encore de la décapitation aux infos mais ils ont dit que l'assassin portait un masque.

— Ils l'ont attrapé?

— Non, dit Chardonnay en feignant une expression de terreur. Mais imagine s'il vient ici. Qui sait qui sera le prochain à avoir la tête coupée?

— Plaisante pas avec ce genre de choses! s'indigna Bébé en la bousculant gentiment.

— C'est quand même excitant, non? Je crois pas qu'on n'ait déjà eu un serial killer à B Movie Hell.

— Et j'aurais préféré que ça reste comme ça. J'arriverai jamais à dormir après ce que tu m'as dit.

— Docteur Bob a eu une bonne idée.

— Comment ça?

— Il a quitté la ville ce matin. Il est en vacances aux îles Fidji pour deux semaines.

— Sérieux? Qui c'est qui donne les médocs maintenant?

— Clarisse, j'imagine.»

Bébé était ravie d'apprendre que le docteur Bob était parti, mais elle n'en montra rien à Chardonnay.

«C'est flippant, non? Y a un serial killer en liberté et notre médecin est parti aux Fidji.

— C'est pas comme si ça allait changer grand-chose, répondit Chardonnay en rigolant. Si on te coupe la tête, le docteur Bob ne pourra pas la recoudre.

— Arrête, c'est horrible! Tu devrais pas plaisanter avec ça.

— Personne n'écoute.

— Peut-être, mais plaisanter avec ça, c'est provoquer le destin.»

Chardonnay éclata de rire.

«C'est trop facile de te faire peur. Tu veux que je reste avec toi ce soir?»

Quelque chose dans la façon dont Chardonnay avait prononcé ces mots laissait penser qu'elle voulait rester avec Bébé. À vrai dire, le fait qu'elle était déjà en pyjama et tirait la couette vers elle suggérait même une forte envie de rester. Ça ne dérangeait pas Bébé. Elle comprenait que personne n'ait envie de rester seul en sachant qu'un tueur masqué sévissait dans la ville. En réalité, plus Bébé y pensait, plus elle était soulagée d'avoir de la compagnie.

« D'accord, dit-elle, mais il va falloir que tu regardes la fin de *Dirty Dancing* avec moi.

— Pas de problème, mais après on regarde *Coyote Girls*. Il faut absolument que tu voies ce film.

— Ça parle de quoi?

— Ça va te plaire. Ça parle d'une fille qui s'enfuie de chez elle pour commencer une nouvelle vie à New York. Elle trouve un boulot dans un bar et tombe amoureuse d'un type vraiment craquant.

— J'adorerais aller à New York.

— Ben ce soir, Bébé, on y va avec Adam Garcia », dit Chardonnay en bondissant hors du lit pour aller chercher son DVD de *Coyote Girls*. En ouvrant la porte, elle ajouta :

« Sauf si le tueur masqué nous attrape avant! »

Bébé sourit poliment. Cette histoire de tueur masqué ne l'inquiétait pas plus que ça. Ce qui l'intéressait, en revanche, c'était que le docteur Bob, le médecin résident du Minou Joyeux, avait quitté la ville.

3

Le téléphone semblait sonner depuis des heures et sa sonnerie s'était lentement insinuée dans le rêve de Jack Munson. La première chose qu'il vit en ouvrant les yeux fut la bouteille de rhum vide sur sa table de nuit. Son téléphone portable se trouvait à côté et sa vieille sonnerie ringarde faisait un vacarme terrible. Il tendit la main pour l'attraper, souleva sa tête de l'oreiller et sentit immédiatement les effets de l'alcool ingurgité la veille.

« Ouais ? marmonna-t-il en clignant des yeux pour essayer de sortir de sa torpeur.

— Salut, Jack. Je t'en prie, dis-moi que tu n'as pas la gueule de bois.

— J'ai pas la gueule de bois.

— Bien, parce qu'il faut que tu viennes au bureau. J'ai quelque chose pour toi. C'est important. »

Jack se frotta les yeux et tenta d'estimer la quantité de sommeil supplémentaire qu'il pouvait négocier.

« D'accord, donne-moi deux heures. »

La voix à l'autre bout du fil hésita quelques secondes avant de répondre sur un ton qui trahissait un sentiment d'urgence.

« Jack, j'ai besoin de toi tout de suite.

— D'accord, donne-moi juste une heure.

— Je te donne trente minutes. Rappelle-moi à ce numéro quand tu arrives. »

L'homme raccrocha et Jack reposa sa tête sur l'oreiller.

« Merde », grommela-t-il dans sa barbe.

Il ferma les yeux et tenta de gagner trente secondes de sommeil supplémentaires, tout en sachant que même s'il y parvenait, ce n'était pas vraiment une bonne idée. La voix à l'autre bout du fil était celle de son ancien chef, Devon Pincent. Ça faisait plus d'un an qu'ils ne s'étaient pas parlé, et Munson n'avait pas travaillé depuis près de trois ans. Si Pincent avait un boulot pour lui aujourd'hui, ça voulait dire qu'il s'agissait de quelque chose d'extrêmement important.

Quelque chose de sérieux.

Il se redressa d'un coup et fut pris d'un léger vertige, jusqu'à ce que ses anciennes habitudes reprennent le dessus. Il roula hors du lit et tituba jusqu'à la salle de bains. Il fallait au moins qu'il prenne une douche et se brosse les dents. Ce qui lui laissait vingt-cinq minutes pour s'habiller, sauter dans la voiture et foncer au QG pour voir Pincent.

Il ouvrit le robinet d'eau chaude jusqu'à une température à la limite du supportable et se savonna bien fort pour essayer de se réveiller. Une technique qui s'avéra efficace puisqu'il sortit peu à peu de sa torpeur. Il n'avait pas eu à faire ça depuis bien longtemps. Ces derniers temps, lorsqu'il se réveillait avec la gueule de bois, il faisait tout au ralenti, sans se presser. Mais ses années d'entraînement dans les forces spéciales lui revinrent rapidement en mémoire. Lorsqu'il fallait qu'il soit vif et alerte, son corps et son esprit savaient se montrer incroyablement performants, même dans les situations les plus extrêmes. Et une gueule de bois ne pouvait pas vraiment être considérée comme une situation extrême. Son esprit commença à se concentrer sur toutes les choses qu'il allait devoir emporter avec lui. Son arme, son passeport, ses faux papiers d'identité, et son laissez-passer pour entrer dans le bâtiment, s'il n'avait pas été révoqué. On lui avait assuré que ce ne serait pas fait sans qu'il en soit informé au préalable.

Tout en se brossant les dents, il se mit à réfléchir aux raisons pour lesquelles Pincent pouvait faire appel à lui. Trois ans plus tôt, l'unité lui avait fait savoir qu'elle n'avait plus besoin de ses services. C'était un dinosaure, d'après eux, qui vivait dans le passé. Ses méthodes n'étaient plus appropriées. Et il y avait la boisson. C'était devenu un problème. Avec les années, il avait été de plus en plus difficile pour lui de faire face à toutes les choses qu'il avait vues et faites dans sa jeunesse. Toutes les choses qu'il avait faites pour son pays et pour le bien de tous. Une chose en particulier l'avait hanté pendant très longtemps. Il avait commis une erreur irréparable, une erreur qui repassait en boucle dans son esprit comme un disque rayé. Seul l'alcool parvenait à atténuer la douleur et à l'aider à oublier, même si ce n'était que pour quelques heures.

Quand l'agence l'avait forcé à prendre des congés jusqu'à nouvel ordre, ils avaient clairement mentionné son problème avec l'alcool et son attitude. Munson savait que son jugement ne valait plus grand-chose, l'alcool s'en était assuré, et pour être honnête, il savait que son attitude ne valait pas beaucoup mieux. Mais ce n'était pas tout. Les temps avaient changé. La technologie avait changé. Plus besoin de muscles, pas ceux de son genre en tout cas. Le travail d'investigation moderne devait être fait par des gens à l'esprit technique. Des gens plus jeunes. Des gens honnêtes qui ne camouflaient pas leurs erreurs. Ni ne buvaient pour les oublier.

Il fouilla dans son armoire parmi ses anciens vêtements de fonction et en sortit un pantalon gris et une chemise noire. Aucun des deux ne lui allait aussi bien qu'avant. Il avait un peu pris au niveau de la taille et de la poitrine. Le muscle solide avait laissé place à ce qu'il appelait «du muscle un peu plus mou». Lorsqu'il faisait preuve de plus de discernement, il se disait que les autres appelleraient simplement ça de la graisse. Ne parvenant pas à fermer le premier bouton de sa chemise, il décida de le laisser défait et de ne pas porter de cravate. Il enfila une ample veste en daim et se regarda rapidement dans le miroir. Il n'était plus qu'une pâle copie de ce qu'il avait été. Il ne ressemblait à rien.

Lorsqu'il était plus jeune, Munson avait presque toujours été en couple. Et ce qui lui manquait le plus maintenant qu'il était vieux et célibataire, c'était une femme pour lui préparer son petit déjeuner. Aujourd'hui, tout ce qu'il avait pour lui tenir compagnie, c'était sa bouteille de rhum, et il avait connu de meilleures cuisinières. Quant à la bouteille qu'il s'était enfilée la veille, elle ne le mettait pas vraiment d'humeur à se préparer lui-même son petit déjeuner.

Il glissa sa montre autour de son poignet et se rendit compte qu'il n'avait même pas le temps de se faire un café. À la place, il but une gorgée de la bouteille qui se trouvait sur sa table de nuit. C'était peut-être bien la dernière occasion qu'il aurait de boire de la journée, alors c'était maintenant ou jamais. Bordel, ça faisait du bien ce truc-là, de bon matin. Il était sur le point de la reposer quand il commença à se demander s'il aurait l'occasion d'en acheter une autre plus tard. Probablement pas. Il vissa le bouchon et glissa la bouteille dans la poche intérieure de sa veste en daim.

Mieux vaut prévenir que guérir.

En rejoignant le parking situé sous son immeuble, il essayait toujours de comprendre les raisons de cet appel inopiné. Il n'avait pas réussi à se débarrasser de la sensation qu'une couche de coton autour de son cerveau l'empêchait de relier tous les éléments entre eux. Et le rhum n'arrangeait pas vraiment les choses.

Il alluma le moteur de sa Lotus Esprit noire et s'engagea dans la rue derrière son immeuble. C'était peut-être l'effet du soleil, mais son cerveau se mit soudain en marche. Il repensa aux mots que Pincent avait prononcés. « *J'ai* besoin de toi. » Pas *nous*, pas *l'unité*, pas *ton pays*. Rien de tout ça.

J'ai besoin de toi.

Cela pouvait signifier que ce n'était pas une mission officielle, que c'était un travail pour un outsider, quelqu'un de confiance. On avait peut-être besoin de lui pour dénicher une taupe dans le département ? Ou peut-être s'agissait-il de quelque chose que lui et Pincent avaient fait plusieurs années auparavant et qui revenait les hanter ? Il pria pour que ce ne soit pas le cas.

Ils avaient mené à bien plus d'une centaine de missions clandestines à l'époque, au bon vieux temps. Mais aujourd'hui, plus rien ne pouvait rester caché bien longtemps, il était donc fort probable qu'ils finissent en prison pour n'importe laquelle de ces missions. Pincent en avait supervisé et autorisé la plupart. Jack avait été son bras droit secret. À l'époque, on le surnommait «le Fantôme» car personne ne l'avait jamais vu en vrai. Jack Munson était le plus secret de tous les agents.

À l'époque.

4

La traversée de la ville pour se rendre au QG s'était déroulée dans un flou de klaxons et de panneaux stop, que Munson avait tous ignorés. Ça faisait partie de ces choses étranges qui arrivaient lorsqu'il buvait du rhum au petit déjeuner. Le rhum faisait ressortir sa capacité innée à conduire sans avoir à se concentrer ou à faire attention à ce qui l'entourait. Et il arrivait toujours à bon port, souvent même avec quelques minutes d'avance. Ce jour-là il était en fait arrivé à destination avec à peu près vingt minutes de retard, mais il imputa la chose au timing ridicule que lui avait imposé Pincent.

Un agent de sécurité l'attendait devant le bâtiment et lui fit traverser la réception jusqu'aux ascenseurs. Les lieux n'avaient pas beaucoup changé.

Quand les portes s'ouvrirent au huitième étage, la première chose que Munson vit fut le visage de Pincent. Son ancien collègue l'attendait planté devant l'ascenseur. Il avait l'air épuisé, les traits marqués par le stress de son boulot. Et son crâne s'était dégarni de deux ou trois centimètres de plus. Il avait toujours une épaisseur décente de cheveux gris sur la tête, mais son front remontait aujourd'hui beaucoup plus haut.

«Tu mets plus de temps à te laver le visage le matin? demanda Munson, encouragé par le rhum.

— Pardon?

— Tu commences à te dégarnir.

— Tu as bu?

— Non, répondit Munson sur la défensive. Mais j'ai pas eu le temps de prendre mon petit déjeuner. J'ai bu quelques verres hier soir et j'ai l'estomac un peu détraqué. Ça devrait aller mieux quand j'aurai mangé. Tu crois que quelqu'un pourrait me préparer vite fait un sandwich au bacon?»

Pincent n'esquissa même pas un sourire. Il semblait avoir perdu son sens de l'humour. Et ce n'était pas la seule chose qui avait changé chez lui. Il était bien mieux habillé qu'il ne l'avait jamais été. Il portait un costume gris anthracite très chic avec une élégante chemise blanche et une cravate bleu foncé. Une chose n'avait pas changé cependant. Son expression ne laissait rien paraître. C'était une de ses caractéristiques les plus frappantes. Son visage impassible.

«Suis-moi», dit Pincent. Sans attendre de réponse il tourna les talons. Munson le suivit dans un long couloir au bout duquel se trouvait une salle de réunion. Pincent lui fit signe d'entrer.

«Assieds-toi», dit-il en fermant la porte derrière Munson.

La pièce était constituée d'une longue table en marbre bordée de fauteuils en cuir noir. Sur l'un des sièges au bout de la table était assise une jeune femme très élégante dont le teint hâlé suggérait des origines latines.

« Salut, dit Munson, je devine rien qu'à vous regarder que vous venez soit de Jacksonville, soit de Baltimore. J'ai l'œil pour ce genre de choses. J'ai appris ça sur le terrain. Alors ? Baltimore, c'est ça ?

— Presque, répondit la femme. Je viens de Vérone.

— Je vous rassure, interrompit Pincent, il ne fait que s'échauffer. Jack est toujours un peu à l'ouest quand il n'a pas mangé. » Il poussa Munson vers elle. « Jack, je te présente Milena Fonseca. »

Milena, à qui Munson donnait une trentaine d'années, était vêtue d'un tailleur noir moulant et d'une chemise noire. Ses cheveux, noirs également, étaient tirés en arrière en une queue-de-cheval. Munson la soupçonna d'être un agent de terrain qui se rêvait cambrioleuse. Elle avait les traits ciselés, les pommettes hautes et de grands yeux marron. Il l'apprécia tout de suite, uniquement grâce à ses yeux. Munson avait un faible pour les yeux marron.

Milena ne bougea pas de son siège.

« Enchantée, Jack », dit-elle en tendant la main. Il prit sa main et la serra fermement mais brièvement tout en s'asseyant. Pincent tira la chaise à sa droite et prit place à côté de Munson.

« Milena a toutes les informations, elle te donnera les détails en partant.

— En partant où ?

— Vous allez tous les deux dans un endroit appelé B Movie Hell. Mais avant cela, vous allez faire un détour par un hôpital psychiatrique.

— B Movie quoi ?

— Hell. »

Munson fronça les sourcils. Pendant un instant, il se dit qu'il avait peut-être abusé du rhum. Mais non, il avait bien entendu. B Movie Hell.

«Qu'est-ce que c'est que ça? demanda-t-il.

— Une ville de bouseux perdue au milieu de nulle part. Elle s'appelait Sherwood County avant.

— C'était très bien comme nom.

— Certes. Mais il y a une vingtaine d'années, un riche bienfaiteur du nom de Silvio Mellencamp s'y est installé. Il travaillait dans le cinéma. Quand il a emménagé à Sherwood, il a décidé de renommer la ville B Movie Hell.

— Je savais pas qu'on pouvait renommer une ville en s'y installant. J'ai raté quelque chose?

— Non, Jack. Mais Silvio Mellencamp a fait fortune en produisant des films dans les années 1980 et au début des années 1990. Quand il s'est installé à Sherwood County il a investi une grande partie de cet argent dans le commerce local. Il a fait de la ville un lieu de pèlerinage dédié à ses films préférés. Je n'y suis jamais allé mais il paraît que toute la ville est un hommage aux clichés du cinéma des années 1980. Ils ont la tour de *Piège de cristal*, une statue de Rocky Balboa, le restaurant McDowell d'*Un prince à New York*, et toutes sortes de conneries du même style.

— Je comprends rien à ce que tu racontes.

— C'est rien, ce n'est pas important.»

Munson remua sur sa chaise, un peu mal à l'aise. Même s'il avait essayé de garder la ligne et de se maintenir en forme ces dernières années, il avait l'impression d'être encore plus à l'étroit dans ses vêtements que lorsqu'il les avait enfilés à la hâte une heure plus tôt. Il détourna sa chaise de Fonseca un instant pour ajuster son pantalon. Il valait mieux ne pas attirer l'attention sur ses problèmes d'entre-jambe.

« Il faisait quel genre de films, ce type ? demanda Munson. Je connais peut-être.

— Du porno, répondit Pincent. C'était l'un des plus grands producteurs et distributeurs de films pornographiques à l'époque des VHS. Quand le DVD est arrivé, il a été l'un des seuls à comprendre que ses jours étaient comptés. Il a tout vendu et arrêté le cinéma. Et comme je disais, il s'est installé à Sherwood County, a investi beaucoup d'argent dans le commerce local et, en retour, les villageois l'ont laissé remodeler la ville, y compris son nom.

— Les villageois ? J'aime bien ce mot, dit Munson. On l'utilise trop peu de nos jours, je trouve. J'ima-gine des barbus avec une fourche à la main.

— Tu n'es pas loin, dit Pincent.

— Et donc, pourquoi as-tu besoin de moi ? » demanda finalement Munson, qui ne comprenait toujours pas pourquoi ils étaient en train de discuter de sujets aussi triviaux.

Pincent inspira profondément.

« On a un gros problème, Jack. Enfin, *j'ai* un gros problème et j'ai besoin de toi pour le régler. »

Ils furent interrompus par un coup frappé à la porte.

« Entrez ! » cria Milena Fonseca.

La porte s'ouvrit et une vieille dame aux cheveux gris vêtue d'une tunique bleue entra accompagnée d'un chariot chauffant. Pendant les deux minutes

38

qu'il lui fallut pour déposer le café et les pâtisseries sur la table, personne ne prononça un mot. Quand elle eut enfin fini, Pincent la remercia et elle quitta la pièce.

Dès que la porte fut fermée, Munson s'empara d'une tasse et d'une soucoupe et commença à se verser du café. Fonseca se servit un jus d'orange et Pincent en profita pour reprendre la parole.

« Tu as déjà entendu parler de l'opération Blackwash ? »

Munson but une gorgée de café noir. Il avait un goût assez extraordinaire. Il n'avait pas bu un bon café depuis fort longtemps. Il répondit succinctement à Pincent de façon à pouvoir en boire une autre gorgée.

« Non. Jamais entendu parler.

— Bon, ça me rassure. Enfin, un peu, dit Pincent. Ça veut dire qu'il va falloir que je t'explique de quoi il s'agit. »

Munson but une deuxième gorgée de café avant de féliciter Pincent.

« Excellent café.

— Je sais. »

Il avala une autre gorgée et demanda :

« Je suis censé avoir entendu parler de cette opération ?

— Certainement pas.

— Mais tu pensais que j'aurais pu ? » La caféine commençait à faire effet. Munson sentait que son esprit était de plus en plus affûté.

« Tu es quelqu'un de bien informé, continua Pincent. Mais il s'agit d'un projet top secret qui date d'il y a plusieurs années. Toutes les personnes impliquées devaient automatiquement nier en avoir connaissance, même pendant un interrogatoire poussé. On avait embauché des gens compétents. Les meilleurs.

— Je n'en avais jamais entendu parler avant aujourd'hui, ajouta Milena.

— Moi non plus, répondit Munson. Faut-il en déduire que l'opération Blackwash a, comment dire, merdé?

— Tu n'imagines pas à quel point, Jack. J'ai besoin de toi pour faire le ménage. Et vite.

— Dis-moi ce que je dois savoir et je m'y mets. »

Pincent se fendit d'un de ses petits sourires forcés.

« Bien. Je vais aller droit au but alors. L'opération Blackwash est née de l'imagination d'un abruti entêté qui bossait dans le département il y a quelques années. Un trou du cul qui regardait beaucoup trop de films d'espionnage et qui s'est dit qu'on pourrait créer un corps d'élite d'espions et d'assassins ultra-entraînés, des sortes de robots. L'idée était de les recruter jeunes, très jeunes, j'entends. Certains étaient des nouveau-nés, et le plus vieux devait avoir cinq ans. Bref, on a pensé que si on commençait à les entraîner à cet âge-là, on pourrait créer une équipe de soldats proche de la perfection. »

Munson but une autre gorgée de café et posa la tasse sur la table. Il tendit la main vers le plateau de pâtisseries et attrapa un croissant qui lui faisait de l'œil.

« Je crois savoir où ça a merdé, dit-il en mordant dans son croissant. Vous vous êtes retrouvés avec une équipe de Danny DeVito alors que vous espériez des Arnold Schwarzenegger, c'est ça?

— Ça n'a peut-être pas merdé à ce point, mais tu n'es pas loin.

— Et le clown qui a eu cette brillante idée?»

Pincent haussa les épaules avec embarras.

«Comme je viens de dire, c'était un abruti entêté.

— Tu as aussi dit un trou du cul.

— Ouais, c'est vrai, mais c'était l'époque où j'essayais de me faire un nom en me montrant progressiste et innovateur. Le problème, c'est que je pensais qu'être différent faisait de moi quelqu'un d'intelligent. Tu sais comment j'étais. On finit toujours par apprendre de ses erreurs.

— Et le projet alors?

— Il a été dissous il y a plusieurs années.

— Au bout de combien de temps?

— Douze ans.

— Douze ans?» Munson avait du mal à y croire. «Il t'a fallu douze ans pour comprendre que c'était une idée pourrie?

— C'est ce qui arrive quand c'est ta propre idée, Jack.

— Et qu'est-ce qui y a mis fin?»

Milena l'interrompit avec impatience.

«Un des cobayes s'est suicidé.»

Jack la regarda. Elle avait utilisé un ton particulièrement grave. Il se tourna vers Pincent.

«Un seul? Il a fallu douze ans pour que l'un deux se foute en l'air? Je suis impressionné. Il y avait combien de cobayes?

— Cinq.

— Cinq? Dès le début?

— Ouais.

— Je crois que j'ai pigé. Un des sujets normaux s'est suicidé, donc le projet a avorté, mais, parmi les cinq, vous en avez un qui s'est pris au jeu, c'est ça?»

Pincent hocha la tête et détourna le regard.

«Désolé, dit Munson en levant la main en signe d'excuse. C'est la caféine qui fait effet. Continue. Je voulais pas mettre la charrue avant les bœufs.»

Tout au long de la conversation, Milena Fonseca avait étudié avec attention chacun des mouvements de Munson. Il avait le sentiment qu'elle était en train de le jauger. Elle ne savait de lui que ce que Pincent lui avait dit et elle semblait essayer de deviner quel type d'agent il était. Il se demanda si elle avait déjà pigé qu'il était ivre, entre autres. Il la regarda brièvement et sourit. Elle soutint son regard mais ne lui rendit pas son sourire. Pas de doute, elle l'avait démasqué. Elle pouvait sans doute sentir le rhum dans son haleine. Tant mieux, songea-t-il. Tant qu'elle se concentre là-dessus, elle ne verra pas le reste.

Munson avala son dernier morceau de croissant, fit un clin d'œil à Fonseca et se tourna de nouveau vers Pincent, qui finissait de se servir une tasse de café.

«Il y a eu, comment dire, des expériences un peu douteuses qui ont été pratiquées sur eux… Les autorités ne laisseraient jamais passer ce genre de choses de nos jours, avec toutes ces lois sur les droits de l'homme et tout le reste.

— Et le fait que c'étaient des enfants.

— Ouais.»

Munson esquissa un sourire.

«Alors, quel genre d'expériences douteuses?

— Eh bien déjà il y avait l'entraînement militaire, mais soyons honnêtes, ce n'est rien d'insurmontable, tant que la recrue a commencé assez jeune. Mais on a aussi testé des drogues sur eux, des drogues permettant d'augmenter les capacités mentales.»

Tout en avalant sa dernière gorgée de café et en réfléchissant au temps qu'il devait attendre avant de s'en servir un autre, Munson se rendit compte que Fonseca et Pincent avaient tous deux les yeux fixés sur lui. C'était de toute évidence le moment le plus important de l'histoire.

«Et qu'est-ce qu'elles faisaient, ces drogues?

— Certaines servaient à améliorer la perception, reprit Pincent, développer les sens, ce genre de choses, et d'autres étaient utilisées dans le but d'aider le sujet à obéir aux ordres.

— Des drogues de contrôle mental?

— Ouais.»

Munson n'en pouvait plus. Il s'empara de la cafetière et se servit une autre tasse.

«Tu sais quoi? demanda-t-il. Je crois que j'en sais assez sur l'opération Blackwash pour deviner la suite.» Il renifla sa deuxième tasse de café. Elle ne sentait pas aussi bon que la première, ce qui prouvait qu'il était parfaitement réveillé. «Je suppose que la grande question est, si l'un deux s'est suicidé et que vous avez abandonné le projet, qu'est-il arrivé aux quatre autres?

— Tu n'as pas une petite idée?

— Je dirais que trois d'entre eux sont morts et enterrés mais que vous avez utilisé ton petit protégé à d'autres fins?

— Presque.

— Alors dis-moi. Parce que je crève d'envie de connaître la suite. »

Pincent but une gorgée de café.

« J'aurais dû faire le ménage à l'époque. Au lieu de ça, j'ai laissé mes émotions s'en mêler et maintenant je suis dans la merde. C'est pour ça que j'ai besoin de toi. C'est pour ça que tu fais toujours partie de l'agence.

— Je pensais que c'était parce que tu m'aimais bien.

— Non. C'était en prévision de la situation actuelle. C'est encore moins officiel que tes missions habituelles.

— On te fait chanter ?

— Non. » Pincent attrapa le plus gros croissant du plateau en argent et l'enfourna avant de continuer à parler la bouche pleine, presque comme s'il ne voulait pas que les mots en sortent. Mais Munson les entendit et les comprit parfaitement.

« Tu y étais presque. Trois d'entre eux sont morts. Mais le quatrième ne travaille pas ici, ni nulle part ailleurs. » Il marqua une courte pause afin de ménager son effet. « Le quatrième est parti.

— Parti ? Comment ça, parti ?

— Ce n'est pas important.

— Si, ça l'est. »

Pincent engloutit bruyamment un morceau de son croissant.

« Je l'ai laissé partir.

— Pourquoi ?

— Parce que je l'aimais bien.

— Bonne réponse.

— Merci.

— Donc tu l'as laissé partir parce que tu l'aimais bien et aujourd'hui il refait surface ?

— En réalité ça fait plusieurs années qu'il a refait surface. Il a été arrêté pour le meurtre d'une nonne dans un petit village. »

Munson fit mine d'être choqué.

« Et ? Il vient d'être relâché et il va venir à ta poursuite parce que, cette fois, c'est personnel ?

— Très amusant. Mais j'ai bien peur que ce soit beaucoup plus grave.

— C'est après moi qu'il en a ?

— Arrête un peu de faire le malin. Plus de café pour lui, Milena. Ça le rend hargneux.

— C'est ce que je vois, répondit Fonseca en plaçant la cafetière hors de portée de Munson.

— Écoute, continua Pincent, après avoir assassiné la nonne, il aurait dû être condamné à mort, ou au moins à la prison à vie.

— Mais ?

— Mais j'ai fait jouer mes relations pour qu'il s'en tire en plaidant la folie. Il a été envoyé en hôpital psychiatrique.

— Pourquoi as-tu fait une chose pareille ?

— Je t'ai dit. Je l'aimais bien.

— C'était plus que ça apparemment. Il était mignon ?

— La ferme. » Pincent semblait commencer à perdre patience. « C'était un bon gamin. Enfin, à l'époque. Il était orphelin. Ils l'étaient tous. Mais je l'aimais bien. C'était le meilleur d'entre eux. C'était inné chez lui. Tuer était un jeu d'enfant pour lui, pas parce qu'il était méchant, mais parce qu'on l'a eu très jeune et qu'on lui a montré qu'il n'y avait pas de mal à tuer.»

Munson soupira et observa Milena Fonseca pour tenter de savoir ce qu'elle pensait de la situation. Son visage ne laissait rien paraître, alors il se tourna vers Pincent.

«Et il s'est échappé de l'asile?»

Pincent hocha la tête et fit tourner le reste de son croissant tout autour de l'assiette.

«Bien vu. Il est en cavale depuis près de trente-six heures.»

Munson hocha la tête, montrant qu'il avait compris le problème de Pincent.

«Tu veux qu'on le trouve, ou qu'on ne le trouve pas?

— Je veux qu'il n'ait jamais existé.

— D'accord. Il a fait beaucoup de dégâts pour l'instant?»

Milena Fonseca sembla soudain se réveiller et l'interrompit.

«Tôt ce matin un policier de B Movie Hell a été décapité par un psychopathe qui portait un masque jaune orné d'une crête rouge.»

Les sourcils de Munson se soulevèrent.

«Et c'est notre homme?

— Ça ne peut être que lui.

— Mais s'il porte un masque, comment peut-on en être sûrs à 100 %?

— On ne peut pas, répondit Fonseca. Mais même si par un hasard improbable ce n'est pas lui, personne ne nous en voudra de l'avoir attrapé, si?

— J'imagine que non.»

Munson lorgnait une viennoiserie fourrée à la confiture mais fut interrompu par Milena Fonseca qui claqua des doigts pour attirer son attention.

« Alors voilà, dit-elle, le masque jaune, c'est en réalité une bénédiction. Une vraie aubaine pour nous. Pour l'instant, nous sommes les seuls à savoir qui se cache derrière ce masque.

— Mais ça ne devrait pas être trop difficile de savoir, répondit Munson.

— C'est vrai, répliqua Pincent, mais je nous ai laissé une longueur d'avance. J'ai donné l'ordre à l'hôpital de ne pas signaler l'évasion de notre homme.

— Notre homme ? On ne connaît même pas le nom de *notre* homme, fit remarquer Munson.

— Son nom est Joey Conrad.

— Joey Conrad ? Hmm… combien de gens dans le département sont au courant ?

— Très peu. » Pincent se leva et ajusta sa cravate comme s'il se regardait dans un miroir imaginaire.

« Jack, aujourd'hui tu es la seule personne capable de nettoyer un tel bordel. Milena t'accompagnera et supervisera l'opération.

— Pourquoi ? Qu'est-ce qu'elle a à apporter ? »

Milena s'éclaircit la gorge.

« Je suis l'officier en charge ici.

— Vraiment ?

— Oui. Devon a eu quelques problèmes récemment et on m'a demandé de superviser cette opération. Je vous accompagne pour m'assurer que tout se déroule sans problème. »

Munson n'aimait pas du tout ça.

«Devon. Ça ne va pas marcher.»

Devon secoua la tête d'un air confus.

«On obéit tous à quelqu'un, Jack. Milena est loin d'être une idiote. Ne la sous-estime pas.

— Bien. Et qu'est-ce que j'ai à y gagner?

— Après cette mission, tu pourras prendre ta retraite tranquillement. Avec une pension assez conséquente.»

Munson fit mine de réfléchir à la proposition pendant quelques secondes, même si sa décision était déjà prise. Ce dont il avait vraiment besoin, ce n'était pas d'argent, mais d'une bonne dose d'action.

«D'accord. J'en suis.

— Bien, dit Pincent. Vous allez tous les deux vous faire passer pour des agents du FBI. Milena s'est occupée des papiers d'identité et la police de B Movie Hell vous attend. Si tu as besoin de quoi que ce soit d'autre une fois là-bas, Milena s'en chargera. Elle restera hors de toute situation dangereuse. Mais s'il t'arrive quelque chose, elle reviendra me voir immédiatement.»

Munson sourit.

«S'il m'arrive quelque chose?

— Jack, tu es mon meilleur agent disponible, mais ne te fais pas d'illusions, Joey Conrad est une machine à tuer. Si tu le trouves, il y a de grandes chances pour que tu n'en sortes pas vivant.»

Munson n'avait pas vraiment besoin d'entendre la dernière partie. Il connaissait Joey Conrad aussi bien que Pincent. Et comme Pincent l'avait dit, tous ceux qui avaient travaillé sur l'opération Blackwash n'étaient en aucun cas autorisés à l'admettre. Munson n'échappait pas à la règle.

5

L'hôtesse du Salon Coquin, une zone privée située au sous-sol du Minou Joyeux, écrasa sa sixième cigarette de la matinée. Clarisse, qui était un des piliers de l'établissement, avait l'esprit un peu ailleurs ce matin-là et elle grimaça lorsqu'elle vit les cendres déborder du cendrier sur son bureau. Son chef, Silvio Mellencamp, n'aimait pas beaucoup voir un cendrier déborder sur le bureau de son hôtesse. Cela donnait l'impression que l'hygiène laissait à désirer, affirmait-il. Et l'hygiène, c'était l'une des valeurs clefs du Minou Joyeux.

Mais depuis le début de la matinée, tout était en attente. Un assassin que les policiers locaux avaient surnommé «l'Iroquois» avait mis le village en émoi. Tout le monde était scotché au journal télévisé, dans l'espoir d'en apprendre plus sur le meurtrier. Et Clarisse ne faisait pas exception. Son attention était partagée entre la logorrhée du journaliste sur la petite télévision fixée au mur du Salon Coquin et les vibrations de son téléphone portable chaque fois que ses amis lui envoyaient les dernières nouvelles par SMS. Les gens semblaient ne pouvoir penser à rien d'autre qu'à l'Iroquois. Dans une ville où rien ne se passait jamais, c'était un sacré événement.

Personne ne savait qui était le tueur masqué ni d'où il venait. Ni pourquoi il avait tué Pete Neville. Le jeune Neville était un visiteur régulier de la maison close et il s'était toujours montré charmant. Il n'était pas particulièrement talentueux au lit mais il avait toujours traité les filles avec respect, ce qu'on ne pouvait pas dire de la plupart des autres clients. Il ne semblait pas y avoir de mobile particulier pour le meurtre de Pete, ce qui signifiait que n'importe qui pouvait être la prochaine victime.

Alors qu'elle essayait d'écouter les informations, Clarisse entendit deux voix féminines se chamailler dans l'entrée. Les filles passaient leur temps à se disputer, souvent au sujet d'affaires ayant disparu, comme des tubes de rouges à lèvres ou de lubrifiant.

« Vous voulez bien baisser d'un ton, bande de gamines ? hurla-t-elle à travers le couloir.

— Sissy a pris mon lubrifiant à la vanille ! répondit une des filles en hurlant à son tour.

— Elle a mis mon pantalon léopard ! » hurla une deuxième.

Cette annonce fut suivie d'un bruit de gifles et de vêtements déchirés. Puis une des filles traita l'autre de salope.

« Je vous préviens, cria Clarisse. J'appelle Mack si vous continuez. Il baissera vos pantalons à toutes les deux et saura quoi faire de ce lubrifiant. Alors fermez-la. J'essaie de regarder les infos ! »

Les filles se turent pendant quelques secondes. Puis, comme Clarisse s'y attendait, elle les entendit se mettre des claques avant de détaler à toutes jambes et claquer leur porte derrière elles. Elle soupira et secoua la tête avant de se tourner vers la télévision.

Clarisse avait le plus grand mal à se concentrer sur le boulot. D'autant qu'ils n'avaient eu qu'un seul client pour le moment, un jeune homme prénommé Kevin qui avait profité de l'épanchement général de pleurs et de compassion pour Pete Neville pour faire sa première visite au Minou Joyeux. C'était un garçon visiblement nerveux, aux cheveux roux très clairs et taches de rousseur assorties, issu d'une famille très stricte. Son père était le pasteur de la ville et sa mère travaillait pour une association caritative, alors visiter une maison close était pour lui une mission plutôt risquée. Mais il n'avait aucun souci à se faire. La discrétion était une valeur aussi importante que l'hygiène ici.

Mais l'arrivée de Kevin et les chamailleries au sujet d'un lubrifiant à la vanille et d'un pantalon léopard n'étaient rien par rapport à ce qui attendait Clarisse. Ces événements certes agaçants n'étaient que les premières contrariétés d'une journée qui allait se révéler terriblement stressante, pleine de drames et de crises en tout genre. Elle aurait dû voir venir une de ces crises des jours et même des semaines plus tôt.

Kevin sortit en courant de la première chambre à droite dans le couloir. Il était en train de remettre la ceinture de son jean, son sweat coincé sous son bras. Il transpirait abondamment, son front était trempé de sueur. Mais ce que Clarisse vit en premier, ce fut la tache de vomi sur son maillot de corps blanc.

« Tout va bien, Kevin ? » demanda-t-elle. Le jeune homme se figea et la fixa comme s'il venait seulement de remarquer sa présence. On aurait dit qu'il avait vu un fantôme. *Ou ses parents*.

Clarisse fronça les sourcils.

« Qu'est-ce qui se passe ? »

Kevin pointa du doigt la tache de vomi orange qui souillait son tee-shirt et respira profondément avant de répondre.

« Elle m'a vomi dessus ! »

Clarisse regarda le tee-shirt souillé.

« C'est Bébé qui a fait ça ?

— Ouais. J'avais rien demandé. C'est normal ?

— Non. Est-ce que tu veux que je nettoie la tache ? »

Kevin secoua la tête.

« Non. Enfin oui, ma mère… Je voudrais pas qu'elle… Non, attendez, enfin je sais pas. Vous pouvez le faire maintenant ?

— Bien sûr, mon chéri. »

Il avait l'air sincèrement en détresse. S'il s'agissait de sa première fois ici, se faire vomir dessus par Bébé n'était pas le meilleur moyen de lui donner envie de revenir. Il fallait faire preuve de diplomatie.

« Tu as eu ce pour quoi tu as payé, au moins ? demanda Clarisse.

— Non. J'ai payé pour une fellation mais elle m'a vomi dessus presque immédiatement. C'est vraiment pas pour moi ce genre de choses. Je n'aurais pas dû venir.

— Tu sais quoi, dit Clarisse en souriant, assieds-toi ici une minute, je vais demander à Linda de venir s'occuper de toi. Pendant ce temps, je nettoierai ton tee-shirt. »

Kevin n'avait pas l'air convaincu. Il semblait même tout à fait indécis. Clarisse allait devoir se montrer plus persuasive. Elle lui indiqua un confortable canapé rouge contre le mur derrière lui.

« Assieds-toi là une seconde pendant que j'appelle Linda. Ils parlent du tueur aux infos. »

Il regarda le canapé puis la télévision. Il allait lui falloir un peu de temps pour se décider, le pauvre chéri. Il était complètement traumatisé et incapable de prendre une décision aussi simple. Tandis qu'il attendait dans le canapé, l'esprit occupé par son propre monologue intérieur et la voix du présentateur, Clarisse décrocha le téléphone et composa le numéro de Linda.

« Salut, Linda, ça t'embêterait de descendre t'occuper d'un jeune homme pendant un moment ? Le pauvre Kevin vient de vivre une première expérience un peu traumatisante et je pense que ta présence apaisante est pile ce dont il a besoin.

— Aucun problème, ma jolie. »

Clarisse raccrocha et regarda Kevin en souriant.

« Si tu veux me donner ton tee-shirt, il sera comme neuf d'ici vingt minutes. Linda te distraira pendant ce temps, et tu n'auras rien à payer en plus bien sûr. Tu vas l'aimer. Elle ne vomit jamais sur personne. Et elle fait des pipes d'enfer.

— Mais je ne fume pas.

— Je ne parlais pas de ça. Fais-moi confiance, tu vas adorer. Viens, donne-moi ton tee-shirt. »

Kevin ôta son tee-shirt et lui tendit. Puis il s'assit et passa une bonne demi-minute à se demander de quoi Clarisse voulait parler.

Au moment même où son expression révéla qu'il avait enfin compris, Linda, une blonde plantureuse et visiblement expérimentée – elle devait avoir une quarantaine d'années –, arriva et lui fit traverser le couloir jusqu'à la chambre six. Dès que la porte se referma derrière eux, Clarisse se dirigea vers la chambre de Bébé pour savoir ce qui s'était passé.

Depuis quelque temps, Bébé avait un comportement étrange. Clarisse, qui ne manquait pas d'expérience, aurait dû lui en parler plus tôt, mais Bébé n'était pas comme les autres. Elle faisait partie des malchanceuses qui ne travaillaient pas ici de leur plein gré, aussi Clarisse la laissait-elle un peu tranquille. Bébé n'avait que dix-neuf ans et elle avait été préparée à ce travail très jeune. Elle avait commencé par s'occuper de coiffer les filles et de laver le linge. Clarisse et les autres filles l'avaient élevée du mieux qu'elles le pouvaient, en préservant son innocence aussi longtemps que possible, mais elles savaient toutes ce qui l'attendait.

Le lendemain de son quinzième anniversaire, M. Mellencamp la mit au travail. Selon son habitude, il coucha avec elle avant de lui présenter son premier client pour qu'elle commence à payer pour ce toit qu'il lui offrait. Elle était rapidement devenue très populaire, en particulier auprès des hommes d'un certain âge et des gamins qui venaient ici pour leur première fois car elle les regardait toujours d'un air à la fois doux et terrifié. Pour ce qui était de Kevin Sharp, Clarisse lui avait en réalité conseillé Bébé car elle pensait qu'ils pourraient bien s'entendre tous les deux et Bébé méritait bien d'être la première à essayer d'en faire un de ses clients réguliers. En général, les jeunes hommes innocents préféraient être avec la même fille à chacune de leurs visites. Et Kevin avait l'air innocent.

Elle frappa énergiquement à la porte de Bébé.

«Bébé? Tout va bien?»

Aucune réponse.

Elle baissa la poignée et entra. Le lit au centre de la pièce était un peu défait, mais elle avait vu bien pire ces dernières années. Elle entendit un bruit de vomissements en provenance de la salle de bains à l'autre bout de la pièce. La porte était entrouverte. Dans l'entrebâillement, Clarisse aperçut la plante des pieds de Bébé. La jeune fille était en train de vomir, à genoux devant les toilettes, complètement nue. Ses longs cheveux noirs pendaient de chaque côté de la cuvette. Clarisse entra dans la salle de bains et s'agenouilla près d'elle, éloignant ses cheveux de son visage et des projections de vomi.

«Ça va aller, ma belle?» demanda Clarisse.

Bébé ne leva pas les yeux et recommença à vomir. Clarisse lui frotta le dos pour essayer de la réconforter.

«Ça fait longtemps que tu es malade?» demanda-t-elle.

Bébé leva les yeux vers elle. Des larmes coulaient le long de ses joues.

«Troisième jour d'affilée», répondit-elle.

Clarisse hocha la tête pour montrer qu'elle avait compris. Elle attendit quelques instants avant de poser la question fatidique.

«Tu as fait un test?

— Oui.

— Ça fait combien de temps que tu sais?

— Quelque temps. »

Clarisse lui frotta une nouvelle fois le dos avant de se lever.

« Je vais faire venir quelqu'un pour s'en occuper. »

Bébé secoua la tête.

« Clarisse, dit-elle en la suppliant des yeux, je veux le garder. »

Depuis le temps, Clarisse avait l'habitude de ce genre de situations. Plusieurs filles étaient tombées enceintes et espéraient pouvoir garder le bébé. Le meilleur moyen de gérer la situation était de faire en sorte que la fille concernée reste aussi calme que possible.

« D'accord, ma belle, dit-elle. Je vais voir ce que je peux faire pour toi. Reste ici et repose-toi. Je reviens vite. »

Clarisse savait qu'il était hors de question pour le patron de laisser Bébé mener sa grossesse à terme. Les filles enceintes n'étaient pas les bienvenues au Minou Joyeux. Plus maintenant. C'était mauvais pour les affaires. Si tout se passait comme prévu, d'ici la fin de la journée la grossesse de Bébé serait de l'histoire ancienne.

6

En vieillissant, Hank Jackson éprouvait de plus en plus de difficultés à aller chier le matin. Une cérémonie de remise de prix était plus vite expédiée que ses séjours matinaux aux toilettes, et certainement plus agréable. Cela faisait des années que son médecin lui disait qu'il devait incorporer des fruits et des fibres à son régime alimentaire, mais il ne pensait jamais à en manger, en particulier le soir, lorsqu'il était déjà bien occupé avec son pack de bières. Hank était incapable de dormir sans s'être enfilé un pack d'Heisler avant.

Son problème avec la boisson avait empiré en même temps que son problème de constipation. Depuis qu'il devait de l'argent à Silvio Mellencamp, il luttait pour garder la tête hors de l'eau. Son commerce de voitures d'occasion ne marchait pas vraiment. Les riches habitants de B Movie Hell se faisaient livrer leur voiture flambant neuve à la porte de chez eux, grâce à un système mis en place par Mellencamp. Et le problème, c'était que plus personne à l'exception d'un petit jeune de temps en temps ne s'intéressait aux voitures d'occasion. La cour de Hank était pleine de vieux tacots et d'anciennes voitures de stock-car qui avaient connu des jours meilleurs. La moitié des véhicules n'étaient que des tas de ferraille, mais il devait continuer à essayer de les vendre. Il fallait qu'il vende quelque chose rapidement pour pouvoir faire réparer une fuite au-dessus des toilettes. C'était déjà assez contraignant de passer la moitié de son temps le cul sur la cuvette mais, depuis quelque temps, il devait le faire avec un gros Stetson gris sur la tête pour empêcher la merde de la fosse septique de lui couler sur le crâne. Et le chapeau le faisait suer encore plus que tous ces efforts.

Son garage, qu'il avait nommé, dans un grand moment d'inspiration, Jackson's Motors, était ouvert depuis huit heures du matin et il n'avait vu absolument personne jusqu'à la livraison du journal, une demi-heure plus tard. Dès l'arrivée du journal, il avait foncé dans les toilettes attenantes à son bureau. Il était sur le trône depuis une demi-heure à essayer d'expulser une crotte particulièrement têtue lorsqu'il entendit la sonnette de la porte de son bureau. Son premier client en trois jours avait choisi le pire moment possible pour arriver.

« Je suis au petit coin, j'en ai pour une seconde ! » cria-t-il. Après une demi-heure d'efforts acharnés sans parvenir à sortir la moindre crotte, le stress soudain de savoir qu'il était attendu détendit un peu son estomac, mais ce ne fut que pour libérer quelques vents prisonniers. Des pets si bruyants que si le nouveau client qui l'attendait dans son bureau avait répondu à son annonce, Hank ne l'aurait certainement pas entendu.

« C'est pour quoi ? demanda Hank tout en agitant sa main devant son visage et en retenant son souffle.

— Je cherche une caisse, répondit une grosse voix d'homme.

— Vous voulez dire une voiture, ou vous voulez vraiment une caisse?» Hank détestait les gens qui utilisaient des mots d'argot. *Une caisse!* Honnêtement, parmi tous les mots d'argot pour désigner une voiture, c'était celui qui l'agaçait le plus.

«La voiture de stock-car devant, là. Je la veux, répondit l'homme.

— OK, une minute. J'arrive. Vous voulez bien allumer la radio sur mon bureau une seconde?»

La personne obéit diligemment et la musique filtra à travers la porte des toilettes. Hank reconnut la chanson. C'était «Earth Angel» de Marvin Berry and The Starlighters. Hank fut soulagé d'entendre l'homme dans le bureau monter le volume. Il put ainsi laisser son anus claironner sans craindre que son nouveau client ne l'entende. Il soupira de soulagement et essuya la sueur qui perlait sur ses sourcils. Même si ce qu'il voulait vraiment, c'était chier un coup, la libération du vent prisonnier soulagea grandement son malaise.

Il essuya ses mains pleines de sueur sur son polo vert pâle et se pencha pour arracher une poignée de papier toilette bon marché du rouleau posé à ses pieds. Par prudence, il se torcha rapidement d'avant en arrière, craignant d'avoir expulsé un peu plus que de l'air. Ses soupçons furent confirmés après un bref coup d'œil sur le morceau de papier toilette souillé. Il le balança dans la cuvette et en arracha une autre poignée. Il se dit qu'un dernier petit essuyage devrait suffire pour qu'il puisse remonter son pantalon en toute sécurité et courir au bureau.

Il ramassa le rouleau de papier toilette et en arracha trois feuilles. Au même moment, quelqu'un frappa un coup retentissant à la porte des toilettes. Celle-ci étant à moins d'un mètre de lui, Hank était pleinement conscient de la distance ridicule qui le séparait de son nouveau client.

« Hé, j'ai dit que j'arrivais. J'en ai pour une seconde, OK ? » cria-t-il à travers la porte.

L'homme dans le bureau ne réitéra pas ses coups. Hank n'avait aucune idée de ce qu'il était en train de trafiquer puisque la radio faisait toujours un vacarme d'enfer. Il s'essuya une dernière fois, décidant que trois ou quatre allers-retours étaient bien suffisants. Il ne prit pas la peine de vérifier les traces de pneu sur le papier cette fois-ci, de peur de perdre son client s'il ne sortait pas immédiatement. Il remonta son pantalon en vitesse et se tourna pour tirer la chasse. Il tira d'un coup sec sur la poignée, bien fermement, pour s'assurer que tout partirait. Mais dès qu'il eut lâché la poignée, il entendit un énorme fracas derrière lui. On avait défoncé la porte des toilettes. Hank se tourna, les sourcils froncés de colère, outré que son nouveau client puisse se montrer aussi impatient.

C'est à ce moment-là qu'il vit qui était ce nouveau client. C'était un homme imposant vêtu d'une veste rouge vif et d'un jean noir, le visage caché derrière un masque jaune. Un masque jaune avec un sourire infâme, des yeux vides, et coiffé d'une crête rouge.

« Merde. »

7

Être commissaire à B Movie Hell avait toujours été un boulot plutôt peinard. Le poste était traditionnellement confié à un policier proche de la retraite, qui passerait ses derniers jours en fonction à assister à des événements sociaux et des inaugurations de supermarchés. C'était tout ce qu'il y avait à faire, jusqu'à aujourd'hui. Aujourd'hui, c'était un poste de merde dont personne ne voudrait parce qu'il y avait un tueur de flic en ville.

Le commissaire O'Grady entra dans l'auditorium en prenant soin d'éviter tout contact visuel avec les autres officiers. Leurs voix se transformèrent en murmures lorsqu'il s'approcha du podium. Quand il eut pris place derrière, il régnait un silence de mort. Il leva les yeux et constata qu'il n'y avait pas un seul siège de libre dans la salle. Ce n'était certes pas le plus grand auditorium du monde, mais il n'avait jamais été rempli au point que des policiers doivent rester debout au fond de la salle, derrière cinq rangées de sièges. Pour la première fois depuis la fête de Noël, presque tous les policiers de B Movie Hell étaient présents. Il y avait en général beaucoup d'absents aux briefings. Mais il était rare qu'un flic se fasse tuer la veille d'une de ces réunions. Tout le monde était vêtu de son uniforme de fonction bleu à l'exception de deux inspecteurs au premier rang, qui étaient en civil.

La police de B Movie Hell comptait environ quarante policiers. Ce n'était pas une ville habituée aux crimes, encore moins aux crimes graves et certainement pas aux meurtres. Quant aux meurtres de policiers, c'était une première. Ils étaient en territoire inconnu.

«Bonjour à tous, commença O'Grady. Pour ceux qui ne seraient pas au courant, Lucinda a organisé une collecte pour la famille de Pete Neville. Nous avons pour l'instant assez pour acheter des fleurs et une carte, mais ce serait bien qu'on trouve quelque chose d'un peu plus personnel, alors si vous avez une idée ou si vous voulez participer à la cagnotte, merci d'aller voir Lucinda dès que possible.»

Il prit une profonde inspiration en regardant les notes qu'il avait apportées avec lui. Au-dessus de ces notes se trouvait une feuille en plastique pour le rétroprojecteur sur laquelle était imprimé un portrait-robot du tueur, réalisé selon les informations fournies par l'agent Randall Buckwater, seul témoin de la scène.

«Ce qui s'est passé la nuit dernière est terrible, dit-il en levant les yeux vers le public.

— C'est un euphémisme», marmonna une voix dans la salle.

O'Grady leva lentement les mains pour demander le calme dans l'espoir d'étouffer de potentiels emportements.

« Je ne sais pas sur quoi vous travaillez en ce moment, mais au cas où ce ne serait pas clair pour tout le monde, attraper le tueur est notre priorité numéro un. »

Quelques commentaires, la plupart d'approbation, s'élevèrent de nouveau dans la salle.

« J'ai envoyé Randall chez lui pour la matinée. Il a besoin de quelques heures de sommeil mais il n'attend qu'une chose, nous aider à trouver le tueur. Il est un peu secoué, bien sûr. Mais il nous a donné une description de l'homme qui a tué Pete. » Il regarda de nouveau le dessin. « La presse ne l'a pas encore vu, mais ce sera le cas d'ici une demi-heure.

— Alors montrez-nous ! cria quelqu'un.

— Très bien. » O'Grady souleva la feuille de plastique et la glissa sur la vitre du rétroprojecteur posé sur le bureau à droite du podium. Avant de le mettre en marche, il fit une dernière remarque.

« Le fait que le tueur portait un masque ne nous permet pas d'avoir autant de détails qu'on le voudrait, mais le masque et les vêtements sont assez particuliers. »

Il se pencha et pressa un bouton sur le projecteur. L'ampoule interne s'alluma et une image s'afficha sur le tableau blanc derrière O'Grady. Une image de l'assassin masqué qui avait tué Pete Neville.

« Quel salopard », prononça, quelque part dans la salle, une grosse voix teintée d'un fort accent irlandais.

O'Grady l'ignora et se décala pour être sûr que tout le monde voie le portrait.

« Les plus observateurs d'entre vous auront remarqué que nous avons mis des couleurs. Les couleurs sont très importantes pour ce personnage. Remarquez la veste en cuir rouge assez peu ordinaire. Aucune boutique dans le coin ne vend de telles vestes. Je suis convaincu que nous avons affaire à quelqu'un d'étranger à la ville, mais si l'un d'entre vous reconnaît la veste, merci de le faire savoir dès maintenant.»

Un silence de mort s'installa dans la salle le temps que tous digèrent l'image qu'ils voyaient sur le tableau.

«Parfait, continua O'Grady. Maintenant observez bien le masque jaune. C'est évidemment la caractéristique la plus frappante. Randall nous assure qu'il correspond parfaitement à la réalité. Il dit que l'image est gravée dans son esprit à jamais. C'est un crâne jaune avec quelques dents noircies et il jure qu'il lui souriait. Et ce truc rouge sur le dessus, c'est des cheveux, on appelle ça une crête. C'est un style très populaire chez les punks et les abrutis en général. Tant que nous n'avons pas plus d'éléments, et que personne n'a identifié ce psychopathe, on se contentera de l'appeler l'Iroquois, mais je suppose que la plupart d'entre vous sont déjà au courant grâce aux infos.»

Un des deux officiers en civil au premier rang leva la main. Il s'agissait de Benny Stansfield, un vieux détective à l'attitude assez agressive qui n'aimait pas beaucoup la paperasse et se prenait pour l'inspecteur Harry du département. C'était la bête noire d'O'Grady depuis des années. Il était à tort convaincu que le fait de travailler en civil le rendait bien plus rock'n'roll que quiconque dans le service, et que les règles normales ne s'appliquaient pas à lui. Ce qui le rendait encore plus agaçant, c'est qu'il n'avait pas l'air aussi cool qu'il le pensait. Son costume beige était un peu trop grand pour lui, mais la liberté qu'il lui donnait lui permettait de gesticuler dans tous les sens quand bon lui semblait. Et il portait la même cravate marron répugnante tous les jours. Il était évident qu'il se contentait de la jeter autour de son cou tous les matins sans jamais prendre la peine de la nouer ou de la dénouer. Ses cheveux bruns étaient gras et un peu trop longs pour un policier. Son attitude désinvolte était parachevée par une petite languette de barbe de trois jours sur son menton.

« Oui, Benny ? dit O'Grady, soulagé que quelqu'un ait finalement préféré lever la main plutôt que hurler sans y être invité.

— Pourquoi l'Iroquois ? »

O'Grady fronça les sourcils et montra du doigt l'image sur le tableau blanc.

« Parce qu'il a une crête, comme un Iroquois.

— J'ai bien compris, commissaire, dit Benny. Mais pourquoi lui donner un surnom ? Ça ne fait que le rendre plus fascinant, ce fils de pute.

— Peut-être, répondit O'Grady, sur la défensive. Mais c'est plutôt bien trouvé comme surnom, non ? »

Quelques officiers derrière Benny hochèrent la tête en signe d'approbation. Le type assis à côté de lui lui donna un coup de coude et murmura : « Il a pas tort. »

« Qui a trouvé ce surnom ? demanda Benny.

— Moi, dit O'Grady. Ça te pose un problème ?

— Je vois pas l'intérêt. »

O'Grady résista à l'envie de traiter Benny de connard, même dans sa barbe. Il se contenta d'observer les visages dans la salle pour s'assurer qu'il avait toute leur attention. C'était le moment de leur balancer la seule bonne nouvelle de la matinée.

« Vois les choses sous cet angle, Benny, dit-il en se concentrant sur le membre le plus véhément de l'assemblée. Imagine la une du journal et son gros titre : "Benny Stansfield capture l'Iroquois et décroche une récompense de dix mille dollars." Ça sonne plutôt bien, tu trouves pas ? »

Plusieurs officiers, dont Benny, se redressèrent soudain sur leur siège.

« Vous avez bien entendu, poursuivit O'Grady, il y a une récompense de dix mille dollars pour celui qui capturera l'Iroquois.

— Dix mille ? demanda Benny. Ils sortent d'où, ces dix mille dollars ?

— Silvio Mellencamp a généreusement offert une récompense de dix mille dollars à celui qui attrapera ce type vivant. »

L'évocation de la récompense eut l'effet escompté. Soudain, tout le monde sembla prêt à bondir hors de son siège pour aller traquer le tueur.

Benny leva de nouveau la main.

« Qu'est-ce qui se passe si je trouve cet Iroquois et que les circonstances font que je suis obligé de lui tirer dans la tête jusqu'à ce que mort s'ensuive ? Est-ce qu'il y a aussi une récompense ? » demanda-t-il.

O'Grady sourit. C'était précisément la question qu'il attendait.

«Si quelqu'un tue l'Iroquois, alors Mellencamp ne paiera pas les dix mille dollars.»

Des hurlements de désapprobation s'élevèrent dans la salle. O'Grady leva une main pour demander le silence avant de poursuivre :

«Laissez-moi finir. Si quelqu'un tue l'Iroquois, la récompense ne sera pas de dix mille dollars, mais de cent mille dollars. M. Mellencamp a été très clair à ce sujet.»

Au premier rang, Benny se leva et se tourna vers ses collègues. Il leva la main à la manière d'un prédicateur et cria :

«Qu'est-ce qu'on attend, nom de Dieu ? Sortons d'ici et allons trouver ce fils de pute !»

Alors qu'un brouhaha de chaises grinçant contre le sol s'éleva dans la salle, O'Grady appela au calme.

«Attendez une seconde ! cria-t-il, juste une minute bon sang, il me reste une chose à vous dire.» Il attendit que le calme revienne et que tous les policiers se rasseyent à leur place, ou en tout cas qu'ils interrompent leur ruée vers la porte, ce qu'ils firent diligemment.

«Le FBI nous envoie deux agents pour nous aider sur l'affaire. Je ne sais pas exactement quand ils débarqueront, mais voyons si on peut trouver ce fils de pute d'Iroquois avant leur arrivée.

— Pourquoi on aurait besoin de putains d'agents du FBI ? demanda une voix dans la salle.

— On n'en a pas besoin, répondit O'Grady. La version officielle est qu'on va leur offrir toute notre aide. Mais ce que je demande en réalité à chacun d'entre vous, c'est de tout faire pour empocher ces cent mille dollars. Et n'en parlez pas au FBI. Je suis pas sûr qu'ils voient ce genre de choses d'un très bon œil. On va résoudre nous-même cette affaire et leur montrer un peu ce que c'est que la justice… la bonne vieille justice de B Movie ! »

O'Grady s'attendait à être acclamé par son public de policiers. Mais il vit qu'ils avaient tous les yeux fixés sur la porte à sa gauche. Dans l'embrasure se tenait Brenda, sa secrétaire, le visage aussi livide qu'un fantôme avec la gueule de bois. Elle tremblait de tout son corps. Depuis vingt-cinq ans qu'elle travaillait dans le département, il ne l'avait jamais vue si perturbée. Et ses cheveux étaient en bataille, ce qui ne lui ressemblait pas. Ils étaient relevés en une queue-de-cheval, cela n'avait en soi rien d'inhabituel, mais on aurait dit qu'elle venait de se battre avec une chatte en chaleur.

« Qu'est-ce qui se passe, Brenda ? demanda O'Grady.

— Commissaire, répondit-elle en repoussant quelques mèches de cheveux de ses yeux. Daisy Coltrane vient d'appeler. Elle dit qu'elle a trouvé Hank Jackson la tête dans les toilettes de son bureau. »

O'Grady soupira.

« Et ? Ça ne doit pas être la première fois.

— Elle a aussi trouvé ses mains dans la caisse enregistreuse et ses pieds sous le bureau, mais elle dit qu'elle a cherché partout et qu'elle ne trouve pas le reste. »

8

Clarisse se regarda dans le miroir et vérifia son apparence une dernière fois. Son déshabillé noir était élégant mais pas trop, juste ce qu'il fallait pour plaire à Mellencamp. Il laissait voir son soutien-gorge et son string, à condition de regarder avec insistance. Et Mellencamp aimait regarder avec insistance, même s'il avait déjà vu ce qu'elle avait à offrir un million de fois auparavant. Elle avait coiffé ses cheveux blonds juste comme il aimait et s'était assurée que ses larges boucles ne bougeraient pas d'un millimètre, même en cas de tempête, en vidant toute une bombe de laque dessus. Elle mima un baiser de ses lèvres maquillées de bordeaux pour être sûre que son rouge à lèvres soit bien uniforme. Ce détail finirait de le convaincre. Il aimait le rouge à lèvres sombre. Elle inspira profondément et frappa deux coups à la porte.

«Entrez!» lança Mellencamp.

Elle inspira une nouvelle fois, tourna la poignée et entra, se demandant dans quelle disposition elle allait le trouver. Au fil du temps, elle l'avait vu dans toutes les situations compromettantes humainement possibles, la plupart du temps le pantalon baissé. Il était parfois avec une fille, parfois avec plusieurs, et il n'était pas rare qu'il soit tout seul. Clarisse ne s'offusquait jamais de ce qu'elle découvrait, plus maintenant en tout cas.

La suite personnelle de Mellencamp comportait un immense lit à baldaquin et un jacuzzi. Il se trouvait en général dans l'un des deux. À en croire la direction dont provenait son invitation à entrer, elle supposa qu'il était dans le jacuzzi de l'autre côté de la pièce. Et elle avait raison. Elle l'y trouva vautré dans l'eau à bulles, dont dépassait son gros torse poilu. Il arborait un large sourire entouré d'un collier de barbe d'un noir de jais. Son gros crâne chauve suait abondamment.

«Salut, Clarisse, lança-t-il toujours en souriant. Qu'est-ce que je peux faire pour toi?

— Ils ont parlé de toi aux infos ce matin, répondit-elle.

— Ah oui? À quel propos?

— Ils ont dit que tu offrais une récompense pour la capture de ce type qu'ils appellent l'Iroquois.»

Mellencamp ferma les yeux et ses paupières tressaillirent.

«Oh oui, c'est bon, continue.» Il respirait bruyamment, la tête penchée en arrière.

Clarisse vit une fille aux cheveux bruns émerger de l'eau en face de lui.

«Quoi? demanda la fille.

— J'ai dit "continue".» Mellencamp repoussa sa tête sous l'eau de sa main gauche.

Clarisse ferma la porte derrière elle et se dirigea vers le jacuzzi. Elle s'arrêta à environ un mètre de Mellencamp.

«Il y a autre chose qu'il faut que tu saches, dit-elle.

— Bien. Bien. Continue.

— Une des filles est enceinte.»

Mellencamp ne répondit pas immédiatement. Il ferma les yeux et sa bouche se tordit en une grimace rappelant la réaction de quelqu'un qui viendrait de boire dans une bouteille de vinaigre. Clarisse reconnut cette expression. Il était sur le point d'éjaculer, probablement dans la bouche de Jasmine, la fille sous l'eau.

Clarisse regarda l'expression sur son visage se transformer encore plusieurs fois avant que sa mâchoire ne se relâche enfin et qu'il ouvre lentement les yeux. Ce qui signifiait à n'en pas douter qu'il avait terminé. Il tendit la main à sa droite et tâtonna jusqu'à ce qu'elle rencontre un verre de cognac posé sur le rebord du jacuzzi. Il souleva le verre et le renifla longuement.

Jasmine remonta à la surface et repoussa ses cheveux de son visage avant de chasser quelques bulles de la main. Elle se tourna et aperçut Clarisse.

«Salut, Clarisse, dit-elle en clignant des yeux.

— Salut, Jasmine.»

Mellencamp avala une gorgée de cognac et alla s'accouder du côté le plus proche de Clarisse. Il s'appuya contre le rebord du jacuzzi et leva les yeux vers elle. Le reste de son corps était toujours immergé et des bulles gouttaient de son torse poilu.

«Qu'est-ce que tu disais? demanda-t-il à Clarisse.

— Est-ce qu'on peut parler en privé?»

Mellencamp se tourna vers Jasmine.

«Il va falloir que tu retournes là-dessous», dit-il.

Jasmine fronça les sourcils.

«Hein?»

Mellencamp lui sourit et se tapota le derrière. Le visage de Jasmine se décomposa lorsqu'elle posa les yeux sur les fesses du patron.

« Dépêche-toi, dit Mellencamp, Clarisse et moi devons parler en privé. »

Jasmine prit une grande bouffée d'air et disparut de nouveau sous la surface, cette fois en direction du postérieur de Mellencamp.

Clarisse savait que Jasmine aurait bientôt besoin d'air, aussi alla-t-elle droit au but.

« Une des filles est enceinte.

— Enceinte ? Mellencamp approcha de nouveau le verre de cognac de sa bouche. Laquelle ?

— Bébé. »

Il était difficile de lire sur son visage ce qu'il pensait. D'un côté, Clarisse était convaincue qu'apprendre la grossesse de Bébé le mettrait dans une rage folle, mais il fallait aussi prendre en compte le fait qu'il était en train de se faire titiller l'anus par la langue de Jasmine.

Il fit plusieurs grimaces avant de répondre.

« Comment tu sais qu'elle est enceinte ? Qui te l'a dit ?

— C'est elle. Après avoir vomi sur un client.

— Elle a vomi sur un client ? Oh bon sang ! » Son humeur s'assombrit visiblement, malgré la langue de Jasmine qui continuait à s'affairer.

« On sait qui est le père ?

— Elle dit qu'elle ne sait pas.

— Et tu la crois ?

— Je crois que c'est ce qu'elle croit.

— Très bien, fais venir le médecin alors.

— Elle veut le garder. »

Mellencamp reposa son verre. Au même moment, Jasmine refit surface derrière lui. Il lui lança un regard noir et elle comprit qu'il valait mieux qu'elle prenne une autre inspiration et disparaisse vite fait. Il regarda de nouveau Clarisse.

« J'en ai rien à foutre de ce qu'elle veut, grommela-t-il, elle ne peut pas le garder. Appelle Bob et dis-lui de s'en occuper cet après-midi.

— Mauvaise nouvelle, répondit Clarisse en grimaçant. Le docteur Bob est en vacances. Lui et Julie ont quitté la ville pour quelques jours. Ils ne rentreront pas avant deux semaines.

— Et personne d'autre ne peut s'en charger ?

— Seulement l'hôpital de Lewisville. »

Mellencamp fronça les sourcils avant de se redresser en tressaillant sous l'effet de la langue de Jasmine, qui venait visiblement de toucher un point sensible.

« Pas Bébé, répondit-il, elle ne peut pas aller à l'hôpital.

— Il y a un type qui travaille à l'hôpital mais qui a aussi son propre cabinet. Le docteur Chandler. Il ne fait pas de visites à domicile en dehors de Lewisville mais il est discret. Et pas trop cher.

— Ça veut dire qu'on doit envoyer Bébé à Lewisville ?

— Oui. S'il faut vraiment que ce soit fait maintenant, alors il faudra le faire à l'extérieur de la ville. »

Mellencamp soupira.

« Putain de merde. »

Clarisse haussa les épaules d'un air désolé.

« Dans tous les cas, elle ne pourra pas travailler pendant quelque temps. Je pense qu'il faut que ce soit fait le plus tôt possible. Plus on attend, plus elle sera déterminée à le garder. »

Jasmine remonta à la surface une nouvelle fois. Elle essuya quelques bulles de son visage et supplia Mellencamp du regard, dans l'espoir de ne pas avoir à y retourner. Il se pencha et lui caressa le visage, puis l'embrassa sur la joue et lui fit au revoir de la main. Lorsque la jeune femme sortit du jacuzzi, les yeux de Mellencamp s'attardèrent un peu sur ses fesses nues tandis qu'il réfléchissait à ce qu'il fallait faire pour Bébé. Il finit par se tourner vers Clarisse.

« D'accord, dit-il. Mais dis-lui qu'elle va à l'hôpital pour faire des examens ou quelque chose du genre. Fais-lui croire qu'on la laisse garder le bébé. Mais dis à Arnold de l'emmener. Dis-lui de s'assurer que le médecin comprend ce qu'il doit faire, tu sais, au cas où ce Chandler penserait que c'est immoral ou je n'sais quoi. Arnold fera en sorte qu'il comprenne ce qu'il doit faire.

— Arnold ? Tu es sûr qu'un autre gars ne peut pas s'en charger ?

— Tout à fait sûr. Arnold est une grosse brute sans pitié. Si le médecin a besoin d'être gentiment persuadé, Arnold le fera avec plaisir.

— Je sais bien, mais Bébé et Arnold ne s'entendent pas très bien, tu te rappelles ? »

Mellencamp attrapa son verre et but une autre gorgée.

« Tu as dit qu'elle voulait garder le bébé. Et je sais à quel point elle est casse-pieds quand elle veut quelque chose, alors dis à Arnold de s'en occuper. »

Clarisse avait du mal à croire ce qu'elle entendait.

«Tu n'as pas oublié ce qu'il lui a fait l'année dernière, si?»

Mellencamp se redressa et retourna à sa place d'origine, son verre de cognac à la main. Il s'adossa au rebord du jacuzzi.

«Avec Arnold, dit-il, Bébé saura que si elle tente quoi que ce soit de stupide, comme essayer encore de s'enfuir, il lui fera regretter. Alors *dis à Arnold de s'en occuper.*»

9

Après un vol de deux heures, Jack Munson et Milena Fonseca atterrirent sur une base navale située à cinquante kilomètres de l'hôpital psychiatrique de Grimwald. Ils furent accueillis par les hommes de la base, dont quelques-uns connaissaient déjà Munson. Ils lui remirent les clefs d'une Mercedes-Benz flambant neuve et, cinq minutes après avoir atterri, Munson et Fonseca étaient en route vers l'hôpital. Munson avait insisté pour conduire même s'il savait que cela inquiétait un peu Fonseca, qui le soupçonnait d'avoir bu. Il fut donc ravi qu'elle accepte.

Ils n'avaient pas vraiment eu l'occasion de discuter dans l'avion. Munson avait délibérément fait des histoires en demandant au steward de lui apporter un sandwich au bacon pour finir par se plaindre qu'on lui ait mis du ketchup plutôt que de la sauce barbecue. Au moment de l'atterrissage, il avait déjà englouti trois tasses de café. Avec tout ce qu'il avait dans l'estomac, il se sentait enfin assez sobre pour gérer Fonseca. Et son humeur s'était améliorée, suffisamment pour qu'il ait envie de bavarder un peu avec elle. Il décida de profiter du trajet sur la petite route de campagne qui menait à

Grimwald pour essayer d'apprendre à la connaître, mais elle le devança.

«Pincent ne m'a jamais dit toute l'histoire concernant votre congé forcé», déclara-t-elle à brûle-pourpoint.

Les yeux de Munson ne quittèrent pas la route. Et pendant un moment beaucoup plus long que la politesse le permet, il envisagea de ne pas répondre. Finalement, alors qu'elle commençait à perdre espoir, il répondit par une autre question.

«Comment vous vous êtes retrouvée chef de Pincent?

— Il avait des problèmes.

— Quel genre de problèmes?

— Familiaux.

— Devon n'a pas de famille.

— C'est justement son problème.»

Munson comprit de quoi elle parlait.

«Vous avez une famille? demanda-t-il.

— Oui, mais je n'en parle pas.

— C'est la meilleure manière de gérer ce boulot. Un mari et des enfants, ça crée des problèmes. Ça fait de vous une cible.

— Je sais, répondit Fonseca, sur la défensive. Ce n'est pas mon premier jour de travail.

— Et les problèmes familiaux de Pincent. Il vous en a déjà parlé?

— Non, mais c'est parce que je n'aime pas parler de la famille des autres, pas plus que de la mienne. Mais si vous me demandez si je sais que sa famille a été assassinée, alors oui. Et d'après ce que j'ai pu voir, il ne s'en est jamais vraiment remis et n'a jamais pu l'accepter.

— Ce n'est pas surprenant, si ? Je veux dire, ce n'est pas quelque chose que l'on accepte facilement. Ça l'a complètement anéanti à l'époque. Il n'a jamais été le même depuis, dit Munson, en se rappelant la détresse de son ami lorsqu'il avait découvert qu'il avait perdu toute sa famille en un après-midi. Mais je trouve qu'il s'en sort plutôt bien. L'agence devrait le laisser un peu tranquille.

— Ces derniers temps, Pincent est le seul du département qu'on laisse un peu tranquille, répondit Fonseca avec une pointe d'aigreur dans la voix.

— Comment ça ?

— J'ai été promue parce qu'on a découvert qu'il utilisait les ressources du gouvernement pour des affaires personnelles. Pourquoi il n'a pas été viré, ça, ça reste un mystère. N'importe qui d'autre aurait été immédiatement mis à la porte. »

Le regard de Munson quitta la route pendant un instant et se posa sur Fonseca pour la première fois depuis qu'ils avaient quitté l'aéroport.

« Qu'est-ce qu'il faisait ?

— Ce ne serait pas très professionnel de ma part d'en parler.

— Pourquoi cela ? demanda Munson en se concentrant de nouveau sur la route.

— Vous n'aimeriez pas que je parle de vos problèmes personnels à quelqu'un d'autre, si ?

— J'en aurais rien à faire. Allez, qu'est-ce que Devon faisait et qu'il n'aurait pas dû ?

— Désolée l'ami, mais c'est confidentiel, répondit Fonseca avec un bref sourire. Mais puisque vous n'en avez rien à faire de ce que disent les autres de vous, et si vous me disiez pourquoi on vous a envoyé en congés forcés ? Il n'y a rien dans votre dossier sur ce sujet. À vrai dire, il n'y a pas grand-chose dans votre dossier.

— Et vous savez pourquoi ?

— Non. C'est pour ça que je vous demande.

— C'est confidentiel. »

Fonseca tenta une autre approche.

« Vous savez, il y a beaucoup de rumeurs dans le département, sur les raisons qui vous ont poussé à vous mettre à boire.

— J'ai dit que je ne voulais pas en parler.

— Je sais, mais le problème avec les rumeurs, c'est qu'elles ont tendance à prendre des proportions assez incontrôlables. J'aimerais juste connaître votre version des faits. »

Munson souffla bruyamment par les narines.

« Laissez tomber, grommela-t-il.

— Très bien, répliqua Fonseca sur un ton un peu plus léger. Mais il faut que vous sachiez une chose. Les jours de Pincent dans le département sont comptés. Lorsqu'on aura fini de nettoyer sa dernière connerie, il pourra dire adieu à sa carrière. Il le sait. Mais vous, si vous voulez qu'on vous confie d'autres boulots de ce genre, il va falloir que vous arrêtiez vos cachotteries, parce que vous travaillerez sous mon autorité.

— Je ne travaillerai sous l'autorité de personne. Je pars directement à la retraite après cette mission.

— C'est probablement la meilleure chose à faire, dit Fonseca, en regardant le paysage défiler par la vitre. Il n'y a plus de types comme vous dans le service aujourd'hui. Pas à ma connaissance en tout cas.

— C'est pour ça qu'ils m'appelaient le Fantôme. S'il y avait encore quelqu'un comme moi dans le département aujourd'hui, vous ne le verriez jamais. Ce serait un fantôme.

— Mais je saurais qu'il existe, je vous assure.

— Et je vous assure que vous n'en sauriez rien. Vous savez ce que mon apparition dans le bureau de Pincent aujourd'hui avait de spécial?

— Non, quoi?

— C'était la première fois que j'y mettais les pieds sous ma propre identité. À chaque fois que je suis venu dans ces bureaux, j'étais déguisé. En agent d'entretien, négociateur de crise barbu, comptable… Bref, tout ce que vous voulez. Les types comme moi restent aussi loin que possible des gens comme vous.»

Fonseca eut l'air surprise. Mais son expression se transforma rapidement en mépris.

«Conneries, répondit-elle avec un sourire dédaigneux. Vous n'auriez même pas pu entrer dans le bâtiment sans mon autorisation aujourd'hui.

— C'est parce que je suis de l'histoire ancienne, Milena. Il y a d'autres types maintenant, qui font tout le sale boulot que je faisais. Et vous ne saurez jamais qui ils sont.

— Faites-moi confiance, je saurai. Les choses ont changé depuis votre époque, Jack. Il n'y a plus de secrets. Pas à mon niveau.

— Oh mais si. À votre niveau, il y a des choses que vous ne *pouvez* pas savoir.

— Je suis assez haut placée pour tout savoir.

— C'est là que vous vous trompez, ma jolie. Vous êtes maintenant *trop* haut placée pour tout savoir. Quand vous êtes devenue la supérieure de Pincent, on vous a placée à un échelon où il vous est impossible de tout savoir. Parce que si vous aviez connaissance de la moitié de ce qui se passe en dessous de vous, vous seriez virée et poursuivie pour trahison. Les types comme Pincent ou moi sont là pour vous éviter ça. M'accompagner sur cette mission est la chose la plus idiote que vous puissiez faire. Vous allez voir des choses qui vont vous coller à la peau pour le reste de votre carrière. Et vous ne pourrez pas en parler parce que vous serez déjà trop impliquée. »

Fonseca sourit.

« Vous ne savez absolument pas de quoi vous parlez. Comme je disais, les temps ont changé. Et pour commencer, les agents d'aujourd'hui ne font pas de blagues ni de vannes déplacées.

— Ça, c'est ce que vous croyez. Ils les font dans votre dos. »

Le téléphone de Fonseca se mit à sonner et Munson fut horrifié de découvrir qu'elle avait pour sonnerie « As long as you love me » des Backstreet Boys. Elle répondit et parla à voix basse pendant cinq minutes, certainement avec son petit ami ou son mari, pensa Munson. Elle ne portait aucune bague qui pouvait laisser penser qu'elle était en couple. En réalité, Fonseca ne portait aucun bijou. Juste des vêtements élégants, mais simples. Elle ne laissait rien paraître, en dehors du fait qu'elle était fan des Backstreet Boys.

Elle mit brusquement fin à l'appel lorsqu'elle aperçut enfin l'impressionnant hôpital psychiatrique de

Grimwald qui s'élevait à gauche de la route. C'était un imposant bâtiment de pierre gris qui se dressait au milieu d'un immense domaine. On aurait dit un château médiéval. Ses murs cachaient certainement un million d'histoires plus horribles les unes que les autres, peuplées d'individus mentalement instables.

«Nous y sommes, annonça Munson. L'ancienne maison de Joey Conrad. Vous êtes sûre de vouloir continuer? Parce que si vous voulez prendre un taxi et rentrer chez vous, il n'est pas trop tard, vous savez.

— Oh non, je suis prête, répondit Fonseca. Attendez de voir. Je suis pleine de surprises.»

10

L'Alaska Roadside Diner ne croulait pas vraiment sous les clients ce matin-là. Et comme son nom ne l'indiquait pas, il n'était pas situé en Alaska mais à B Movie Hell, ce qui laissait souvent perplexes les nouveaux clients. C'était malgré tout le deuxième restaurant de bord de route le plus fréquenté après le McDowell's. Quelques personnes mangeaient dans les box près des fenêtres tandis que quelques solitaires prenaient leur petit déjeuner au comptoir. Malgré le petit nombre de clients, l'Alaska était beaucoup plus bruyant que de coutume, toutes les conversations portant ce jour-là sur le meurtre de Pete Neville.

La serveuse, Candy, une blonde pulpeuse d'une quarantaine d'années vêtue d'un uniforme blanc beaucoup trop petit pour elle, prit la commande de deux types assis dans l'un des box près de la fenêtre avant de contourner le comptoir pour rejoindre la cuisine. Reg, le chef cuisinier, faisait sauter des steaks hachés tout en regardant les infos sur un petit téléviseur portable qu'il avait lui-même fixé au mur quelques années plus tôt. Mais Reg n'était pas quelqu'un de très manuel et le poste de télévision était légèrement penché vers la droite, ce qui agaçait beaucoup Candy, et probablement Reg lui-même, qui était bien trop têtu pour l'admettre. Le téléviseur était donc condamné à rester de guingois, ce qui donnait l'impression que les mots qui défilaient en bas de l'écran étaient sur le point de s'écouler par le coin inférieur de la télévision. Reg avait les yeux fixés dessus, essayant de lire les dépêches. Sa toque de trente centimètres commença à glisser lentement de sa tête lorsqu'il se pencha en avant pour mieux lire. Candy se plaça discrètement derrière lui et la remit en place pour éviter qu'elle ne glisse complètement.

Reg était un bonhomme au crâne dégarni et au visage rougeaud, dont la bedaine était la preuve pour ses clients qu'il était un grand amateur de ses propres hamburgers. Sa toque bien-aimée lui permettait de cacher sa calvitie, qu'il surcompensait en cultivant une grosse moustache broussailleuse sous son nez. Il avait également une épaisse toison de poils sur la poitrine qui dépassait de son marcel blanc. Et dès dix heures du matin, une marque de transpiration commençait à se former sur son pantalon de jogging bleu, au niveau de la raie des fesses. En le voyant comme ça, personne n'aurait pu imaginer qu'il avait été un sportif accompli et un excellent tireur au stand de tir. Aujourd'hui, il n'était plus qu'une masse de graisse informe et transpirante. Candy n'arrêtait pas de le lui répéter, mais il semblait n'en avoir rien à faire.

Elle se glissa devant lui en le bousculant un peu et sortit de la poche avant de son tablier rose une poignée de post-it où elle avait noté les commandes.

Elle les colla en plein milieu de l'écran sur lequel Reg avait les yeux fixés, couvrant les images autant que possible. C'était le seul moyen d'attirer son attention. Et de l'énerver. Reg travaillait plus vite lorsqu'il était énervé.

« Y a un type vraiment louche là-bas, dit-elle. Table six, cheeseburger, frites, Coca.

— Qu'est-ce qu'il y a de louche là-dedans ? demanda Reg en décollant les post-it du téléviseur.

— Il parle tout seul.

— Comme beaucoup de gens. Je parle tout le temps tout seul quand tu n'es pas à côté.

— Je sais, je t'entends.

— Alors c'est quoi le problème ?

— Il a demandé à son ami imaginaire s'il voulait manger quelque chose. »

Reg décolla les yeux de la télévision et les posa sur elle.

« D'accord, il est un peu timbré. Mais tant qu'il paie sa bouffe et le milk-shake imaginaire de son pote, où est le problème ?

— Si les autres clients s'en rendent compte, ça pourrait les faire fuir. »

Reg regarda de nouveau le téléviseur et commença à coller les post-it sur le mur au-dessus du gril sans faire trop attention à ce qu'il faisait.

« Personnellement, dit-il, je pense que la plupart des gens préféreraient être ici avec un barje qui parle tout seul plutôt que dans la rue. D'après les infos, il y a eu un autre meurtre ce matin.

— Quelqu'un qu'on connaît ? demanda Candy en levant les yeux vers le téléviseur.

— Ils n'ont pas encore donné de nom, mais apparemment c'est quelqu'un qui travaillait au magasin de Hank Jackson.

— La seule personne qui travaille là-bas c'est Hank, non?

— Ouep.

— Donc Hank est mort?»

Reg fit sauter un steak haché sur le gril en fonte avec sa spatule en métal rouillée.

«Tu aurais dû être détective privé, dit-il.

— Mon Dieu, ma copine Patty est sortie avec lui pendant quelque temps. D'après elle, il avait de gros problèmes de flatulences, mais en dehors de ça, c'était un chic type.

— C'est sûrement toujours le cas, mais d'après ce qu'ils disent aux infos, c'est un chic type sans tête. Ni mains. Ni pieds.»

Candy sentit son estomac se retourner. Pendant une seconde elle crut qu'elle allait vomir et mit une main devant sa bouche juste au cas où.

«Tu plaisantes, hein?

— Nan.

— Sérieux? Ils lui ont coupé les mains et les pieds en plus de la tête?

— *Ils*?

— Tu sais ce que je veux dire. Le tueur.

— Ouais. Un témoin a vu le type à la crête rouge partir dans une des voitures de Jackson.

— C'est choquant. Il l'a tué juste pour une voiture?»

Reg haussa les épaules et fit sauter un autre steak sur le gril. Un bruyant crépitement se fit entendre et un nuage de fumée le prit au visage. Il toussa et agita la main devant son nez pour chasser la fumée.

« Connaissant Hank Jackson comme je le connais, bafouilla-t-il, j'imagine qu'il a fait quelque chose de stupide comme lui mettre un flingue sous le nez.

— Il en a un ?

— Je sais pas. C'est bien possible. »

La réalité des meurtres frappa soudain Candy. Ce n'était pas un simple coup de folie. Quelqu'un s'employait activement à décapiter de pauvres innocents. Tous les habitants de B Movie Hell avaient une raison d'avoir peur.

« Je suis pas sûre de pouvoir dormir cette nuit, dit-elle.

— Ils vont vite l'attraper, répondit Reg.

— Qu'est-ce que t'en sais ?

— Ils ont dit aux infos que Silvio Mellencamp offrait une récompense à celui qui attrapera le type, mort ou vif. Je connais pas mal de gens qui diraient pas non à ce fric.

— Ouais, ben moi je sais ce que je ferais si je voyais le tueur, dit Candy. Je prendrais mes jambes à mon cou. Hank Jackson aurait dû courir lui aussi, ou appeler la police.

— Ça doit pas être facile d'appeler les flics quand tu es en train de te faire décapiter, j'imagine, hasarda Reg.

— C'est pas drôle.

— Je m'en fiche. »

Candy leva les yeux vers le téléviseur.

« Les flics ont déjà une idée de l'identité du tueur ? demanda-t-elle.

— Ils viennent de montrer un portrait-robot. Le masque qu'il porte est vraiment horrible. C'est une espèce de gros truc jaune en caoutchouc avec une crête rouge.

— Il a d'autres traits caractéristiques ?»

Reg baissa la tête et la regarda d'un air perplexe par-dessus une paire de lunettes imaginaires.

«Le masque ne te suffirait pas à le reconnaître ?

— Sois pas méchant, répondit Candy d'un ton sec. S'il ne porte pas son masque, comment on le reconnaît ?»

Reg se tourna vers le téléviseur.

«La voiture qu'il a volée est une voiture de stock-car jaune avec une bande rouge au milieu. Si tu n'arrives pas à repérer un type avec un masque jaune et rouge au volant d'une voiture jaune et rouge, tu mérites de te faire décapiter. Ce type n'attend qu'une chose, c'est d'être attrapé. »

Candy se remémora la dernière fois qu'elle était passée devant le magasin de Hank Jackson en voiture. C'était quelques semaines plus tôt, quand elle cherchait une voiture pour son fils qui apprenait à conduire.

«Je crois que je me rappelle cette voiture, dit-elle. Mon fils la voulait. Il la trouvait classe. Je trouvais que c'était un engin de la mort. J'imagine que c'en est vraiment un maintenant.»

Reg ne l'entendait pas, ou ne faisait pas attention à elle. Il pointa du doigt la télévision.

«Le voilà, c'est lui.»

Candy leva les yeux. Le portrait-robot du tueur était affiché à l'écran avec une légende –

L'IROQUOIS : N'APPROCHEZ PAS DE CET HOMME.

Elle fixa des yeux l'écran pendant quelques secondes, le temps de bien enregistrer l'image. Elle reconnut les vêtements que portait le tueur.

Un jean noir et une veste en cuir verni rouge.

Elle resta un instant hébétée et se retint de tomber en posant une main sur l'épaule de Reg.

« C'est le type dans la salle qui parle tout seul. »

11

Bébé prit une douche rapide avant d'enfiler un jean bleu clair et un sweat-shirt gris. Elle releva ses cheveux en une queue-de-cheval et songea au plan qu'elle avait préparé ces derniers jours. Pour l'instant, tout se passait comme prévu. Le docteur Bob, qui pratiquait les avortements en temps normal, était parti en vacances aux îles Fidji pour deux semaines. C'était l'opportunité qu'elle attendait depuis longtemps.

Quand elle avait vu arriver Kevin Sharp ce matin-là, elle savait qu'elle avait trouvé en lui un complice involontaire. Pendant qu'il l'attendait nerveusement sur le lit, elle s'était éclipsée dans la salle de bains et avait versé une petite quantité de sirop d'ipéca dans sa gorge. Plusieurs filles du Minou Joyeux utilisaient régulièrement ce truc pour perdre du poids. Bébé s'en était servi pour se faire vomir sur Kevin Sharp et ainsi alerter Clarisse sur sa situation. Et son plan avait marché à merveille. Clarisse en avait tout de suite conclu que Bébé était enceinte et n'avait pas pris la peine de regarder son test, ce qui arrivait normalement quand une fille affirmait être en cloque.

Quelques mois plus tôt, une des filles était tombée enceinte et avait eu l'idée stupide de dire qu'elle voulait garder le bébé. Le docteur Bob était arrivé le matin même et avait pratiqué l'avortement avant qu'elle ait pu dire quoi que ce soit. Bébé en avait déduit à raison qu'elle recevrait le même traitement. Mais avec le docteur Bob en vacances, ils avaient été obligés d'organiser hâtivement un road trip à Lewisville. Ce qui lui offrait une rare occasion de s'échapper à la fois du Minou Joyeux et de B Movie Hell. Si elle laissait passer cette opportunité, elle n'en aurait probablement jamais d'autre.

Le premier coup dur fut d'apprendre qu'ils avaient choisi Arnold pour la conduire. Il l'avait rouée de coups moins d'un an plus tôt lorsqu'elle avait refusé de jouer à un jeu érotique particulièrement dangereux avec lui. Ils ne s'étaient pas parlé depuis. Clarisse avait fait en sorte qu'Arnold ne puisse plus approcher Bébé. Alors le fait que ce soit lui que Mellencamp ait choisi pour la conduire signifiait que si elle essayait de s'enfuir, elle pouvait s'attendre à une punition des plus sévères.

Elle avait à peine fini de nouer les lacets de ses baskets lorsque Clarisse passa la tête dans l'entrebâillement de la porte. Il était temps de partir. Un des jeunes agents de sécurité l'escorta jusqu'à l'entrée de l'établissement.

Arnold l'attendait dans une Mercedes-Benz noire, classe E. Le moteur était en marche et la portière passager déjà ouverte. Bébé monta dans la voiture et referma la portière sans regarder Arnold. La route allait être longue et certainement très calme.

Ils n'échangèrent pas un mot pendant les dix premières minutes du trajet. Bébé fit en sorte de regarder uniquement droit devant elle ou par sa vitre. La Mercedes n'était qu'une des vingtaines que possédait Silvio Mellencamp. Comme toutes ses voitures à l'exception des décapotables, elle avait des vitres teintées noires. Personne à l'extérieur ne saurait qu'elle se trouvait à l'intérieur.

Son cœur battait à cent à l'heure tandis qu'elle réfléchissait à un moyen de persuader Arnold de la laisser sortir de la voiture. Il fallait aussi choisir le bon moment, attendre de savoir par où s'enfuir. Elle regrettait de ne pas mieux connaître B Movie Hell, mais ses escapades hors du Minou Joyeux avaient été trop peu fréquentes pour qu'elle puisse ne serait-ce que savoir où elle se trouvait.

« On a assez d'essence pour aller là où on va ? » demanda-t-elle.

Arnold l'ignora. Elle compta jusqu'à dix dans sa tête avant de retenter sa chance.

« Tu n'as pas faim ? »

Il l'ignora de plus belle et regarda droit devant lui. Sa main de la taille d'une pelle était posée sur le volant. Ses avant-bras aussi étaient impressionnants. Le tee-shirt moulant noir qu'il portait couvrait à peine la moitié de ses énormes biceps. Son visage était usé et tanné à force de travailler à l'extérieur comme il l'avait fait pendant la plus grande partie de sa vie. C'était un des hommes de main de Mellencamp, qui l'employait aussi bien pour se débarrasser de ses ennemis que pour entretenir les jardins de sa propriété. Ses cheveux bruns et épais tombaient sur ses épaules. En apparence, il avait l'air d'un homme à femmes plutôt charmant, mais Bébé ne savait que trop bien que c'était en réalité une dangereuse brute misogyne.

La question de Bébé l'avait néanmoins travaillé puisque, près d'une minute plus tard, il répondit enfin.

« Y a un resto un peu plus loin. On pourra acheter à manger là-bas.

— Génial. Il faut aussi que j'aille aux toilettes. »

Pour la première fois depuis le début du trajet, les yeux d'Arnold quittèrent la route et se posèrent sur elle.

« Ne te fais pas d'illusions, dit-il. Si tu imagines pouvoir t'enfuir, je t'assure que tu vas le regretter.

— Pourquoi je voudrais m'enfuir ? On va à l'hôpital, non ?

— Ouais. Mais écoute-moi bien, si tu décides de faire l'idiote et essaies de t'enfuir, tu m'obligeras à frapper une femme enceinte, et j'ai pas envie de devoir en arriver là. Mais si je dois le faire…

— Je ne m'enfuirai pas. C'est promis.

— Bien. »

L'attention d'Arnold se porta de nouveau sur la route. Pour bien lui faire comprendre que la conversation était terminée, il alluma la radio. Ils écoutèrent la musique sans dire un mot pendant quelques minutes. À la fin de la chanson, quand l'animateur commença à parler par-dessus les dernières mesures, Bébé aperçut le restaurant un peu plus loin sur la droite. Elle pointa le doigt dans sa direction.

« C'est là qu'on s'arrête ? demanda-t-elle.

— Ouais. L'Alaska Roadside Diner », répondit Arnold en ralentissant.

Cinq voitures étaient déjà garées devant le fast-food, ainsi qu'une camionnette FedEx et un pick-up rouge. Arnold se gara entre le pick-up et une voiture de stock-car jaune ornée d'une bande rouge qui allait du capot jusqu'au coffre. En la voyant, il marmonna quelque chose comme «voiture de pédé».

À la radio, l'animateur annonça qu'un flash info arrivait. Sans attendre de l'écouter, Arnold coupa le contact et la radio d'un même geste. Il sortit de la voiture sans refermer la portière derrière lui et se pencha vers Bébé. Un vent fort soufflait ses cheveux gras dans son visage.

«Qu'est-ce que t'attends? demanda-t-il.

— Je voulais pas sortir trop vite, répondit-elle, au cas où tu penserais que je voudrais m'enfuir, tu sais, comme tu disais tout à l'heure.

— Contente-toi de sortir de la voiture, putain!»

Il n'avait par l'air d'humeur à supporter plus d'insolence, aussi s'empressa-t-elle d'ouvrir la portière et de sortir de la voiture. Elle inspecta du regard les alentours. Il n'y avait rien d'autre à voir que la route sans fin qui s'étendait jusqu'à l'horizon et d'immenses champs herbeux de l'autre côté de la route. Arnold l'observait comme s'il savait exactement ce à quoi elle pensait. Son regard la défiait d'essayer de s'échapper. Ce n'était vraiment pas le bon moment. Elle allait devoir être patiente et attendre qu'il soit un peu plus distrait, ou vulnérable. Elle espérait de tout son cœur que ce moment arriverait vite.

Arnold ferma la portière derrière elle et l'attrapa par le bras gauche. Il l'escorta jusqu'à l'entrée du restaurant en la tenant si fermement qu'il n'était pas loin de laisser une marque rouge sur sa peau. Mais, aux yeux des spectateurs, ils pouvaient passer pour un couple, et Arnold pour un petit ami un peu possessif. Lorsqu'il poussa la porte d'entrée en verre, Bébé jeta un dernier coup d'œil vers la route et les voitures garées sur le parking, dans l'espoir d'y trouver un peu d'inspiration. Le pick-up rouge pourrait bien être la solution. Elle devait seulement trouver un moyen de se cacher à l'arrière.

Arnold la poussa derrière la porte du restaurant. Bébé espérait voir des policiers en train de déjeuner, ou seulement quelqu'un qui semblerait pouvoir l'aider si elle provoquait une dispute avec Arnold. Il y avait deux jeunes hommes vêtus d'un bleu de mécanicien, qu'elle reconnut immédiatement. C'étaient deux visiteurs réguliers du Minou Joyeux. Ils étaient assis à une table à l'autre bout de la salle. On les surnommait les «clients du vendredi soir». Ce genre de types qui sortent du boulot, boivent comme des trous dans un bar local et finissent chez Mellencamp s'ils n'ont pas réussi à choper une fille avant. L'un des deux, le plus grand, qu'elle ne connaissait que sous le surnom de Traces de pneu, avait été assez brutal avec elle lors de sa dernière visite. Le souvenir de la paume de sa main lui cognant le visage lui revint soudain et elle détourna le regard dans l'espoir de ne pas croiser le sien, ou celui de son pote, Termite.

Dans l'un des box près de la fenêtre se trouvait un jeune homme d'une vingtaine d'années qu'elle ne reconnaissait pas. Il portait une veste en cuir rouge vraiment classe. Il avait un visage buriné, une barbe de trois jours et des cheveux châtains ondulés. Ses yeux étaient fixés sur le menu posé sur la table devant lui mais, lorsqu'elle le regarda, il leva les yeux vers elle. Il la dévisagea avec une expression qui laissait penser qu'il n'aimait guère être observé ainsi. Son regard était sombre et si perçant qu'elle se sentit obligée de tourner la tête. Elle examina le reste de la salle. Tous les autres clients souriaient à Arnold ou le saluaient d'un signe de tête. Tous les habitants de B Movie Hell semblaient bien le connaître et savaient donc certainement qu'il ne valait mieux pas le contrarier. Seul le type à la veste rouge ne le salua pas.

Arnold la tira brutalement par le bras et l'escorta jusqu'au comptoir. Il attrapa un tabouret.

« On s'assied là », dit-il en lui faisant signe de prendre place sur le tabouret.

Elle grimpa dessus. Arnold attrapa un autre tabouret sous le comptoir et l'approcha pour s'asseoir juste à côté de Bébé. Il pressa la main sur son dos pour l'obliger à regarder droit devant elle et pas vers les autres clients. Ne voyant aucun serveur derrière le comptoir, Arnold hurla en direction de la cuisine à l'arrière :

« HEY, CANDY ! Y A MOYEN D'ÊTRE SERVI ? »

La réponse arriva plusieurs secondes plus tard lorsqu'une voix de femme se fit entendre depuis la cuisine.

« J'arrive dans une seconde, Arnie ! »

Bébé se pencha en avant et tapota le bras d'Arnold, bien consciente qu'il détestait qu'on fasse ça. C'était le moment de provoquer une dispute en public.

« Arnold, dit-elle timidement.

— Quoi ?

— Je veux garder le bébé. »

Arnold inspira profondément et attrapa le menu sur le comptoir. L'expression sur son visage et un léger tic en dessous de son œil donnaient une idée du degré d'énervement que la mention de cette grossesse dans un lieu public suscita en lui.

« Boucle-la, dit-il à voix basse mais fermement.

— Mais… »

Avant que Bébé n'ait le temps de l'énerver encore plus, une serveuse plantureuse affublée d'un tablier rose émergea de la cuisine et se dirigea vers eux. Elle devait avoir la quarantaine et son visage était encadré d'une masse impressionnante de boucles blondes. Un badge en plastique sur son sein gauche indiquait « Candy » en lettres noires. Elle sourit poliment à Bébé. Mais quand Bébé lui sourit à son tour, Candy pencha soudain la tête en direction du box près de la fenêtre. Comme Bébé ne réagissait pas, elle dirigea son regard dans la même direction avant de la regarder avec de gros yeux. Bébé fronça les sourcils, alors Candy répéta ses gestes tout en affichant un sourire forcé. Bébé regarda vers les box. Candy semblait vouloir attirer son attention sur le type à la veste rouge assis tout seul. Il avait toujours les yeux fixés sur Bébé comme s'ils étaient restés posés sur elle depuis qu'elle était entrée dans le restaurant. Son regard était toujours menaçant et désagréable, aussi ferma-t-elle les yeux avant de se tourner vers Candy, qui avait enfin cessé de pencher la tête en montrant le box du regard, mais affichait toujours ce sourire volontairement forcé. Arnold ne vit rien de l'incident. Plongé dans le menu, il parcourait du doigt la liste des différents burgers.

Candy secoua la tête, soupira et se tourna vers Arnold.

«Salut, Arnold, qu'est-ce qui te ferait plaisir?»

Le doigt d'Arnold s'immobilisa sur le menu lorsqu'il vit ce qu'il voulait.

«Ça, dit-il, je vais prendre le Double Boobie, sans salade, avec une grande frite et un café noir.»

Il reposa le menu sur le comptoir et regarda Candy pour voir si elle avait bien pris sa commande. La serveuse fit la même chose qu'avec Bébé. Elle pencha subtilement la tête dans la direction du type dans le box en accompagnant son geste d'un regard insistant. Mais c'était peine perdue avec Arnold.

«T'as noté? Un Double Boobie...»

Soudain, Candy fit un pas en arrière. Ses narines s'élargirent et sa lèvre inférieure trembla. En l'espace de quelques millisecondes, le sang sembla avoir complètement déserté son visage. Son stylo et son carnet glissèrent de ses mains et tombèrent sur le sol. Elle se mit à reculer lentement vers la cuisine tout en fixant des yeux le box au fond de la salle. Bébé tourna la tête pour voir ce qui avait tant perturbé Candy. Ce qu'elle vit lui glaça le sang.

L'homme à la veste rouge avait enfilé un masque en caoutchouc. Un masque jaune avec deux gros trous pour les yeux et une bande de cheveux rouges sur le crâne. Il se glissa hors du box et se leva. Soudain, tout autour de lui sembla se figer. Pour la première fois depuis son arrivée dans le restaurant, Bébé entendit le juke-box Wurlitzer qui hurlait dans le fond de la salle, près des toilettes. Gogol Bordello chantait « Start wearing purple ».

Ce n'est que lorsque l'inconnu masqué commença à s'approcher que Bébé comprit que l'homme qu'elle avait devant les yeux était le dangereux tueur que la police avait surnommé l'Iroquois. Il mesurait plus d'un mètre quatre-vingts et tenait dans sa main droite un couperet en métal brillant. Le soleil qui perçait à travers la fenêtre se reflétait sur sa lame acérée. Paralysée par la peur, Bébé regarda avec confusion cette imposante silhouette s'approcher d'elle et d'Arnold. Le tueur lui semblait grandir à chaque pas, occultant de plus en plus la lumière du soleil. Il s'arrêta juste derrière la silhouette d'Arnold, qui ne se doutait de rien, et leva lentement la lame.

À ce moment-là, Arnold était le seul client à ne pas l'avoir encore vu. Ce n'est que lorsque le tueur brandit la lame au-dessus de la tête d'Arnold que les clients sortirent de leur torpeur. Tout le monde se mit à hurler en même temps, pour prévenir Arnold de ce qui arrivait.

Lorsqu'il se tourna enfin pour comprendre la raison de tout ce raffut, il était trop tard. Il posa les yeux sur la terrifiante silhouette masquée qui se dressait devant lui et vit le couperet argenté dans la main de l'homme masqué s'écraser sur le comptoir dans un sifflement.

Même si la terre continuait de tourner, tout ce qui se trouvait entre les murs du restaurant bougeait maintenant au ralenti. Le court silence qui sembla durer une éternité fut finalement interrompu par l'impressionnant cri d'agonie d'Arnold. C'est à ce moment-là que tout le monde péta les plombs. Le restaurant entra en éruption, comme si toutes les personnes présentes venaient d'être éjectées d'un grand huit.

Les yeux de Bébé s'écarquillèrent de terreur. Elle avait complètement oublié ses plans pour échapper à Arnold. Sa seule pensée était d'échapper à l'homme au couperet. Valait-il mieux partir tout de suite en courant, ou attendre quelques instants en espérant ne pas attirer son attention ? Et pourquoi diable se posait-elle la question alors qu'elle aurait déjà dû être en train de courir ? La lame était retombée sur la main gauche d'Arnold, tranchant tous ses doigts et l'extrémité de son pouce.

Les autres clients bondirent hors de leurs sièges et se précipitèrent vers les sorties. Candy hurla et courut vers la cuisine. Arnold poussa un cri étranglé lorsqu'il essaya de lever sa main mutilée. Ce qu'il en restait tremblait comme si son poids était trop important, ce qui était de toute évidence ridicule. La vie semblait le quitter en même temps que le sang giclant des trous qui remplaçaient maintenant ses doigts. Son visage était pâle et ses yeux écarquillés et vitreux. Et finalement, comme s'il venait seulement de se rendre compte que la moitié de sa main avait été tranchée, il poussa un hurlement sauvage.

Les deux clients du vendredi soir assis dans le box près de la fenêtre accoururent au secours d'Arnold. Traces de pneu se jeta courageusement sur le dos de l'Iroquois et l'entoura de ses bras pour essayer de l'éloigner d'Arnold. L'homme masqué baissa la tête, pressa le menton contre sa poitrine et le balança violemment dans le visage de Traces de pneu. Malgré les cris, le bruit assourdissant des chaussures des clients fuyant vers la sortie et Gogol Bordello chantant «Start wearing purple», Bébé entendit le craquement du nez cassé de Traces de pneu. Celui-ci relâcha l'homme masqué et tituba en arrière, une fontaine de sang jaillissant de son nez. Le tueur masqué se tourna et brandit son couperet encore couvert de sang frais. D'un mouvement leste et rapide, il trancha de part en part l'estomac de Traces de pneu. Le sang jaillit d'une entaille de trente centimètres et Traces de pneu se plia en deux. Ses mains se portèrent instinctivement à son ventre pour essayer de retenir ses intestins et il s'effondra au sol. Son assaillant essuya nonchalamment le sang sur la lame du couperet avant de se tourner vers Termite. Celui-ci se figea de terreur en voyant la violence barbare dont venait d'être victime son ami.

L'expression sur le visage de Termite passa rapidement de la terreur à la perplexité lorsque l'Iroquois lui tendit délicatement le couperet. Pris par surprise, le jeune mécanicien parvint néanmoins à l'attraper par le manche. Il regarda le sang sur la lame et releva les yeux juste à temps pour voir le tueur lui balancer son poing droit dans la figure. Toujours juchée sur son tabouret, Bébé était aux premières loges pour voir le blanc des yeux révulsés de Termite. Il tomba en arrière et le couperet glissa de ses mains, le rejoignant dans sa chute.

Pendant ce temps, Arnold, les yeux fixés sur sa main mutilée, n'avait pas cessé de hurler. Le tueur masqué récupéra son couperet et se tourna face à

Bébé et Arnold. Il fit deux pas dans leur direction avant d'attraper une poignée de cheveux épais sur le dessus du crâne d'Arnold, ce qui ne fit qu'accentuer ses cris. Il tira d'un coup sec pour le faire descendre de son tabouret. Dans un bruit sourd, Arnold tomba sur les fesses. Pour se défendre, il brandit le moignon sanglant qui avait jadis été sa main. Le poing de l'Iroquois s'agrippa fermement à ses cheveux et le traîna sur le sol du restaurant.

Les yeux d'Arnold roulaient dans leurs orbites, incapables de se contrôler et de se fixer sur quoi que ce soit, lorsqu'il passa devant les corps de Traces de pneu et de Termite. Il se remit à hurler, mais cette fois il parvint à articuler autre chose que des cris d'agonie.

« BÉBÉ ! beugla-t-il. AIDE-MOI ! »

Même si elle avait voulu l'aider, Bébé en aurait été incapable. Elle ne pouvait rien faire pour empêcher le psychopathe au couperet de traîner Arnold jusqu'aux toilettes à l'autre bout de la salle. Arnold se débattait et hurlait de toutes les forces qu'il lui restait, mais ses efforts étaient vains. Son assaillant ouvrit la porte des toilettes avec le talon de sa botte droite et entra à reculons, traînant toujours Arnold qui continuait à hurler et à pleurer comme un chimpanzé hystérique.

Une fois la porte refermée derrière eux, les cris d'agonie d'Arnold furent étouffés et Bébé s'aperçut qu'il ne restait plus qu'elle dans le restaurant. Elle entendit les clients en fuite démarrer leurs voitures. Et Gogol Bordello, toujours.

« It's just a matter of time. Start wearing purple, wearing purple. La la la la la. »

C'était l'opportunité qu'elle attendait. Tout ne s'était pas déroulé exactement comme elle l'avait imaginé, mais quand Dieu répond à vos prières et vous offre la possibilité d'accéder à ce que vous voulez plus que tout au monde, il faut la saisir, qu'importe s'Il vous l'offre dans un papier d'emballage des plus sinistres.

Bébé n'avait aucune envie de rester dans les parages et d'être la prochaine victime de l'Iroquois. Il ne lui faudrait sans doute pas beaucoup de temps pour finir de découper Arnold dans les toilettes. Alors, sans attendre une autre invitation, elle bondit de son tabouret, courut vers la porte et sortit sur le parking.

12

« Ça a l'air sympa par ici », déclara Munson en observant la façade de l'hôpital psychiatrique de Grimwald. Il devait pencher la tête complètement en arrière pour en voir le toit. Le bâtiment disparaissait presque dans les nuages au-dessus de lui.

« Pas étonnant que tout le monde soit cinglé ici. Regardez-moi cet endroit, c'est aussi glauque que déprimant. »

Pour la première fois depuis le début de la journée, Fonseca semblait être d'accord avec lui. On pouvait voir de temps en temps, à intervalles très peu réguliers, une sorte de gargouille disgracieuse émerger du mur de brique. Et à intervalles encore moins réguliers, d'étroites fenêtres.

« Pas de doute, c'est vraiment un trou à rats », marmonna Fonseca, à moitié pour elle-même.

Les grandes portes d'entrée arquées devant lesquelles ils se trouvaient étaient faites de chêne épais et peintes en noir, ce qui ne faisait qu'accentuer l'austérité du lieu.

Ils attendirent près d'une minute après que Munson eut signalé leur présence à l'aide d'un gros heurtoir en pierre avant que les portes ne s'ouvrent et qu'un homme d'environ vingt-cinq ans ne les accueille. Il portait une tunique bleu clair et un pantalon assorti. Ses cheveux étaient roux et bouclés, peut-être permanentés. C'était difficile à dire. Il les salua en souriant lorsqu'ils approchèrent des portes.

«Bonjour. Puis-je vous aider? demanda-t-il.

— Oui, bonjour. Je suis Milena Fonseca et voici Jack Munson. Nous sommes attendus.

— Oui, bien sûr, dit-il en tendant la main. Ravi de vous rencontrer. Je m'appelle Justin.» Fonseca lui serra la main. Munson remarqua immédiatement la mollesse de la poignée de main de Justin.

«Enchantée, Justin. Nous venons au sujet…»

— De Joey Conrad, l'interrompit Justin.

— Tout à fait.

— Parfait. Si vous voulez bien entrer, je vais vous conduire à sa chambre.»

Fonseca franchit la porte de l'hôpital, suivie de Munson qui, pour s'amuser un peu, écrasa la main que Justin lui tendait.

«Vous êtes le médecin de Conrad?» demanda Munson.

La poignée de main agressive le fit grimacer de douleur.

«Non, je suis juste l'infirmier, répondit-il en retirant sa main. Son médecin est occupé pour le moment.

— Qui est-ce?

— Le docteur Carter.

— Et quand sera-t-il disponible?» demanda Munson.

Justin marqua une pause avant de répondre en souriant.

« *Elle* sera disponible d'ici une demi-heure mais puisque chaque seconde compte, elle m'a demandé de vous montrer la chambre de Joey Conrad et de vous aider si vous avez besoin de quoi que ce soit d'ici son arrivée.

— Très bien », répondit Munson.

Le hall d'entrée était presque aussi déprimant que l'extérieur du bâtiment. Tout était gris. Sol gris, murs gris, plafond gris. Il ne manquait plus qu'une chanson de Morrissey en fond sonore pour parfaire l'ambiance.

« Est-ce qu'il faut qu'on signe quelque chose ? » demanda Fonseca en cherchant des yeux ce qui pouvait faire office de réception. Le hall était vide à l'exception d'une petite table près d'une grande porte en acier gris à l'autre bout de la pièce. Sur la table se trouvait un vase avec quelques fleurs moribondes.

« Non, vous n'avez rien à signer aujourd'hui, répondit Justin. Par ici, je vous prie. » Il se dirigea vers la porte en acier.

« Rien à signer ? Comment ça se fait ? » demanda Fonseca sans bouger d'une semelle.

Justin s'arrêta et se tourna vers elle.

« J'ai cru comprendre que votre visite n'était pas vraiment officielle. J'imagine que vous ne voulez pas laisser de traces que d'autres pourraient trouver plus tard ?

— Tout juste », répondit Munson.

Fonseca jeta un coup d'œil à Munson. Elle n'avait pas l'air convaincue. Il lui chuchota à l'oreille :

«On peut toujours signer en partant si vous y tenez tant que ça.

— Je pense qu'on devrait, oui, murmura-t-elle à son tour.

— Je parie dix dollars que vous allez changer d'avis.

— Pari tenu.»

Pour la première fois depuis leur rencontre, ils échangèrent un sourire – un sourire qui suggérait qu'ils pensaient tous les deux gagner leur pari, et non qu'ils commençaient à s'apprécier.

Justin s'avança et passa une carte dans le lecteur sur la porte en acier. Un clic se fit entendre et la porte s'ouvrit.

«Par ici je vous prie», dit-il en leur tenant la porte. Fonseca passa la première. Munson resta en arrière, essayant d'enregistrer autant d'images de la pièce que possible, même s'il n'y avait pas grand-chose à voir.

Justin les conduisit dans un labyrinthe de couloirs mornes et gris, tout en rouspétant au sujet de divers patients qui avaient occupé les différentes chambres devant lesquelles ils passaient. Ce type semblait avoir une anecdote sans intérêt à raconter sur chaque partie de l'hôpital. Munson n'avait qu'une envie, c'était sortir la bouteille de rhum qu'il avait glissée dans la poche de sa veste.

«Il s'est échappé comment exactement, Joey Conrad?» demanda-t-il soudain, interrompant une des anecdotes assommantes de Justin. L'infirmier se tut au beau milieu de sa phrase. Il semblait légèrement offensé et arrêta de marcher. Munson profita de cette courte pause pour observer avec attention les murs de pierre et les hauts plafonds afin de voir s'il y avait des bouches d'aération ou des trappes dont on pouvait se servir pour tenter de s'échapper.

Justin attendit quelques secondes avant de répondre à la question de Munson, comme s'il y avait plusieurs réponses possibles et qu'il débattait avec lui-même sur la meilleure à donner. Celle qu'il finit par choisir sonnait étrangement vrai.

«Notre système de sécurité est merdique, répondit-il.

— C'est ce que je vois», dit Munson en échangeant un rapide regard avec Fonseca qui semblait être de son avis.

Justin ne donna pas plus d'explications, peut-être parce qu'il était contrarié que Munson l'ait interrompu. Il se contenta de hâter le pas avant de tourner à droite au bout du couloir et de s'engager dans un escalier en pierre. En haut de l'escalier, ils passèrent une autre porte et tournèrent dans un couloir bien plus sombre que tous ceux qu'ils avaient pu voir.

«C'est la dernière porte sur la gauche. Par ici. Désolé pour l'obscurité, mais on a des ampoules qui ont grillé.

— Sans blague», dit Munson.

Justin sortit un gros trousseau de clefs de la poche de son pantalon et poursuivit son chemin dans le couloir. Il s'arrêta devant la dernière porte sur la gauche et farfouilla dans son trousseau pour trouver la bonne clef. Il déverrouilla la porte et l'ouvrit.

«Et voilà», dit-il en s'écartant du passage.

Munson entra le premier, impatient d'examiner la pièce. Mais il n'y avait pas grand-chose à voir. C'était une chambre avec un lit une place, assez quelconque, qui ressemblait plus à une cellule de prison qu'à un logement. Au bout de la chambre, une porte ouverte donnait sur une salle d'eau de la taille d'un placard où se trouvaient les toilettes et un minuscule lavabo. Les murs étaient peints en bleu clair, comme le sol et le plafond. Alors que toutes les autres parties du bâtiment qu'ils avaient vues étaient en pierre grise, ils avaient enfin trouvé une pièce avec un peu de peinture.

« Pas vraiment un cinq étoiles, hein ? observa Fonseca tout haut.

— Ce n'est pas censé l'être », répondit Justin en passant sa tête par la porte.

Munson enregistra toutes les caractéristiques de la pièce en quelques secondes. Il n'y avait aucun moyen visible de s'échapper. Pas de fenêtres, pas de ventilation, pas de grille au sol. Rien. Et ça sentait très mauvais. Il fit une deuxième tentative pour soutirer plus d'informations à Justin.

« Bon, sérieusement, comment Joey Conrad s'est échappé ? Si on est vraiment dans sa chambre, il a dû faire un bon bout de chemin pour sortir du bâtiment. »

Justin acquiesça.

« Ouais, mais d'après ce qu'on sait, il est juste sorti par la porte d'entrée.

— Par la porte d'entrée ?

— Ouais.

— À pied ? Il est littéralement passé par la porte ? »

Justin haussa les épaules.

« J'imagine. Enfin, je l'ai pas vu. Je n'étais pas de garde quand c'est arrivé. Il est peut-être sorti en valsant. Ou en moonwalkant. Vous en savez autant que moi. »

C'était peut-être l'attitude de l'infirmier, ou simplement l'air un peu rance de la chambre de Joey Conrad, mais quelle que soit la raison, Munson décida qu'il n'aimait pas beaucoup Justin. Il était agaçant.

« OK, dit Munson. Donc Joey Conrad est sorti en moonwalkant l'autre soir. Expliquez-moi comment personne n'a pu le voir et déclencher l'alarme.

— Comme je disais, notre système de sécurité est merdique. »

Munson observa longuement Justin, étudiant son visage comme pour essayer de déterminer s'il avait quelque chose à cacher. Il n'en avait pas l'air. Il faisait juste le malin.

« D'accord. Donc le système de sécurité est merdique. Ça vous embêterait de développer un peu ? demanda-t-il, défiant l'infirmier d'assumer ses propos. Vous êtes trop peu nombreux ? Pas assez entraînés ? Pourquoi la sécurité est-elle si merdique ? »

Justin prit une grande inspiration et laissa échapper un soupir avant de répondre.

« L'hôpital ne paie pas très bien alors nous avons les agents de sécurité les plus incompétents que vous puissiez imaginer. La plupart du temps ce n'est pas un problème, parce que malgré tous leurs défauts, ils sont en général un poil plus intelligents que les patients.

— Mais pas que Joey Conrad ?

— Eh bien, je ne suis ni docteur ni psychiatre, monsieur Munson, mais je dirais que Joey Conrad, même s'il est très étrange et parfois très violent, n'a rien d'un débile mental.

— Vous lui parliez beaucoup ?

— Tout le temps.

— Et ?

— Et rien. Il ne répondait jamais. Je crois qu'il ne m'aimait pas beaucoup.

— C'est étonnant », laissa échapper Munson dans sa barbe.

Fonseca jugea ce moment opportun pour intervenir.

« Ça vous ennuie si on jette un coup d'œil sur ses affaires ? demanda-t-elle.

— Je vous en prie. »

Fonseca se dirigea vers une petite commode près du lit et en ouvrit le premier tiroir. Munson continua d'interroger Justin.

« Est-ce qu'il avait des passe-temps, ou une quelconque activité qui l'isolait des autres patients ?

— Je ne crois pas », répondit Justin. Il pointa du doigt une télévision portable fixée au mur dans un coin de la chambre.

« Mais je crois qu'il aime le cinéma. Il fait partie de ceux qui ont leur propre télévision et lecteur de DVD. Et pour autant que je sache, il n'a besoin de personne pour l'aider à s'en servir. »

Il y avait une étagère sur le mur près de la télévision sur laquelle était entassée une pile de DVD. Munson s'approcha pour les voir de plus près. Il fit courir son doigt le long des différents titres qu'il avait sous les yeux.

« C'est une collection plutôt étrange pour un adulte, non ? commenta-t-il en arrivant à la fin de la pile.

— Politique de l'hôpital, répondit Justin. Ils n'ont pas le droit d'avoir des choses inappropriées, comme des films à caractère violent ou sexuel. »

Derrière eux, Fonseca posa une question.

« C'est son seul livre ? »

Munson se tourna vers elle. Elle montrait un épais livre à la couverture rouge qu'elle venait de sortir du tiroir de la table de chevet.

« Qu'est-ce que c'est ? » demanda Munson.

Fonseca prit une paire de lunettes à monture noire dans la poche de sa veste.

« La Bible, répondit-elle.

— Quel ennui.

— D'après ce que je sais, c'est son seul livre, dit Justin. Ce n'est pas un grand lecteur. »

Munson retourna voir les DVD plus attentivement. Ce n'était que des films familiaux. Il en prit un pour lire le résumé.

« N'importe qui deviendrait fou en regardant ça, dit-il.

— Qu'est-ce que c'est ? demanda Fonseca en levant les yeux vers lui.

— *High School Musical*. Il regarde vraiment ce truc ? »

Justin haussa les épaules.

« Je sais même pas d'où vient le DVD.

— Comment ça ?

112

— Les DVD, les cigarettes, ce genre de choses, quelqu'un les fait passer en douce aux patients.

— Et personne ne les confisque ? demanda Munson, sans parvenir à cacher le dégoût que lui inspirait l'apparent manque de discipline de l'hôpital.

— Comme je disais, la sécurité laisse un peu à désirer ici.

— Pour être précis, vous avez dit que c'était de la merde.

— Ça revient au même. Toujours est-il que si un patient veut regarder *High School Musical*, je vois pas où est le mal. »

Munson ouvrit la boîte du DVD et regarda à l'intérieur.

« Et si ce n'était pas *High School Musical* ? dit-il en le tenant en l'air pour que Fonseca puisse le voir.

— Qu'est-ce que c'est ? demanda-t-elle en regardant vers son collègue par-dessus ses lunettes.

— *Last Action Hero*.

— C'est quoi le problème avec *Last Action Hero* ? interrogea Justin en fronçant les sourcils.

— C'est très mauvais. »

Munson ferma la boîte du DVD et la reposa. Il prit le suivant. C'était une copie de *L'Incroyable Voyage*. Il ouvrit et regarda ce qu'il y avait à l'intérieur avant de le reposer pour en prendre un autre. Il vérifia ainsi les six DVD qui se trouvaient sur l'étagère. Aucune boîte ne contenait le bon disque.

« Quelque chose d'intéressant ? demanda Fonseca.

— Ouais. En plus de *Last Action Hero*, il a *Trois amigos !* et *Galaxy Quest*.

— Faut-il en déduire quelque chose ?

— Vous avez déjà vu un de ces films ?

— Il me semble que j'ai vu *Last Action Hero* il y a quelques années.

— C'est de la merde, hein ?

— À vrai dire, j'ai bien aimé. »

Munson résista à l'envie de continuer à débattre de la qualité du film.

« Eh bien, ces trois films ont tous la même intrigue.

— Comment ça ? demanda Fonseca d'un air perplexe.

— Prenez *Galaxy Quest*. Pour faire simple, les acteurs d'une série à la *Star Trek* se retrouvent dans l'espace pour de vrai et jouent le rôle de leur personnage essayant de combattre des aliens et ce genre de trucs. Dans *Trois amigos !*, trois acteurs d'un western télévisé se retrouvent dans le Far West face à un vrai gang de bandits mexicains. Et le héros de *Last Action Hero* est une sorte de personnage de film débarquant dans le monde réel. »

Fonseca avait toujours l'air perplexe.

« Quel rapport ?

— Quel rapport ? demanda Munson. Avec quoi ?

— Avec l'affaire Joey Conrad.

— Ah, aucun. J'essayais juste de vous impressionner avec mes connaissances cinématographiques.

— Pourquoi ?

— Parce que je m'y connais pas mal. »

Il remarqua que Fonseca semblait maintenant complètement perdue, et pas le moins du monde amusée.

« Et puis, ça pourrait nous donner une idée de l'état d'esprit de Joey Conrad.

— Comment ?

— Je sais pas encore.

— Donc c'était vraiment pour étaler vos connaissances cinématographiques ?

— En gros, oui. Hé, ça fait un moment que je n'ai pas bossé. Ça me manque, ce genre de plaisanteries.

— Bien. On a terminé ? demanda Fonseca.

— En fait, non. Il y a six DVD ici. Je ne vous ai parlé que de trois d'entre eux.

— Sérieusement ? Vous voulez continuer avec ça ?

— Les trois autres sont plus intéressants.

— J'espère bien. »

Il pointa du doigt les trois autres DVD sur l'étagère. C'étaient les boîtiers des *Goonies*, du *Magicien d'Oz* et du *Monde de Nemo*.

« Dans ces trois boîtes nous avons *Halloween, Terminator* et *Massacre à la tronçonneuse*. »

Les joues de Justin s'empourprèrent.

« Je ne savais pas qu'il avait ces films », dit-il.

Munson l'ignora et fit un signe de tête en direction du livre que Fonseca avait entre les mains.

« C'est vraiment la Bible ? Ce n'est pas une biographie de la famille Manson grimée en Bible ?

Fonseca fit non de la tête.

« Nan, c'est juste la Bible », répondit-elle en parcourant quelques pages pour s'en assurer.

Munson donna une tape amicale dans le dos de Justin.

« Vous avez dit que le docteur Carter en avait pour combien de temps ?

— Une demi-heure environ, je pense.

— Allez la chercher maintenant.

— Mais elle est occupée. »

Munson haussa légèrement la voix.

« Allez la chercher pour que l'agent Fonseca et moi puissions parler dans votre dos. »

Justin avala sa salive et rougit encore un peu plus.

« Je vais voir si je peux la trouver.

— Ne voyez pas si vous pouvez la trouver, dit Munson. Trouvez-la. *Maintenant !* »

Justin tourna les talons et s'empressa de sortir de la pièce. Munson regarda Fonseca.

« Je suis pas psy, dit-il, mais Joey Conrad se balade dans B Movie Hell avec un masque et découpe des gens avec un couperet à viande. Je dirais que ces films ont certainement eu une influence, non ?

— J'imagine, oui. Mais je ne suis pas une grande cinéphile au cas où vous n'auriez pas remarqué. Je suis plus portée sur les livres. Et je pense qu'il a été influencé par celui-ci. »

Munson regarda le livre dans la main de Fonseca.

« La Bible ? Comment ça ? »

Fonseca l'ouvrit à une certaine page et le tendit à Munson.

« Il y a un passage surligné ici, dit-elle, c'est au sujet d'une prophétie. »

Munson reposa les DVD sur l'étagère, marcha dans sa direction et lui prit le livre des mains. Au milieu d'une des pages se trouvait un passage souligné en rouge. C'était Jérémie 31 : 15.

Ainsi parle l'Éternel : On entend des cris à Rama, Des lamentations, des larmes amères ; Rachel pleure

*ses enfants ; Elle refuse d'être consolée sur ses enfants,
Car ils ne sont plus.*

Quand il eut fini de lire, il leva les yeux vers Fonseca.

« OK, ça n'a aucun sens pour moi.

— Vous avez de la chance, je m'y connais pas mal en livres. Surtout celui-ci. Le passage souligné pourrait avoir beaucoup d'importance.

— Continuez.

— Certaines personnes pensent qu'il s'agit d'une prophétie.

— À quel sujet ?

— Un massacre d'innocents. »

13

Candy passa derrière les lanières d'un rideau en PVC et courut tête baissée vers la cuisine. À peine eut-elle fait deux enjambées à l'aveugle que sa tête s'écrasa contre la poitrine de Reg. Elle leva les yeux, son cœur battant la chamade. La simple vision de son chef la remplit de terreur. Reg, de son côté, avait l'air un peu décontenancé. Mais au grand soulagement de Candy, il avait son fusil de chasse dans la main droite. Et il avait enlevé sa toque de chef qui était beaucoup trop grande et lui donnait un air tout à fait ridicule.

« C'est quoi tout ce boucan, putain ? demanda-t-il.

— Il est devenu fou !

— Qui ?

— À ton avis ? Le type à la veste rouge. Il a enfilé son masque et a commencé à tuer des gens. Il faut qu'on se tire d'ici ! »

Candy essaya de contourner Reg pour courir vers la porte de derrière. Mais il l'interrompit dans sa course en l'attrapant par le bras.

« Il est toujours là ?

— Il est en train de découper des gens avec un couperet à viande. Il a coupé la main d'Arnold !

— Le grand Arnold ?

— Ouais. »

Ils entendirent tous les deux un hurlement par-dessus le son du juke-box. Il était aigu, mais pas assez pour être celui d'une femme.

« Qu'est-ce que c'est que ça ? demanda Reg.

— Ça doit être Arnold. Le type l'a traîné dans les toilettes pour hommes.

— Pour quoi faire ?

— Qu'est-ce que j'en sais moi ?

— Et merde », marmonna Reg à voix basse. Il soupira bruyamment et fit un pas hésitant vers la salle du restaurant.

— T'as appelé les flics ? demanda Candy.

— Pas encore. Je voulais d'abord le voir de mes propres yeux. »

Reg passa la tête derrière le rideau en PVC et jeta un œil dans la salle.

« Il est toujours là ? » demanda Candy.

Reg recula et se tourna vers la serveuse.

« Y a une fille qui vient de partir en courant, elle était avec Arnold ?

— Elle portait un jean et un sweat-shirt gris ?

— Ouais.

— Alors oui. Elle était avec lui », dit Candy en hochant la tête. Reg fronça les sourcils.

« Bordel. Et tu crois que le type masqué est toujours en train de découper Arnold dans les toilettes ?

— Ce qu'il reste de lui, ouais. Viens, on se casse d'ici avant qu'il revienne !

— Que dalle, maugréa Reg. Appelle les flics, je m'occupe de ce merdeux.

— Chhh!» Candy tira Reg par son débardeur pour l'éloigner du rideau en PVC.

«Je crois que j'ai entendu la porte. Il revient», murmura-t-elle.

Elle se plaça derrière le rideau, où elle espérait ne pas être vue, et regarda à travers. Le tueur masqué sortait des toilettes. Il enjamba les corps de Traces de pneu et Termite et s'arrêta pour regarder par les fenêtres de la façade du restaurant. La fille qui était arrivée avec Arnold était en train de traverser la route en courant pour rejoindre le champ de l'autre côté. Il l'observa pendant un moment avant de tourner la tête vers la cuisine, comme s'il savait qu'il était surveillé. Candy n'eut pas besoin de tirer sur le marcel de Reg une seconde fois. Comme elle, il bondit en arrière pour ne pas être vu à travers le rideau en PVC.

«Qu'est-ce que tu vas faire?» murmura Candy.

La chanson de Gogol Bordello qui passait sur le juke-box se termina abruptement, les plongeant dans le silence pour la première fois depuis le début du carnage. Candy murmura à nouveau, plus doucement encore que la première fois.

«Qu'est-ce que tu vas faire?»

Reg ouvrit son fusil aussi silencieusement que possible. Il tendit la main vers une poche de son pantalon de jogging et en sortit une cartouche. Il chargea le fusil, les doigts tremblant de nervosité.

«Tu vas lui tirer dessus?

— Non, je vais lui donner le fusil, chuchota Reg, d'humeur sarcastique.

— C'était juste pour savoir.»

Reg referma son fusil d'un coup sec.

«Il est toujours là?»

Candy se pencha en avant et regarda discrètement à travers deux lanières du rideau. Aucun signe
du tueur masqué. Elle entendit la porte d'entrée se
refermer lentement. Espérant que cela signifiait que
le tueur était parti, elle fit quelques pas hésitants en
direction du rideau.

«Je crois qu'il est parti», dit-elle en faisant signe à
Reg de la suivre.

Le juke-box s'était tu, laissant la salle du restaurant
plongée dans un silence total. Candy fit un pas de plus
et entendit un moteur de voiture se mettre en marche.
Elle passa le cou à travers le rideau. Par la fenêtre,
elle vit que la voiture de stock-car jaune avec la bande
rouge garée devant le restaurant avait démarré. Le
tueur masqué était assis derrière le volant.

«Il s'en va! murmura-t-elle, beaucoup plus fort
cette fois. Dépêche-toi, c'est le moment!»

Reg la bouscula et passa derrière le rideau.

«Appelle le commissaire O'Grady, ordonna-t-il.
Maintenant!»

Candy fit demi-tour et se rua vers le téléphone fixé
au mur de l'autre côté de la cuisine. Elle décrocha le
combiné et composa le 911, tout en tendant le cou
pour essayer de voir ce qui se passait de l'autre côté
du rideau. Reg avait disparu et à en croire le crissement de pneus qui se fit entendre, l'Iroquois faisait
demi-tour pour s'enfuir par la route. Elle remarqua
à peine la tonalité du téléphone, mais elle entendit
parfaitement un bruit à l'extérieur. Une grosse déto-
nation qui la fit bondir sur place. Elle reconnut le
bruit. Reg venait de tirer avec son fusil. Même s'il

provenait de l'extérieur, le bruit résonna bruyamment jusqu'à elle.

Par-dessus le coup de feu, elle entendit de justesse la fin d'un bonjour à l'autre bout du fil.

« Quel service souhaitez-vous joindre ?

— La police, s'il vous plaît.

— Je vous mets en relation. »

L'opératrice la mit en attente. Dehors, Reg tira une autre balle. Cette fois-ci, Candy l'entendit jurer bruyamment par-dessus le bruit du coup de feu. Puis une voix de femme se fit entendre à l'autre bout du téléphone.

« Police de B Movie Hell, en quoi puis-je vous aider ?

— Oui, bonjour, c'est… »

Avant que Candy n'ait le temps de finir sa phrase, elle entendit une sirène de police à l'extérieur. Elle fit quelques pas en direction de la cuisine, tirant autant que possible sur le cordon téléphonique. Une voiture, avec sa sirène hurlante et son gyrophare rouge et bleu, passa à toute vitesse devant le restaurant. Immédiatement après, Candy entendit Reg tirer de nouveau. Elle remit son oreille contre le combiné.

« Oui, désolée, j'appelais au sujet d'un meurtre à l'Alaska Roadside Diner, mais une voiture de police vient de passer. Je crois que vous êtes déjà au courant.

— Candy ? »

Candy reconnut la voix de la femme.

« Oui, Lucinda, salut. Le psychopathe masqué était ici. Il a tué au moins trois personnes… Enfin, je crois.

— Reste calme, Candy. On a envoyé plusieurs voitures à l'Alaska. Et au moins une voiture est déjà à la poursuite du suspect. Il ira pas bien loin. On va l'avoir cette fois.

— Merci, Luce.

— Je dois y aller. Le standard clignote.»

Lucinda raccrocha. Candy reposa le combiné et se tourna juste à temps pour voir Reg revenir dans la cuisine, son fusil à la main. De la fumée s'échappait lentement du canon.

«Alors?» demanda-t-elle.

Reg fit non de la tête.

«Tu l'as raté complètement?

— Qui?

— L'Iroquois.

— Ah, lui. Ouais, il avait déjà fait presque un kilomètre quand je suis sorti. Mais j'ai eu la fille. Je l'ai touchée au bras, je crois. Ça l'a un peu assommée mais elle s'est relevée et elle est repartie en courant. Après, elle était trop loin pour que je puisse bien viser.»

Candy chancela, abasourdie.

«Tu as tiré sur la fille?

— Ouais.

— Mais pourquoi?

— T'as pas vu la tache de naissance qu'elle avait sur le visage?

— Non. Quelle tache de naissance?

— Laisse tomber. Donne-moi le téléphone, il faut que je passe un coup de fil.»

14

«D'accord, mais la religion c'est pas vraiment mon fort, admit Munson. C'est quoi cette putain d'histoire de massacre d'innocents?»

Fonseca aurait pu se délecter de connaître quelque chose que Munson ignorait, mais elle était assez courtoise pour ne pas le faire, même après qu'il lui eut infligé ce pénible étalage de connaissances cinématographiques. En plus, fanfaronner pour quelque chose qu'elle avait appris au catéchisme quand elle était gamine, ce n'était pas son genre. Elle lui montra la page de la Bible avec le passage souligné.

« Vous avez entendu parler du roi Hérode, n'est-ce pas?

— Ouais, j'en ai entendu parler, mais mes connaissances à son sujet s'arrêtent là.

— Eh bien, c'était un roi il y a plusieurs millénaires, dit Fonseca, comme si elle racontait l'histoire à un enfant. Le jour où il apprit que le fils de Dieu venait de naître, il envoya des soldats tuer tous les garçons de moins de deux ans.

— Ça s'est passé où exactement? demanda Munson.

— À Bethléem. Ou Jérusalem. Je sais plus exactement. Ce n'est pas très important.

— Sans blague. »

Fonseca sortit un téléphone de sa petite veste noire. Elle s'en servit pour prendre une photo du passage souligné de la Bible, puis se tourna vers Munson.

« Pour faire simple, le roi Hérode a appris qu'un garçon était né à Bethléem. On l'a mis en garde contre ce garçon qui deviendrait roi des Juifs et finirait par le renverser. Alors il a envoyé ses hommes à Bethléem en leur ordonnant de massacrer tous les garçons de moins de deux ans.

— C'est stupide.

— Quelle partie ?

— Toute l'histoire. Ça n'a aucun sens. Quel genre d'idiot ordonnerait le massacre d'enfants innocents ?

— Un roi, un président, un Premier ministre…

— Vous n'en avez jamais assez de faire la maligne ?

— Non. Et vous ?

— Jamais. Alors qu'est-ce que ça signifie ? Vous voulez dire que Joey Conrad a l'intention de tuer plein d'enfants innocents ?

— Pour le moment, on n'est même pas sûrs que ce soit lui qui ait souligné le passage.

— C'est vrai, admit Munson. Mais imaginons que ce soit lui, pour simplifier les choses. Après tout, on n'a pas grand-chose d'autre pour le moment. Qu'est-ce qui aurait pu le pousser à vouloir tuer de jeunes garçons ? »

Fonseca ferma le livre et le replaça dans le premier tiroir de la table de nuit qu'elle referma.

« Je pense que c'est une question à poser à son psychiatre quand elle sera là. Joey Conrad n'a peut-être pas l'intention de tuer de jeunes garçons. Pour l'instant, il n'a tué qu'un policier innocent.

— *Pour l'instant*, dit Munson d'un air concentré. Mais ce type-là, le roi Hérode, vous dites qu'il voulait seulement tuer le petit Jésus, c'est ça ?

— C'est ce que dit la Bible.

— Et pourquoi il voulait tuer Jésus, déjà ? J'ai du mal avec cette partie. Quel mal pourrait faire un bébé à un roi ?

— Aucun. Bébé, Jésus n'aurait évidemment pas pu faire de mal à Hérode, ni se défendre d'ailleurs. Mais Hérode craignait qu'il ne devienne une menace en grandissant. C'était beaucoup plus simple de le tuer quand il était bébé. »

Munson ricana.

« Qu'est-ce qu'il y a de si drôle ? demanda Fonseca.

— Ça ressemble un peu à un plagiat de *Terminator* si vous voulez mon avis… »

Les mots avaient à peine quitté sa bouche qu'il prit conscience de ce qu'il venait de dire, en même temps que Fonseca.

« C'était quoi déjà, ces films ? demanda-t-elle.

— *Halloween*, *Massacre à la tronçonneuse* et *Terminator*. »

Munson retourna voir les DVD qu'il avait examinés un peu plus tôt. Avant même d'en avoir pris un, il pivota sur lui-même et regarda Fonseca, avec une étincelle de vie dans les yeux. Il se passait enfin quelque chose dans ce cerveau encore imbibé d'alcool. Ses neurones fonctionnaient maintenant à toute vitesse.

«Quoi? demanda Fonseca.

— Le flic hier, il l'a tué avec un couperet, c'est bien ça?

— Oui. Pourquoi?

— *Massacre à la tronçonneuse*. L'arme préférée du tueur, c'était un couperet.

— Vraiment? Parce que même si je ne l'ai jamais vu, j'aurais plutôt imaginé que c'était une tronçonneuse.

— Bien sûr, c'est ce que pensent les non-initiés. Mais quiconque a vu le film plus d'une fois sait qu'il utilise le plus souvent un couperet, puisqu'il découpe ses victimes comme de la viande, puisque c'est un cannibale.

— Où voulez-vous en venir?

— Je me disais que Joey Conrad était peut-être en train de reconstituer des scènes de ces films. Il porte un masque, c'est un indice plutôt évident. Et il utilise un couperet, ce qui est un peu moins évident.

— C'est peut-être un hommage, suggéra Fonseca.

— Techniquement, ils portent tous un masque de toute façon, répondit Munson en réfléchissant tout haut. Je veux dire, les tueurs d'*Halloween* et de *Massacre à la tronçonneuse* portent bien un masque. Et Terminator, c'est un cyborg avec un visage humain.

— Donc le masque est un hommage, et le couperet aussi. Où voulez-vous en venir? Comment est-ce que ça va nous aider à l'attraper?

— Eh bien, Terminator et le tueur d'*Halloween* étaient tous les deux à la poursuite d'une jeune femme. Le type d'*Halloween*, Michael Myers, arrive dans cette ville, Haddonfield. Il est à la recherche de la sœur dont il a été séparé il y a longtemps ou quelque chose comme ça. Et Terminator, il débarque à Los Angeles je crois, et il essaie de tuer une femme avant qu'elle ne mette au monde le sauveur de l'humanité.»

Munson avait l'impression d'être dans une impasse et ne savait absolument pas où cette théorie le mènerait.

«Vous vous raccrochez aux branches», dit Fonseca.

Ils furent interrompus par une voix de femme.

«En réalité, il pourrait bien être sur la bonne piste.»

Fonseca pivota sur elle-même pour voir qui avait parlé. À l'entrée de la chambre se trouvait une femme d'environ trente-cinq ans. Elle portait une longue blouse blanche par-dessus une tunique bleue. Ses longs cheveux châtains étaient attachés en une queue-de-cheval. Son visage était pâle et très mince, seul son rouge à lèvres rouge vif s'en détachait. Elle leur sourit.

«Bonjour, je suis le docteur Carter. Il faut qu'on parle. Il y a plusieurs choses que vous devez savoir sur Joey Conrad.»

15

Bébé s'enfuit en courant vers le parking. Elle n'avait aucune idée de la meilleure direction à prendre. Elle réfléchit au projet qu'elle avait imaginé plus tôt : se cacher à l'arrière du pick-up. C'était maintenant bien trop risqué et tout simplement stupide. Sa priorité numéro un était de fuir aussi loin que possible du restaurant. Elle pourrait courir le long de la route, mais si le tueur masqué avait une voiture, ce n'était peut-être pas la chose la plus intelligente à faire. Elle décida finalement de traverser la route pour rejoindre le champ de l'autre côté.

Elle était incapable de se souvenir de la dernière fois qu'elle avait piqué un sprint, mais elle traversa la route en courant comme elle n'avait jamais couru avant. Malheureusement, la nature n'avait pas fait d'elle une grande sprinteuse. Ses bras et ses jambes partaient dans tous les sens, et ses mouvements maladroits ne faisaient que la ralentir et la fatiguer inutilement. Sur le parking du restaurant, tous les véhicules fonçaient vers la route, à l'exception de la voiture jaune à la bande rouge et du pick-up. Ce dernier appartenait certainement à Traces de pneu ou Termite. Quant à la voiture jaune et rouge, Bébé était presque certaine qu'il s'agissait de celle du tueur.

Le champ s'étendait à perte de vue. Ses herbes hautes se balançaient au gré du vent, oublieuses de l'urgence qui agitait les environs. Les broussailles griffaient les chevilles de Bébé qui avançait péniblement à travers. Elles lui arrivaient presque aux genoux et rendaient sa course encore plus épuisante. Elles étaient si hautes qu'elles cachaient les irrégularités du sol sous ses pieds. À chacun de ses pas, Bébé sentait ses pieds se poser maladroitement, se tordant dans un sens ou dans l'autre. Elle savait qu'elle risquait fort de tomber ou de se fouler la cheville, mais c'était un risque qu'il fallait prendre.

Elle n'avait couru qu'une trentaine de mètres à travers le champ lorsqu'elle entendit le premier coup de feu. Malgré la distance qui la séparait du tireur, le coup résonna bruyamment jusqu'à elle. Elle n'osa pas regarder en arrière mais pria pour que quelqu'un ait tiré sur le tueur masqué.

Une rafale de vent lui fouetta le visage alors qu'elle essayait de reprendre son souffle. Étrangement, le vent sembla vider l'air de ses poumons plutôt que les remplir. Elle sentit qu'elle commençait déjà à ralentir, à perdre de l'énergie et de la vitesse à chaque foulée. Elle n'avait parcouru qu'une vingtaine de mètres supplémentaires lorsqu'un deuxième coup de feu retentit, suivi par le bruit d'une sirène de police. Il semblait régner un chaos de tous les diables derrière elle, mais elle avait l'horrible sentiment que si elle se retournait pour voir ce qui se passait, elle verrait le psychopathe masqué lui courir après. S'il ressemblait aux tueurs masqués de la plupart des films d'horreur, il marcherait très lentement mais parviendrait tout de même à la rattraper. Aussi se fit-elle la promesse que si elle trébuchait, elle ferait ce qu'il y avait de plus sensé à faire, c'est-à-dire se relever immédiatement, contrairement à la plupart des personnages dans les films d'horreur, qui se mettaient inexplicablement à ramper au lieu de se relever et courir.

Elle commençait à perdre son souffle et sentait ses jambes fléchir. Consciente qu'elle ne pourrait pas continuer ainsi beaucoup plus longtemps, elle était malgré tout déterminée à aller le plus loin possible.

BANG!

Elle ne savait pas exactement d'où provenait le bruit mais elle eut soudain l'impression que quelqu'un venait de lui planter un tisonnier brûlant dans le bras. Le choc fut si brutal qu'elle se sentit vaciller. Elle trébucha, se tordit la cheville et perdit complètement l'équilibre.

Pendant quelques secondes courtes mais terrifiantes, elle ne vit qu'une répétition interminable des mêmes images.

Herbe,

Ciel bleu,

Herbe;

Ciel bleu,

Herbe

BAM

Herbe.

Elle atterrit la tête la première dans les broussailles. Heureusement, l'herbe était assez haute pour qu'on ne la voie pas depuis la route. Pendant quelques secondes, elle resta à terre, assommée par la chute, ne sachant toujours pas ce qui l'avait causée. Elle roula sur le côté, son corps toujours caché par les hautes herbes. Son cœur battait à tout rompre, et elle avait toujours du mal à respirer. Et la tête lui tournait à cause de tous ces flashs de bleu et de vert.

Mais, surtout, son bras était blessé. Juste au-dessus du coude. C'était comme si un animal sauvage lui avait arraché un morceau de bras et qu'un parasite était en train d'en sucer le sang. Elle roula sur le dos et fixa des yeux le ciel bleu clair. Le soleil brillait. Mais elle n'entendait plus aussi bien qu'avant. Elle percevait toujours la sirène de police et peut-être aussi l'écho d'un coup de feu et des crissements de pneus. Mais tout était flou et les sons se mélangeaient. Soudain, elle entendit une voix d'homme lui parler distinctement, sur un ton ferme.

« *Lève-toi! Cours!* » Elle reconnut la voix. Dans l'œil de son esprit, elle vit le visage de l'homme qui venait de parler. Il avait l'air sérieux. Il *était* sérieux.

« *Fais ce que je te dis.* »

Elle inspira plusieurs bouffées d'air frais et s'appuya de son bras intact contre le sol pour se relever sans tomber. Elle était seule au milieu du champ. La tête lui tourna de plus belle lorsqu'elle réussit à se lever. Son crâne était comme rempli de barbe à papa, collant et nuageux. Elle posa la main sur son bras blessé dans l'espoir d'enlever ce qui causait cette douleur. La paume de sa main toucha quelque chose d'humide et chaud sur sa manche. Elle baissa les yeux. Sa main était couverte de sang. *Son sang*.

Un filet s'écoulait d'une entaille juste au-dessus du coude. On aurait dit que quelqu'un avait déchiré la manche de son sweat-shirt avec un couteau rouillé.

Elle paniqua à la vue du sang. Comment était-ce arrivé ? Elle jeta un coup d'œil rapide vers le restaurant. Il n'y avait aucun signe de l'homme masqué, mais ça ne voulait pas dire qu'il n'était pas quelque part dans les parages, peut-être caché dans les hautes herbes.

Le restaurant lui paraissait assez loin maintenant. La voiture jaune avec la bande rouge était partie. À sa place se tenait un vieil homme au crâne chauve et transpirant qui l'observait, vêtu d'un marcel blanc. Elle avait du mal à garder les yeux fixés sur lui, mais elle crut reconnaître un des clients du Minou Joyeux. Il avait un fusil à la main et il semblait être en train de le recharger. Elle toucha le sang sur son bras. Est-ce que cet homme venait de lui tirer dessus ?

Putain. Ça ne pouvait être que ça.

Elle entendit de nouveau la voix masculine. « *Cours, Bébé, cours.* »

C'était un bon conseil. Elle tourna le dos au vieil homme au fusil et, rassemblant le peu de force qui lui restait, elle reprit sa course aussi loin que possible à travers le champ.

Elle n'entendit pas d'autres coups de feu. En réalité, elle n'entendait rien d'autre que le son de sa propre respiration, qui était de plus en plus bruyante. Lorsqu'elle fut incapable de poursuivre sa course, elle s'arrêta pour reprendre son souffle. La route et le restaurant n'étaient plus qu'une petite tache sur l'horizon derrière elle. Personne ne semblait la traquer. Mais il fallait quand même qu'elle continue d'avancer car son bras perdait toujours du sang, pas abondamment, mais assez pour qu'elle sente sa blessure la tirailler. Elle pressa sa manche contre la plaie dans l'espoir de ralentir le saignement. Le tissu était déjà imbibé d'une tache sombre qui continuait à s'étendre.

Plus elle marchait, plus ses jambes fléchissaient. Ses genoux commençaient à lui faire mal et ses pieds étaient lourds. Mais au moment même où elle crut ne plus pouvoir continuer, elle aperçut un petit cottage au loin. Elle rassembla toute l'énergie qu'elle put trouver et prit la direction de la maison, d'un pas de plus en plus incertain.

Lorsqu'elle atteignit le cottage, la sensation d'étourdissement s'était transformée en nausée. Elle essaya d'inspirer profondément et cligna désespérément des yeux pour s'empêcher de tomber dans les pommes. Si elle pouvait simplement atteindre la porte du cottage et s'asseoir pendant quelques minutes, tout irait mieux. Et elle ne dirait pas non à un verre d'eau.

Le cottage était vieux et délabré. Les murs étaient faits de lambris blanc bringuebalant et le toit de chaume avait connu des jours meilleurs. Il y avait tout autour une palissade blanche branlante, interrompue en son milieu par un portail ouvert. Elle tituba jusqu'au portail et reposa sa main gauche sur un des panneaux en bois. La paume de sa main laissa un peu de sang sur la clôture.

Il y avait des petites fenêtres carrées le long du cottage, certaines couvertes d'un voilage qui l'empêchait de voir à travers. Tout au bout se trouvait une étroite porte rouge. La peinture était écaillée à plusieurs endroits, signe qu'elle n'était plus toute jeune.

Bébé tituba jusqu'à l'entrée. Avant qu'elle ait le temps de frapper, la porte s'ouvrit de l'intérieur. La tête d'un homme apparut dans l'entrebâillement. Il avait une quarantaine d'années et son visage était étrangement complexe. Aucun de ses traits n'était vraiment là où il aurait dû être. Il avait de grosses joues et d'épaisses rouflaquettes. Ses cheveux en bataille recouvraient ses oreilles. Il l'observa de ses yeux verts, plissés, remplis de suspicion.

«Qu'est-ce que vous voulez?» demanda-t-il, ses lèvres bougeant en décalé par rapport aux mots.

Bébé lutta pour articuler sa réponse, parvenant à peine à se faire entendre.

«Je crois qu'on m'a tiré dessus.»

L'homme regarda son bras. Elle souleva sa main gauche ensanglantée.

«Oh mince, il faut vous soigner.»

Il ouvrit la porte en grand et s'écarta du passage. Bébé cligna des yeux à plusieurs reprises pour être sûre qu'ils ne lui jouaient pas des tours. L'homme portait un costume bleu avec une cape rouge. Il était déguisé en Superman, même si, Dieu merci, il portait un short rouge plutôt qu'un slip. Il était à peine plus grand que Bébé, un peu moins d'un mètre soixante-dix. Il passa derrière elle, glissa un bras autour de ses épaules et lui tint délicatement le poignet.

«Venez, vous n'avez pas l'air très stable.

— Je crois que je vais tomber dans les pommes.

— Ne vous inquiétez pas. Vous êtes entre les mains de Supergirl. Venez, entrez.

— Vous voulez dire Superman?»

Il ne répondit pas. Ça n'avait pas beaucoup d'importance. Bébé était soulagée d'avoir trouvé quelqu'un si accueillant et si compatissant. Il avait fait attention à ne pas serrer son bras blessé trop fort, et elle lui en était reconnaissante. Il la fit entrer dans la maison.

«Je vais vous préparer du thé. Ensuite on s'occupera de cette blessure.

— Merci, répondit Bébé, c'est très gentil de votre part.»

Elle franchit la porte rouge et entra dans une cuisine au carrelage rouge, poussiéreux et froid. Au centre de la cuisine, il y avait deux chaises et une grande table en bois, qui ne comportait rien d'autre qu'une théière marron sur un grand sous-verre en osier.

«Asseyez-vous, dit Superman, je vais faire chauffer l'eau. Ça ira mieux après une bonne tasse de thé sucré.

— Je ne prends pas de sucre.

— Peut-être, ma jolie, mais vous avez perdu beaucoup de sang. Il va falloir faire une exception. Le sucre vous fera du bien. Il vous maintiendra éveillée et revigorera vos globules rouges.

— Oh, d'accord.»

Il l'escorta jusqu'à la chaise la plus proche et aida Bébé, qui était sur le point de s'effondrer sur le sol, à s'asseoir. Elle était soulagée d'être enfin assise. Être entre les mains de quelqu'un qui semblait savoir ce qu'il faisait la tranquillisa un peu. Elle réussit à reprendre son souffle et recouvra un peu ses esprits. L'anxiété qu'elle avait ressentie en voyant le sang pour la première fois commençait à se calmer.

«Vous pouvez m'appeler Litgo, je suis pas vraiment Supergirl.

— D'accord.»

Elle l'entendit fermer la porte d'entrée derrière elle et tourner un verrou. Elle regarda par-dessus son épaule et le vit glisser une clef en métal rouillé dans la serrure. Il la tourna et un autre verrou se déclencha. Il remit la clef dans une poche de son short rouge et se tourna face à elle.

Il la regarda avec un grand sourire et, pour la première fois, Bébé remarqua qu'il lui manquait une dent de devant. La vision de ce sourire édenté la choqua un peu et elle recommença à se sentir étourdie.

«Je vais tomber dans les pommes, dit-elle, consciente qu'elle murmurait.

— Tout va bien, Bébé, dit-il en s'approchant d'elle, ses traits devenant de plus en plus flous à mesure qu'il approchait. Vous êtes en sécurité maintenant.»

Bébé sut qu'elle était sur le point de s'évanouir lorsque tout autour d'elle devint sombre et flou. Litgo l'attrapa par les épaules pour l'empêcher de glisser de la chaise.

Avant de perdre connaissance, elle parvint à lui poser une dernière question.

«Comment connaissez-vous mon nom?»

16

Le docteur Carter conduisit Fonseca et Munson dans la salle de repos du personnel de l'hôpital.

«Désolée, ce n'est pas vraiment un cinq étoiles», dit-elle d'un air confus en désignant la pièce d'un grand geste.

Et c'était peu dire. Munson examina l'assortiment de vieux canapés affaissés disposés tout autour de la pièce. Au centre se trouvaient une table de cuisine en bois avec quelques chaises en plastique. Même dans son appartement, Munson avait de plus jolis meubles.

«Mais non, dit-il poliment, c'est parfait, vraiment.

— Tous les meubles ont soit été achetés d'occasion, soit donnés par une association caritative, ajouta le docteur Carter. Je peux vous offrir un café?»

Au bout de la pièce se trouvait une kitchenette avec un buffet sur lequel étaient disposés un micro-ondes, une bouilloire et une demi-cafetière de café filtre.

«Noir, deux sucres, dit Munson.

— Au lait et sans sucre pour moi, s'il vous plaît», dit Fonseca.

Le docteur Carter leur indiqua la table blanche au milieu de la pièce.

« Je vous en prie, asseyez-vous. »

Tandis que Munson et Fonseca s'installaient, Carter farfouilla dans un placard au-dessus de la cafetière pour en sortir deux grandes tasses, une rouge et une bleue, et un pot de lait en poudre. Les tasses étaient fendues et couvertes de taches marron. Il flottait dans l'air une franche odeur de café brûlé.

« Ça fait combien de temps qu'il chauffe, ce café ? » demanda Munson.

Pour toute réponse, le docteur Carter se contenta de hausser les épaules. Elle versa une cuillerée de lait en poudre dans la tasse rouge. Lorsqu'elle souleva la cafetière de son socle, Munson comprit qu'il était loin d'être frais. Le liquide qui stagnait au fond était beaucoup plus sombre et épais que le reste.

« Vous en prenez un aussi ? s'enquit-il.

— Non, je supporte pas ça », répondit Carter.

Munson jeta un coup d'œil en direction de Fonseca et comprit qu'elle aussi avait vu l'état du café et qu'elle était bien consciente que le moins chanceux des deux allait se retrouver avec le fond terreux et répugnant de la cafetière.

Ils tendirent tous les deux le cou pour voir quelle tasse aurait la bonne partie. Le lait en poudre dans la rouge laissait penser qu'elle était destinée à Fonseca. Le docteur Carter pencha la cafetière au-dessus de la tasse bleue et s'apprêtait à en verser le contenu lorsque Fonseca l'interrompit.

« Est-ce que Joey Conrad s'est déjà montré violent ? » demanda-t-elle.

Le docteur Carter se tourna, embarquant avec elle le café rance.

«Oui. Il a décapité quelqu'un la nuit dernière. C'est pour ça que vous êtes là, non?

— Oui, bien sûr, répondit Fonseca. C'est la rouge la mienne, c'est ça?

— Oui.»

Le docteur Carter se retourna et versa le café dans la tasse rouge de Fonseca. Celle-ci fit un clin d'œil à Munson qui, en retour, articula silencieusement le mot «salope», avant de faire un grand sourire pour montrer qu'il plaisantait.

Carter finit de verser le café et leur apporta les deux tasses. Elle les posa devant les agents et s'assit en bout de table.

«Il a déjà été violent par le passé? demanda Munson, tout en touillant quelque chose qui flottait à la surface de son café. Je veux dire, récemment?

— Oui.

— Vous pourriez nous en dire un peu plus?

— Vous savez qu'il a de nouveau frappé ce matin?» demanda le docteur Carter.

Munson et Fonseca échangèrent un regard inquiet. Ils l'apprenaient tous les deux.

«Comment? Que s'est-il passé? demanda Munson.

— Il a tué un vendeur de voitures d'occasion et volé une vieille Chevrolet. Il est toujours à B Movie Hell.»

Fonseca se pencha en avant.

«C'est arrivé il y a combien de temps?

— Il y a une heure environ. C'était aux infos juste avant que vous arriviez. C'est pour ça que je n'étais pas là pour vous accueillir. Je voulais être au courant des dernières informations.

— Un seul mort? demanda Munson.

— C'est ce qu'ils disent aux informations.

— Cause de la mort ?

— La même que le policier hier. Tête coupée avec un couperet. Les pieds et les mains aussi apparemment. »

Fonseca grimaça.

« Vous savez où il a pu se procurer ce couperet ? Ou le masque et les vêtements qu'il porte ?

— J'imagine qu'il s'est arrêté chez un boucher et dans un magasin de déguisement.

— Il n'a pas pu se les procurer ici ?

— Non. »

Munson se gratta le menton.

« Et vous dites qu'il a volé une voiture ?

— Oui. C'est ce qu'ils disent aux infos.

— Mais ils n'ont pas encore déterminé son identité ?

— Non.

— Et vous n'en avez parlé à personne ? »

Le docteur Carter secoua la tête.

« On a des consignes très strictes, on ne peut en parler à personne.

— Parfait, dit Munson en regardant Fonseca. Je ne vais pas pouvoir rester plus longtemps, vous savez. Je ne dois pas traîner, surtout si Conrad a une voiture maintenant.

— Je me ferais pas trop de soucis pour ça à votre place, dit le docteur Carter.

— Pourquoi ?

— Il n'y a qu'une route pour entrer et sortir de B Movie Hell, elle passe sur un pont à trente mètres au-dessus du lac Flaccid. La police locale a mis en place un barrage empêchant quiconque d'entrer ou de sortir sans leur autorisation.

— C'est courageux de leur part, dit Munson. La plupart des gens n'attendraient qu'une chose, c'est que le tueur quitte la ville. C'est admirable de vouloir le garder chez eux.

— C'est une petite communauté très soudée, répondit le docteur Carter. D'après ce que je sais de la ville, ils vont vouloir trouver Joey Conrad et bricoler leur propre justice avant que vous ne mettiez la main sur lui. »

Munson digéra l'information. Une communauté qui préfère s'occuper elle-même d'un tueur en série plutôt que le laisser au gouvernement. Ça pourrait poser problème. Il devait attraper Joey Conrad avant que les locaux ne découvrent son identité.

Fonseca continua à interroger le docteur Carter.

« Vous étiez au courant pour les vidéos dans la chambre de Conrad ?

— Je savais qu'il avait des DVD, oui, mais je ne savais pas qu'il avait les films d'horreur dont vous parliez tout à l'heure.

— Comment il se procure ces films ? Qui les lui fournit ?

— Je sais pas exactement, dit Carter. C'est une de ces choses sur lesquelles on ferme les yeux. Et pour être honnête, on l'a encouragé à regarder des films parce qu'il est très impliqué dans les cours de théâtre dispensés ici. Comme beaucoup d'autres patients, en fait. »

Fonseca secoua la tête.

« Si vous fermez les yeux sur les DVD, alors comment pouvez-vous être sûre que la personne qui les fait entrer clandestinement n'a pas aussi fait entrer le masque et le couperet ?

— C'est peu probable. C'est le genre de choses qu'on aurait remarqué.»

Munson les interrompit.

«Un cours de théâtre, vous dites? Vous faites quoi exactement?

— Du théâtre», répondit le docteur Carter. Pendant quelques instants, Munson crut que sa réponse resterait brève et sarcastique, mais elle poursuivit. «Beaucoup de nos patients souffrent de troubles de la personnalité multiple. Joey Conrad en fait partie. Le cours de théâtre leur permet de montrer ces différentes facettes sans peur d'être jugé ou analysé.

— Génial, marmonna Munson. Un groupe de barjos dans un remake de *Vol au-dessus d'un nid de coucou*. À part ça, tout va bien.

— Quelles étaient les différentes personnalités de Conrad?» demanda Fonseca.

Le docteur Carter inspira profondément.

«Il absorbe la personnalité des personnages qu'il voit dans les films. C'est un fan de cinéma. Il connaît beaucoup de petits détails. Il peut citer et rejouer des scènes entières de la plupart de ses films préférés.

— Il est donc tout à fait possible qu'en portant un masque et en décapitant des gens il se prenne pour un personnage d'un des films d'horreur que nous avons trouvés dans sa chambre.

— J'imagine, oui.

— Comme *Last Action Hero*, dit Munson d'un ton sec.

— Comment? demanda Fonseca.

— *Last Action Hero*.

— Que voulez-vous dire?

— Il n'est plus au cinéma. Il est dans le monde réel, jouant le rôle d'un personnage fictif. » Il regarda Fonseca. « Je voulais pas en parler là-haut parce que ce n'était qu'une intuition, mais ces films, *Last Action Hero* et *Galaxy Quest*, ils m'ont fait réfléchir. »

Le docteur Carter regarda Munson d'un air perplexe.

« Je ne vous suis pas. »

Fonseca comprit immédiatement.

« Je vois où vous voulez en venir.

— Pas moi », dit Carter.

Munson l'éclaira.

« Le héros de *Last Action Hero* est un personnage fictif qui sort de son film et débarque dans le monde réel. Maintenant imaginons que Joey Conrad se prenne pour le tueur d'*Halloween* par exemple, il pourrait débarquer à B Movie Hell pour terroriser et assassiner les habitants. »

Le docteur Carter n'avait pas l'air convaincue.

« Le tueur d'*Halloween*, ce n'était pas Jamie Lee Curtis qu'il essayait de tuer ? »

Munson but une gorgée de café. Il était aussi infect qu'il en avait l'air.

« Ouais, c'était sa sœur ou quelque chose du genre. »

Fonseca était sur le point de boire son propre café lorsqu'elle vit l'expression sur le visage de Munson et reposa judicieusement sa tasse.

« Vous pensez qu'il pourrait être à la recherche de quelqu'un de sa famille ? demanda-t-elle.

— Il n'a pas de famille, dit le docteur Carter. Je pensais que vous étiez au courant de ce genre de choses.

— Pas de tante perdue de vue, rien ?

— Rien du tout.

— D'accord. On peut donc exclure l'intrigue d'*Halloween*. Mais le masque pourrait quand même indiquer qu'il se prend pour le mec d'*Halloween* ou de *Massacre à la tronçonneuse* ? Ou les deux.

— Les deux ? demandèrent Fonseca et le docteur Carter d'une même voix.

— Eh bien, ils portaient tous les deux un masque et ils se sont certainement tous les deux servis d'un couperet à un moment ou un autre.

— Et pour *Terminator* ? Il se servait d'un couperet ou portait un masque ? » demanda Fonseca.

Munson haussa les épaules.

« Techniquement il portait un masque, mais l'important avec *Terminator*, c'est qu'il essayait de tuer Sarah Connor.

— Qui est Sarah Connor ? demanda le docteur Carter.

— Une femme sans grande importance, si ce n'est qu'elle allait donner naissance à John Connor, le futur sauveur de l'humanité. Vous savez, comme Jésus. »

Il s'apprêtait à boire une autre gorgée de café lorsqu'il se rappela à quel point il était rance. Il revint à la raison juste avant que la tasse ne touche ses lèvres. Fonseca reprit l'interrogatoire.

« Docteur Carter, vous savez ce qu'est le massacre des innocents ? demanda-t-elle.

— Bien sûr, répondit Carter en hochant la tête. C'est quand le roi Hérode a ordonné à ses hommes d'exécuter tous les garçons de Bethléem de moins de deux ans.

— Exactement, dit Munson, comme s'il connaissait cette histoire depuis plus de cinq minutes. Il essayait de tuer Jésus, le sauveur de l'humanité. »

Il remarqua le sourcil perplexe que Fonseca souleva à son intention, certainement amusée qu'il prétende soudain s'y connaître en la matière. Avant qu'il ne puisse approfondir le sujet, Justin passa la tête par la porte.

« Vous avez vu les infos ? demanda-t-il.

— Qu'est-ce que c'est cette fois ? demanda le docteur Carter.

— L'Iroquois vient de tuer trois autres personnes à l'Alaska Roadside Diner de B Movie Hell. Les flics sont après lui dans une course-poursuite. Je sens que ça va saigner. »

Munson se leva de sa chaise.

« Milena, je dois y aller.

— Qu'est-ce que vous comptez faire ?

— Je vais directement à B Movie Hell pour faire disparaître Joey Conrad avant qu'il ne soit trop tard. Appelez-moi quand vous en aurez fini ici. »

17

La première voiture de police à répondre à l'appel qui avait signalé les problèmes à l'Alaska Roadside Diner fut une Plymouth Fury noir et blanc conçue pour les courses-poursuites à grande vitesse. Elle arriva sur les lieux du crime juste à temps pour voir la voiture jaune et rouge en partir. Sans hésiter, le policier seul dans la Plymouth alluma la sirène et le gyrophare bleu et rouge, demanda des renforts par radio et enfonça l'accélérateur. Il était hors de question qu'il laisse le psychopathe masqué s'en tirer encore une fois.

Plus loin sur la route, l'Iroquois regarda dans son rétroviseur. Sous le masque hideux qui lui couvrait le visage, il esquissa un petit sourire malicieux. Ces putains de policiers de merde étaient tombés droit dans le panneau. Il pressa sa botte sur l'accélérateur de la Chevrolet jaune qu'il avait volée une heure plus tôt à Hank Jackson. Cette voiture était un tas de ferraille avec un vieux moteur déglingué sous le capot. Il le savait quand il l'avait choisie. Mais ni la taille du moteur ni sa puissance n'étaient sa priorité. Bon sang, il voulait, non il *fallait* que les flics restent à sa poursuite. S'il les distançait ou les semait, il ne pourrait pas tuer ces fils de pute.

Il n'avait qu'une voiture à sa poursuite pour l'instant. Ce n'était pas assez.

Il fallait… Oh et puis merde, il *voulait* avoir au moins trois voitures de police à sa poursuite. Ces connards de Rednecks incompétents trouveraient bien le moyen d'envoyer trois voitures de police à ses trousses. Ce n'était pas comme s'il était difficile à repérer.

L'Iroquois commençait sérieusement à perdre patience lorsqu'il les vit enfin arriver, près de cinq minutes plus tard. La première voiture lancée à sa poursuite était extrêmement pénible avec cette saloperie de sirène qui ne s'arrêtait jamais. Ce trou du cul voulait que tout le monde sache qu'il était à ses trousses avec son gyrophare bleu, mais l'Iroquois était certain que cette sale poule mouillée n'avait aucune intention de le rattraper. Pas tout seul.

Ce n'est que lorsqu'il tourna sur une autre route déserte qui menait *Dieu sait où* que les deuxième et troisième voitures firent enfin leur apparition. Il avait réglé sa radio sur la fréquence de la police et grâce aux abrutis de flics qu'il entendait beugler, l'Iroquois savait que deux autres Plymouth Fury attendaient cachées derrière un panneau publicitaire géant, prêtes à rejoindre la course-poursuite dès qu'il passerait devant.

Le tueur sanguinaire était parfaitement conscient que ces deux voitures de patrouille auraient pu former un barrage routier, certes un peu fragile, mais ils auraient pu et avaient choisi de ne pas le faire. La raison? Ils n'avaient aucune envie de se retrouver face à lui, pas plus que le plouc qui était à ses trousses depuis le restaurant. Il avait donc les trois voitures à sa poursuite, exactement comme il l'avait prévu. Il était temps de les remettre à leur place. Aucun d'entre eux ne voulait être à la tête de la course-poursuite. Aucun d'entre eux ne voulait en découdre avec lui. Mais ils étaient probablement tous en train de prier pour qu'il envoie sa vieille Chevrolet dans le décor et se tue.

L'Iroquois n'avait plus besoin d'écouter la fréquence de la police. La bande-son de ce qui allait suivre devait être une chanson entraînante, de la bonne musique de road trip. N'importe quelle musique conviendrait, à vrai dire. Il changea de fréquence et s'arrêta sur la première chanson qu'il trouvât, « The star-spangled banner » par Enrico Palazzo[1]. Ce n'était peut-être pas la musique la plus appropriée pour une tuerie, mais elle donnait tout de même de sérieuses envies de meurtre.

Il regarda une dernière fois dans le rétroviseur. Les trois véhicules à sa poursuite le suivaient en file indienne tout en gardant leurs distances. Ce qui était parfait pour la petite surprise qu'il leur préparait.

« Matez-moi ça, bande de fils de pute », marmonna-t-il entre ses dents.

Il attrapa le frein à main et tira dessus fermement. Les roues avant se bloquèrent et sa voiture tourna dangereusement sur elle-même. Elle pivota à 180 degrés avant qu'il ne lâche le frein à main et passe la marche arrière en un seul mouvement rapide. Comme il s'y attendait, les flics paniquèrent et freinèrent brusquement. La dernière voiture faillit

---

1. Extrait du film *Y a-t-il un flic pour sauver la reine ?* dans lequel Leslie Nielsen se fait passer pour un chanteur d'opéra et massacre l'hymne national américain. (*NdT.*)

emboutir le coffre de celle du milieu. L'accident fut évité, mais le pauvre idiot qui était jusqu'alors à l'arrière de la file dut faire une embardée et doubler l'idiot devant lui, se retrouvant malheureusement en deuxième position pour ce qui allait arriver.

De l'avis de l'Iroquois, tout allait pour le mieux. Il leur avait montré qu'il était imprévisible et n'avait peur de rien. Il pressa l'accélérateur et fonça en marche arrière jusqu'à la route. Les flics étaient toujours à sa poursuite, quoique dans un style assez passif agressif. Il se prépara à leur offrir la surprise numéro deux.

Il baissa la vitre électrique côté conducteur et tendit la main vers le siège passager où se trouvait un sac de sport rempli de jouets en tout genre. Il en sortit son arme préférée. Un Uzi neuf millimètres. Déjà chargé et prêt à être utilisé.

Il le pointa par la vitre en direction de la première voiture de police. Elle était à environ six mètres de lui, et s'efforçait toujours de donner l'impression de ne pas réussir à le rattraper. Lorsqu'il pointa son arme, l'Iroquois vit l'expression du conducteur changer. Ses yeux s'écarquillèrent et son regard qui se voulait perçant et menaçant quelques instants plus tôt laissa place à une profonde stupeur.

En l'espace de quelques secondes, l'Uzi tira une nuée de balles dans sa direction. Ce n'était pas facile de viser juste, mais avec une mitrailleuse, qu'est-ce que ça changeait? Le style était peut-être un peu extravagant mais l'important était que le boulot soit fait.

L'un des pneus avant de la première voiture explosa, le pare-chocs reçut aussi quelques balles, mais la majorité allèrent directement dans le pare-brise. La

150

vitre côté conducteur prit une teinte rouge écarlate. Le chauffeur avait reçu au moins deux balles dans la tête. Avant que l'Iroquois n'ait le temps de pointer son Uzi vers la deuxième voiture, les choses commencèrent à prendre forme. Le véhicule de tête pila dans un crissement de pneus dès que le crâne du conducteur toucha le volant. Le conducteur de la deuxième voiture essaya d'éviter de l'emboutir complètement et ne parvint qu'à heurter le coin arrière de la Plymouth. Elle vola pardessus la première et se retourna à mi-hauteur. Derrière elle, la voiture numéro trois tenta un freinage d'urgence mais dérapa et s'écrasa latéralement contre l'arrière de la première voiture. Une demi-seconde plus tard, celle du milieu atterrit à l'envers sur la route dans un fracas assourdissant. Son toit se plia vers l'intérieur comme s'il était fait de papier alu.

L'Iroquois ralentit et s'arrêta au milieu de la route. Il ouvrit la portière. Par-dessus la douce voix d'Enrico Palazzo chantant «l'éclat rouge des fusées» il entendit les râles d'agonie des policiers et le murmure lointain de leur radio. Une voix leur demandait si tout allait bien.

Le tueur sortit de la voiture, son Uzi amorcé et prêt à tirer. Le véhicule le plus proche était sur le côté. Le conducteur était déjà mort. Quelques mètres plus loin se trouvait la deuxième voiture, celle qui s'était retournée sur le toit. Ses roues continuaient à tourner dans le vide. C'était celle dont la radio fonctionnait toujours. Une voix de femme demandait des détails sur leur situation actuelle. L'Iroquois ouvrit le feu tout en s'approchant de la voiture, criblant de balles sa carcasse défoncée.

Aucun risque qu'il y ait des survivants dans celle-là. Même la radio se tut soudainement. Il cessa le feu et porta son attention sur la troisième voiture. Elle était toujours sur ses quatre roues mais le capot était enfoncé. Elle avait perdu la moitié de sa longueur en s'écrasant contre le coffre de la voiture devant elle. À l'intérieur, deux flics étaient voûtés sur leur siège, le visage ensanglanté. Ils étaient tous les deux inconscients mais l'Iroquois ne voulait prendre aucun risque. Il pointa l'Uzi vers eux et ouvrit le feu de plus belle. Les corps des deux flics s'agitèrent dans tous les sens, comme s'ils étaient en pleine démonstration de break dance. Ces enculés étaient bien morts maintenant. Aucun doute.

Lorsque l'Uzi déchaîné commença à lui brûler la main, l'Iroquois relâcha la détente et arrêta de tirer. Il regarda autour de lui et écouta attentivement les bruits en provenance de la route. Quelqu'un était toujours en vie. Quelque part. Un fils de pute était en train de bouger.

Il remarqua que, de l'autre côté de la dernière voiture, la portière arrière était ouverte. Il la contourna à grandes enjambées, son Uzi en l'air, cherchant la trace d'un survivant. Il ne mit pas longtemps à en trouver un.

Un homme chauve et ventripotent rampait sur l'étendue désertique qui longeait la route, laissant une traînée de sang derrière lui, à quatre pattes et le cul à l'air. Son large jean bleu lui tombait sous les fesses, emportant son caleçon avec lui. Son marcel blanc était couvert de poussière et de traces de sang. Il avait de toute évidence été gravement blessé dans le carambolage et n'était pas en état de marcher ou de courir pour quitter les lieux. Il regarda derrière lui et vit le tueur masqué, Uzi à la main, armé et prêt à tirer. L'homme gémit mais ne prononça pas un mot. Il reprit sa vaine tentative de ramper à travers le désert, espérant peut-être être épargné.

Il ne cessa de ramper que lorsque l'ombre froide et sombre de l'Iroquois fut au-dessus de lui, le protégeant du soleil brûlant.

L'homme roula sur le dos. C'était un déchet pathétique et répugnant. Un semblant d'être humain. Sa vie, qui ne se résumait sans doute qu'à picoler, manger des cochonneries et regarder des programmes télévisés de merde, ne valait pas un clou. Il leva une main pour se protéger les yeux d'un rayon de soleil qui brillait par-dessus l'épaule de l'Iroquois.

«Je vous en prie, supplia-t-il, je suis pas flic.»

Le tueur leva son Uzi et le pointa en direction de l'homme.

«Qu'est-ce que t'es, alors?

— Je suis pas flic, répéta l'homme. Je suis personne. J'étais là pour accompagner. Je suis juste un gars du coin.

— Du coin?

— Ouais.

— Mauvaise réponse.»

L'Iroquois n'avait pas besoin d'en entendre plus. Il pointa son arme contre la tête de l'homme et lui perfora le crâne de plusieurs balles. Son sang et sa cervelle giclèrent sur la route.

18

Bébé sentit une main écarter une mèche de son front. Ses cheveux étaient humides et moites, ses sourcils collants de sueur. Elle ouvrit les yeux et vit deux hommes penchés sur elle. Elle était allongée sur un canapé. Les traits des hommes étaient flous. Elle cligna plusieurs fois des yeux et essaya de les frotter. C'est à ce moment-là qu'elle se souvint qu'elle avait reçu une balle dans le bras droit. Elle grimaça de douleur lorsqu'un picotement aigu lui rappela que la blessure était toujours bien présente.

«Tout va bien, Bébé, vous êtes en sécurité maintenant», dit l'un des deux hommes.

Elle se servit de sa main gauche pour se frotter les yeux et se pincer l'arête du nez. Sa vision s'éclaircit et elle remarqua que sa main ensanglantée avait été nettoyée. Elle se concentra sur l'un des deux hommes. C'était Litgo, l'étrange individu en costume de Superman qui l'avait accueillie chez lui.

«J'ai dormi combien de temps? demanda-t-elle.

— Environ une demi-heure», répondit Litgo.

Elle tordit le cou pour mieux voir l'autre homme, dont les traits étaient encore flous. Il avait des cheveux châtains ébouriffés qui lui tombaient devant les yeux car il était penché en avant. Elle le reconnut très vite. C'était Benny Stansfield, un vieux flic qui fréquentait régulièrement le Minou Joyeux. Il lui sourit.

«Ça va aller, Bébé», dit Benny. Sa voix était calme et rassurante, un trait de caractère qu'elle avait remarqué chez lui lors de leurs précédentes rencontres.

«Je crois qu'on m'a tiré dessus, dit-elle.

— Oui, en effet. Mais il ne faut pas paniquer. Tu as eu beaucoup de chance car la balle n'a fait qu'érafler ton bras. Elle l'a traversé donc il n'y a pas d'éclats ou de débris qui pourraient causer une infection.

— Waouh, quelle chance en effet», dit Bébé avec une pointe de sarcasme, indignée que l'on puisse penser qu'elle avait eu de la chance.

Benny sourit.

«Du calme, ma grande, dit-il. Tu as eu une matinée difficile. Mais je te promets que tu es en sécurité maintenant. Tu n'as aucun souci à te faire.»

Elle regarda de nouveau Litgo. Son sourire était toujours un peu perturbant à cause de la dent manquante. Pour la première fois, elle remarqua quelque chose qu'elle n'avait pas remarqué avant. Il avait une paire de faux seins sous son costume de Superman. Enfin, elle supposa qu'ils étaient faux. Soit ils étaient faux, soit il était en plein traitement pour changer de sexe. Elle se souvint qu'il lui avait dit être Supergirl un peu plus tôt. Tout s'expliquait. Il arborait un déguisement de Supergirl, pas de Superman. C'est pour ça qu'il portait un short par-dessus ses collants bleus à la place d'un slip rouge moulant. Quel cinglé.

Benny était moins intimidant. Elle se souvint d'avoir couché avec lui au Minou Joyeux quelques mois plus tôt. C'était un client plutôt agréable et prévenant.

« Vous avez attrapé le tueur masqué ? demanda-t-elle.

— On a lancé plusieurs hommes à la poursuite de ce taré, répondit Benny avec un sourire rassurant. Il n'ira pas loin. Il s'est bien amusé à terroriser la ville mais son petit cirque est bientôt terminé.

— Tant mieux. »

Bébé déplia les jambes et se redressa.

« J'ai eu l'impression qu'il en avait après moi. Il me dévisageait au restaurant juste avant de se mettre à tuer des gens.

— C'est intéressant, dit Benny. Je me demandais justement si par hasard tu le connaissais ? Il a tué ton ami Arnold, et d'après ce qu'on m'a dit, Arnold a été la première victime du restaurant. Tu sais pourquoi il a fait ça ? Est-ce que toi ou Arnold vous avez fait quelque chose pour l'énerver ?

— Non. Il s'est juste dirigé vers Arnold avec un couperet et l'a attaqué.

— Donc il était déjà dans le restaurant quand vous êtes arrivés ?

— Oui. Il était assis près du juke-box. Comme j'ai dit, il m'a fixée des yeux. Je me suis tournée, et c'est à ce moment-là qu'il a enfilé le masque et s'est dirigé vers nous.

— Tu l'as vu sans son masque ?

— Hmm hmm, fit Bébé en hochant la tête.

— Tu pourrais me le décrire ?

— C'est juste un type normal, brun, avec un regard qui fiche la trouille.

— C'est très bien, Bébé. On te montrera quelques photos au poste de police pour voir si tu peux l'identifier, si tu te sens capable?

— Je me sens un peu mieux, oui, dit Bébé. Mais mon bras est lourd et tout engourdi.

— Vous voyez, dit Litgo en souriant. Ce thé sucré que je vous ai donné vous a requinquée. Et j'ai mis un joli bandage autour de votre bras pour arrêter le saignement. »

Bébé regarda son bras. Sa manche droite avait été déchirée juste en dessous de l'épaule. Mais, effectivement, la blessure était bien enveloppée dans un bandage blanc, même si un filet de sang s'en était échappé. Elle se souvint d'avoir trouvé Litgo un peu inquiétant au début, en particulier quand, juste avant qu'elle ne s'évanouisse, il l'avait appelée par son nom.

« Comment connaissiez-vous mon nom? » lui demanda-t-elle une seconde fois.

Litgo regarda Benny avant de répondre.

« J'ai reçu un appel des gens qui travaillent à l'Alaska. Ils ont dit que vous vous dirigiez vers chez moi.

— Et comment ils savaient mon nom, eux? »

Benny lui prit la main.

« Quelqu'un t'a reconnue, dit-il. Tu as de la chance qu'autant de gens en ville s'inquiètent pour toi. Tu es une jeune fille très populaire. Viens, essaie de te lever. Ensuite on pourra te sortir de là. »

Bébé se leva lentement. Ses jambes, en particulier ses genoux, étaient courbaturées d'avoir trop couru. Elle n'avait pas l'habitude de ce genre d'exercice.

« Où est-ce qu'on va ? demanda-t-elle.

— Je te ramène au Minou Joyeux, dit Benny.

— On devrait pas aller au commissariat avant ? Ou à l'hôpital ?

— Bien sûr. On ira où tu voudras. Viens, ma voiture est juste devant. Mais on doit faire vite.

— Pourquoi ?

— Parce que je le dis. »

19

Depuis que Jack Munson était parti précipitamment pour B Movie Hell, Milena Fonseca et le docteur Carter étaient restées dans la salle de repos de l'hôpital, à regarder les informations sur le téléviseur portable. Le dernier flash info était encore plus alarmant que le précédent. Les choses semblaient empirer de seconde en seconde à B Movie Hell. D'autres policiers étaient morts, tués par l'Iroquois lors d'une course-poursuite. Et un autre civil, un pauvre diable qui ne faisait qu'accompagner les flics, avait également été tué. Trois voitures de police étaient bonnes pour la casse. Mais c'était surtout la manière dont ces gens avaient été tués qui inquiétait Fonseca.

« Où est-ce qu'il a trouvé un flingue, bon sang ? demanda-t-elle à voix haute, même si la question était destinée à elle-même plus qu'au docteur Carter. D'après ce qu'ils disent, il avait une *mitrailleuse*. Où est-ce qu'on peut trouver une arme automatique par ici ? »

Le docteur Carter ne répondit pas à la question.

« Vous ne buvez pas votre café, dit-elle en montrant d'un signe de tête la tasse rouge pleine de merde qui refroidissait rapidement en face de Fonseca.

— Il est un peu trop fort à mon goût, répondit Fonseca. Vous avez une idée de l'endroit où il aurait pu trouver une arme dans le coin ? Je veux dire, il s'est échappé hier, n'est-ce pas ? Et il a déjà un masque, un couperet et une arme à feu très puissante. Pourtant, aucun vol n'a été signalé. La voiture qu'il a volée a été signalée quelques minutes plus tard car il venait de tuer le vendeur. Mais le flingue, les vêtements, le masque et le couperet, rien. Pas un mot. Où les a-t-il trouvés ?

— Vous avez lu son dossier ? demanda le docteur Carter.

— Dans les moindres détails.

— Alors vous ne devriez pas être surprise de voir à quel point il est ingénieux. Quand ils l'ont amené ici, il était évident qu'il avait été parfaitement entraîné dans le domaine militaire. Il est extrêmement intelligent, motivé, et plein de ressources, mais il est aussi complètement déconnecté de la réalité. Son dossier offre beaucoup de réponses, d'après moi.

— Son dossier ne dit pas comment il s'est procuré une mitrailleuse. »

Le docteur Carter haussa les épaules.

« Il l'a peut-être trouvée en volant la voiture.

— C'est peu probable, vous ne croyez pas ?

— Je ne sais pas. Mais ce que je sais, c'est que votre agence l'a entraîné pour qu'il devienne un mélange de James Bond, Jason Bourne, Rambo, Freddy Krueger et Dieu sait qui encore. Il peut s'adapter à n'importe quelle situation. Il était censé être le soldat ultime. Un homme capable de pratiquer le kung-fu, travailler sous couverture, infiltrer une forteresse ennemie,

160

piloter un avion de chasse et se déguiser en n'importe qui, un barman ou une catcheuse. Et j'imagine qu'ils lui ont aussi appris à se procurer une arme en un rien de temps. C'est vous qui l'avez entraîné, alors arrêtez de me demander comment il s'est procuré tout ça. Vous devriez le savoir mieux que moi. »

Fonseca se pencha en arrière et leva les mains, sur la défensive.

« Waouh, on se calme. Ces absurdités ont eu lieu bien avant mon arrivée.

— Bien sûr. Mais vous devriez quand même en savoir plus que moi.

— En théorie oui, mais quelqu'un semble avoir dissimulé pas mal de choses. Vous en savez beaucoup plus sur Joey Conrad que moi.

— C'est bien possible, agent Fonseca. Mais je suis incapable de vous dire comment il a réussi à se procurer une arme ou apprendre le kung-fu. Si vous voulez en savoir plus sur sa condition mentale et son comportement ici, alors *oui*, je peux vous aider.

— Le kung-fu, dit Fonseca en jetant un œil aux informations sur le téléviseur portable. Vous voulez dire que vous l'avez vu faire du kung-fu ?

— Non. Mais je suis sûre qu'il aurait pu.

— Il a déjà été violent ici ?

— Étonnamment, non. Enfin, juste une fois.

— Que s'est-il passé ?

— Il y a quelques semaines, il a tabassé un autre patient.

— Une raison particulière ?

— Ni l'un ni l'autre ne voulait en parler.

— Une idée de ce qui a pu déclencher la bagarre ?

— Non. D'ailleurs, je n'en ai pas fait grand cas à l'époque. Mais maintenant que Conrad s'est échappé, je crois que je peux deviner ce qui s'est passé.

— Vraiment ?

— Le type qu'il a tabassé s'appelle Dominic Touretto. Il y a quelques mois, Touretto s'est échappé. Il était en cavale depuis environ une semaine lorsqu'on l'a récupéré. C'est les flics de B Movie Hell qui l'ont trouvé. Enfin, tout ça pour dire qu'il est fort possible que Conrad ait voulu savoir comment Touretto avait réussi à s'échapper pour faire la même chose. Peut-être qu'il essayait de le forcer à lui donner les informations.

— Et comment Touretto s'est-il échappé ?

— On n'en sait toujours rien. On pense qu'il a simplement escaladé le mur, mais nous ne sommes pas sûrs. Personne ne s'est échappé d'ici pendant des années. Et aujourd'hui, on se retrouve avec deux évadés en deux mois. Pas très reluisant, hein ? »

Fonseca sentit qu'elle arrivait enfin à quelque chose.

« Pourquoi ne l'ai-je pas su plus tôt ? demanda-t-elle.

— Comment auriez-vous pu savoir ?

— Une minute. » Fonseca plongea la main dans sa poche et en sortit son téléphone portable. Elle accéda aux informations confidentielles qu'elle avait sur tous les patients de Grimwald.

« Il n'y a rien à ce sujet dans le dossier de Touretto, dit-elle en posant un regard suspect sur le docteur Carter.

— Sur son évasion ?

162

— Non, sur son altercation avec Joey Conrad. »

Le docteur Carter eut l'air offensée.

« Eh bien, ce n'était pas une altercation qui méritait d'être mentionnée dans son dossier. C'est le genre d'incident que l'on règle avec une poignée de main. On ne peut pas rédiger de document officiel chaque fois qu'une bagarre éclate ici. On a déjà trop à faire. »

Fonseca observa l'état de la salle de repos et supposa qu'ils avaient en effet beaucoup à faire.

« Donc vous pensez que Conrad voulait savoir comment Touretto s'était enfui afin de planifier sa propre évasion ?

— Comme je vous l'ai dit, je n'y ai pas pensé à l'époque, mais ça me paraît évident aujourd'hui.

— Oui, en effet. Pouvez-vous m'emmener voir Touretto, je vous prie ?

— Je peux, mais soyez prudente, il est complètement imprévisible.

— Dans quel sens ?

— Dans tous les sens. »

20

Munson était impatient d'arriver à B Movie Hell.
Il ne lui avait pas fallu beaucoup de temps pour se
débarrasser de Milena Fonseca. Quelle que soit la
nature de la mission que Devon Pincent voulait
qu'il accomplisse à B Movie Hell, il savait qu'il
valait mieux que ce soit fait sans que Fonseca en
soit témoin. Ça éviterait qu'elle envoie un rapport
détaillé au QG. Il en avait assez de faire l'imbécile et
d'envoyer des vannes stupides pour donner l'impression à Fonseca qu'il n'était pas un agent compétent.
Et il en avait fait des tonnes sur le lien potentiel entre
Joey Conrad et les films dans l'espoir qu'elle reste
encore un peu à l'hôpital pour approfondir cette
théorie. Il avait gagné un peu de temps. Il espérait
que ce soit assez.

La route était déserte, alors Munson en profita
pour appeler Pincent de son téléphone portable. Il
attendit péniblement que le standardiste du QG le
transfère sur le poste de Pincent avant de finalement
entendre sa voix à l'autre bout de la ligne.

« Devon Pincent, en quoi puis-je vous aider ?

— Devon, c'est Jack. Je suis en route vers B Movie
Hell, seul. Qu'est-ce qui se passe ? »

Pincent observa une courte pause avant de répondre, à voix basse, presque dans un murmure.

« Désolé, Jack, mais si c'est un appel personnel, il faut que tu me contactes à la maison. J'y allais justement. Pourquoi tu ne m'appelles pas là-bas d'ici une heure ?

— Chez toi ?

— Oui. Tu as mon numéro, non ?

— Heu, oui.

— Parfait. Salut. »

Pincent raccrocha.

Charmant.

Munson balança son portable sur le siège passager. C'était quoi ce bordel, putain ? Dans tous les cas, c'était assez sérieux et secret pour que Pincent ne puisse pas en parler sur sa ligne professionnelle.

Il aperçut au loin le pont qui menait à B Movie Hell. Pour un trou paumé pareil, c'était un pont assez monstrueux, qui s'élevait à une quinzaine de mètres au-dessus d'un lac immense. Une voiture de police était garée en travers, empêchant Munson de passer. Un policier était assis derrière le volant tandis qu'un autre agent à l'extérieur de la voiture ajustait le nombre d'habitants en bas d'un panneau de signalisation.

BIENVENUE À B MOVIE HELL
POPULATION 366_

Munson s'arrêta juste avant le pont. L'officier qui était en train d'ajuster le nombre d'habitants interrompit ce qu'il était en train de faire. Il se dirigea vers la voiture de Munson, en levant une main pour lui indiquer de ne pas bouger.

Munson baissa sa vitre et tendit son badge du FBI.

« Bonjour, Jack Munson, FBI. Vous devez être au courant de ma venue. »

L'officier s'approcha de la fenêtre et jeta un œil au badge de Munson.

« D'accord, attendez ici une seconde », dit-il.

Il retourna à la voiture de police qui bloquait l'entrée et parla à l'agent assis derrière le volant. À la fin d'une courte discussion, les deux policiers jaugèrent Munson d'un regard méfiant. Le conducteur recula ensuite de quelques mètres pour lui laisser la voie libre et lui fit signe de passer. Munson ne traîna pas. Il leva une main en signe de remerciement et traversa le pont.

Après avoir quitté le pont, il parcourut une dizaine de kilomètres sur la route principale avant de voir l'Alaska Roadside Diner. Deux voitures de police étaient garées devant. Il quitta la route et gara sa Mercedes à côté de l'un des deux véhicules, face à la grande fenêtre de la devanture du restaurant. Il avait ainsi une vue parfaite sur ce qui se passait à l'intérieur. Trois flics se tenaient près du comptoir et discutaient avec une blonde plantureuse vêtue d'un tablier de serveuse rose. Munson coupa le moteur et plongea la main dans la poche de sa veste. Ses doigts s'arrêtèrent sur la bouteille de rhum qu'il y avait cachée. Il la sortit et en but une gorgée. C'était délicieux. Il savoura le goût pendant quelques instants avant de remettre la bouteille dans sa poche, soupira bruyamment et sortit de la voiture. Il entendit au loin des sirènes de police hurler. Quelque part dans la ville, Joey Conrad était toujours en train de faire des ravages.

Il passa devant les fenêtres du restaurant et s'arrêta à l'entrée, revigoré par la saveur du rhum. Lorsque les trois flics et la serveuse le repérèrent, ils interrompirent immédiatement leur discussion et se tournèrent vers lui. Ils étaient tellement absorbés par ce qu'ils disaient qu'ils n'avaient pas vu sa voiture arriver.

Munson poussa la porte et entra d'une démarche assurée.

«Bonjour à tous!» lança-t-il d'un ton bourru.

Le plus âgé des trois policiers se dirigea vers lui, visiblement pour l'empêcher de marcher sur leur scène de crime. C'était un homme d'une cinquantaine d'années avec pas mal de kilos en trop, un mangeur de donuts affublé d'un Stetson bleu trop grand pour lui. Un des policiers plus jeunes le suivit d'un pas traînant, en regardant par-dessus son épaule.

«Vous êtes le type du FBI?» demanda l'officier plus âgé.

Munson sortit son badge et le lui tendit.

«Jack Munson, pour vous servir», dit-il avec un sourire forcé.

Le policier examina le badge de plus près. Munson lui laissa moins de deux secondes avant de le glisser dans la poche de sa veste.

«Est-ce que l'un de vous pourrait me mettre au courant de ce qui se passe ici, je vous prie?» demanda-t-il, en contournant les deux officiers qui bloquaient son passage vers le troisième policier et la serveuse. Il s'accouda au comptoir et croisa les jambes. Il espérait que son attitude nonchalante les mettrait mal à l'aise.

Le flic resté au comptoir avait entre vingt et trente ans et des cheveux blonds qui lui tombaient jusqu'aux épaules. Il lui indiqua le flic plus âgé que Munson venait de contourner.

«Randall est l'officier en charge ici, et c'est le seul qui a vu le tueur en chair et en os. Vous devriez lui poser la question.»

Munson se tourna et vit que le policier grassouillet au Stetson l'avait suivi jusqu'au comptoir et se tenait maintenant très près de lui. Assez pour sentir les effluves de rhum dans son haleine.

«C'est vrai? Vous avez vu le tueur? demanda Munson en essayant de ne pas expirer trop d'air.

— J'étais là quand il a débarqué hier, dit Randall. Il a décapité mon coéquipier avec un couperet.»

Munson tendit la main.

«Alors vous devez être Randall Buckwater, dit-il. J'ai lu le rapport. Vous étiez vraiment en train de chanter "On the wings of love" quand vous avez quitté la scène de crime?»

Randall ferma les yeux.

«Merde. Ils ont vraiment mis ça dans le rapport?

— Je le crains.

— Je savais bien que je n'aurais pas dû en parler.»

Munson avait fait de Randall exactement ce qu'il voulait. Le policier était tellement embarrassé qu'il donnait l'impression d'être en train de se passer à tabac intérieurement pour l'incident de la chanson. C'était le moment parfait pour commencer à poser des questions gênantes. Munson avait déjà remarqué une traînée de sang allant d'un tabouret renversé près du comptoir jusqu'aux toilettes pour hommes.

« Est-ce que quelqu'un a été traîné jusqu'aux toilettes ? demanda-t-il.

— Heu, ouais, répondit Randall. Mais les corps sont déjà à la morgue. » Il fit un signe de tête aux deux autres policiers. « Vous devriez y aller, les gars. Il faudrait commencer à prévenir les familles des victimes avant que la presse ne révèle leur identité à la télévision.

— Oui, monsieur. »

Randall était clairement l'officier en charge. Les deux autres échangèrent quelques marmonnements en se dirigeant vers une des voitures garées devant le restaurant. Munson n'avait plus que Randall et la serveuse à interroger. Cette dernière semblait bien secouée.

« Dommage que je ne sois pas arrivé plus tôt, dit Munson. Est-ce que l'un de vous pourrait me résumer ce qui s'est passé ?

— Je vous présente Candy, dit Randall en désignant la serveuse qui se tenait toujours derrière le comptoir. Elle est sortie de la cuisine et a vu l'Iroquois trancher la main de la première victime avec un couperet. Puis il a découpé deux autres types qui essayaient de le maîtriser.

— J'ai juste vu ce qu'il a fait à Arnold, dit Candy. Après j'ai couru me cacher dans la cuisine.

— Oui, dit Randall, qui semblait désireux de raconter lui-même ce qui s'était passé. C'est à ce moment-là que tout le monde est parti en courant. Traces de pneu et Termite ont été tués juste là, au niveau de la mare de sang.» Il désigna une flaque de sang sur le sol. «On a trouvé le corps d'Arnold dans les toilettes. Sa tête avait été tranchée, et aussi ses doigts, ce qui colle avec ce que Candy a vu. Beaucoup de sang partout, comme on pouvait s'y attendre.

— Traces de pneu et Termite?

— Ouais.

— Et leur vrai nom?

— Traces de pneu Armstrong et Termite Smith.

— Ah, dit Munson avant de se tourner vers Candy. Une idée de la raison pour laquelle il a emmené cet Arnold dans les toilettes?

— Aucune, répondit Randall.

— Ce n'est pas à vous que je posais la question, dit Munson en désignant Candy avant de reposer la question. Une idée de la raison pour laquelle il a emmené Arnold dans les toilettes?»

Elle fit signe que non.

«Elle est en état de choc, vous savez, dit Randall. Lâchez-la un peu.»

Munson ignora l'intervention du policier.

«Avez-vous vu le tueur quitter les toilettes?» demanda-t-il à Candy.

Munson commença à être sérieusement énervé lorsque Randall répondit encore une fois à sa place.

«Dès que le tueur a entendu les premiers policiers arriver sur place, il est parti dans une voiture volée. Deux ou trois voitures de police l'ont immédiatement pris en chasse.

— Ouais. Et ils sont déjà morts. Je viens de l'entendre à la radio.

— Il y en a trois ou quatre autres qui sont à sa recherche en ce moment même. »

Munson ignora Randall et se pencha sur le comptoir pour essayer d'empiéter sur l'espace vital de Candy. Elle était la plus à même de laisser échapper quelque chose qui pourrait lui être utile. Les flics semblaient beaucoup trop sur leurs gardes.

« Candy. Que pouvez-vous me dire au sujet des victimes ? Vous les connaissiez, n'est-ce pas ?

— Traces de pneu et Termite travaillent au garage local, ils sont mécaniciens. Ils viennent toujours déjeuner ici.

— *Étaient* mécaniciens.

— Hein ?

— Ils étaient mécaniciens, dit Munson, facétieux. Et celui qu'il a traîné dans les toilettes ? C'était qui ? »

Randall interrompit une nouvelle fois la conversation.

« Il s'appelait Arnold Bailey. Un type du coin assez connu.

— Connu ? Comment ça ?

— C'était l'homme à tout faire chez Mellencamp.

— Mellencamp ?

— Le Minou Joyeux.

— Le bordel ?

— Le Club pour Gentlemen.

— Bien sûr, dit Munson en se tournant de nouveau vers Candy. Et est-ce qu'Arnold, l'homme à tout faire du Club pour Gentlemen, a fait quoi que ce soit qui aurait pu provoquer le tueur ?

— Rien du tout, dit Candy. C'était complètement injustifié.

— Hmm hmm. Arnold était-il seul?

— Oui », répondit Candy en hochant la tête.

Munson examina une nouvelle fois le sol et le nombre d'assiettes, tasses et verres sales éparpillés sur les tables et le comptoir. Il y avait apparemment eu pas mal de clients avant que le massacre ne commence.

« D'accord. Donc tous les autres se sont enfuis. Et l'Iroquois a découpé Arnold dans les toilettes. Et ensuite? Vous dites qu'il a fui en entendant les sirènes. Il est juste sorti et monté dans sa voiture? Il n'a rien fait d'autre?

— Il est allé directement à sa voiture », dit Candy.

Munson observa le parking. C'est à ce moment-là que quelque chose attira son attention. Les deux flics qui venaient de quitter le restaurant étaient partis dans la voiture de police garée à côté de la sienne. Mais plutôt que de prendre la direction de la ville, ils essayaient de traverser un champ broussailleux de l'autre côté de la route.

« Qu'est-ce qu'ils foutent, putain? » demanda-t-il.

Randall haussa les épaules.

« Ça doit être Cam qui conduit. Il a pas le sens de l'orientation. »

Derrière Randall, la porte des toilettes pour hommes s'ouvrit et un autre policier en sortit. Le bruit de la chasse d'eau filtra à travers la porte. Le policier avait une vingtaine d'années et des cheveux bruns graisseux. Il était en train de s'éponger les sourcils avec un mouchoir lorsqu'il vit les autres observer à travers la fenêtre la voiture de police qui roulait à travers le champ.

172

«Ils vont chercher la fille?» demanda-t-il.

Munson aperçut le regard noir que Randall et Candy lancèrent au jeune policier.

«Quelle fille?» s'enquit-il.

Le policier le fixa, l'air surpris, comme s'il venait tout juste de remarquer sa présence.

«C'est qui, lui? demanda-t-il.

— Agent Jack Munson, FBI. Quelle fille?»

21

Litgo était seul dans le salon, confortablement assis dans son fauteuil préféré. Il attrapa le téléphone posé sur la table basse à côté de lui et composa le numéro du Minou Joyeux. Son cœur battait à tout rompre et les paumes de ses mains étaient moites. Il était tendu et nerveux, comme un lycéen avant son premier rendez-vous galant. En entendant la tonalité, il se souvint du jour où, adolescent, il avait décroché le téléphone pour demander à Clarisse Foster de sortir avec lui. Ce fut l'expérience la plus traumatisante de sa vie. Il trembla en se remémorant l'horrible refus et les moqueries qui suivirent à l'école. Il n'avait jamais demandé à une femme de sortir avec lui par téléphone depuis, mais il n'avait pas oublié la sensation de mains moites et l'envie de raccrocher avant qu'il ne soit trop tard.

« Minou Joyeux bonjour, dit une voix de femme à l'autre bout de la ligne.

— Bonjour, pourrais-je parler à M. Mellencamp, je vous prie ?

— De la part de qui ?

— Je m'appelle Litgo.

— Litgo ? Litgo Montenari du cottage dans le champ de Dyersville ?

— Exact.

— Salut, Litgo. C'est Clarisse. Tu te souviens de moi ? On est allés à l'école ensemble.

— Clarisse Foster ?

— Oui. Tu te souviens quand tu m'as téléphoné pour me demander de sortir avec toi ? »

Litgo sentit ses fesses se contracter. Toutes ses vieilles angoisses adolescentes refirent surface.

« Non, répondit-il sur la défensive, tout en tripotant sa longue cape rouge.

— Vraiment ?

— Pourrais-je parler à M. Mellencamp, s'il te plaît ?

— Pourquoi tu ne viens jamais au Minou Joyeux ? demanda Clarisse. Ça te plairait. Il y a un grand choix de filles. Tu es toujours célibataire ?

— Heu, oui.

— Et tu te travestis toujours ?

— Je dois parler à M. Mellencamp. C'est important.

— On a beaucoup de costumes ici que tu pourrais essayer. Tu devrais vraiment faire un saut un de ces jours.

— Oui, ça a l'air très sympa, mais je dois vraiment parler à M. Mellencamp.

— D'accord. C'est à quel sujet ? Il est très occupé.

— J'ai trouvé Bébé, la fille qui a disparu ce matin après le massacre à l'Alaska.

— Waouh, vraiment ? Elle va bien ?

— Oui. Elle va bien. Enfin, elle a reçu une balle dans le bras, mais je lui ai fait un bandage et je pense que ça va aller.

— Waouh. Tant mieux, Litgo. M. Mellencamp sera ravi d'apprendre la nouvelle. On était tous très inquiets en apprenant qu'Arnold avait été tué. On a eu peur que Bébé aussi ne soit morte.

— Non, elle va bien. Benny Stansfield est en chemin pour vous la ramener.

— C'est génial. Je te transfère pour que tu puisses annoncer toi-même la nouvelle à M. Mellencamp.

— Merci. »

Litgo attendit nerveusement d'être transféré sur le poste de Mellencamp et prit une grande inspiration, espérant de tout son cœur ne pas balbutier quand il l'aurait enfin au bout du fil. Ses paumes transpiraient abondamment maintenant (et ses fesses commençaient à chauffer). Entendre la voix de Clarisse Foster, son amour d'adolescence, après toutes ces années passées à l'éviter, l'avait rendu encore plus nerveux. Cela dit, la conversation s'était plutôt bien passée finalement. Elle lui avait même proposé de passer au Minou Joyeux, un lieu encore inconnu pour lui. Il était certainement le seul gars de la ville qui n'y était jamais allé, mais maintenant qu'il savait que Clarisse y travaillait, il envisageait sérieusement d'y remédier. Mais il était surpris qu'elle sache qu'il se travestissait. Il aimait porter des vêtements de femme depuis l'adolescence. En vérité, il avait probablement commencé peu après avoir été rejeté par Clarisse.

La voix de Silvio Mellencamp interrompit soudain ses divagations sentimentales.

« Salut, Litgo, comment ça va ?

— Heu, ça va, merci. Et vous, monsieur Mellencamp ?

— J'ai connu mieux. Il y a un putain de tueur en série en ville qui découpe des gens et ça me donne des démangeaisons au trou du cul. Tout le monde me demande ma putain d'opinion sur le sujet et je suis même pas encore sorti de ma robe de chambre, bordel.

— Oh.

— Je sais même pas pourquoi je te raconte ça, dit Mellencamp, en comprenant qu'il fulminait dans le vide. Enfin, Clarisse m'a dit que tu avais de bonnes nouvelles pour moi. Quelles sont-elles ?

— J'ai trouvé Bébé.

— Vraiment ?

— Oui. Elle venait de recevoir une balle dans le bras. Je l'ai soignée et j'ai appelé Benny Stansfield pour qu'il vienne la chercher. Il est en chemin pour vous la ramener en ce moment même.

— Excellente nouvelle ! Donc j'imagine que si tu m'appelles pour me le dire, c'est parce que tu voudrais bien une petite récompense ?

— Oh non, répondit Litgo sur la défensive. Je voulais juste vous le dire. J'ai pensé que vous étiez peut-être inquiet pour Bébé.

— Ma foi, tu n'as pas tort. J'étais en effet très inquiet, et je suis maintenant soulagé grâce à toi, Litgo, je te dois une fière chandelle. Qu'est-ce qui te ferait plaisir ?

— Oh rien, vraiment.

— C'est ça, oui ! s'esclaffa Mellencamp. Je te connais, Litgo. Tu es un bon gars mais tu n'as pas de copine et tu n'es jamais venu au Minou Joyeux, ce qui est fort dommage puisqu'on aime beaucoup les gens qui se travestissent ici. Ça te plairait.

— Hmm, c'est que j'étais pas mal occupé.

— Ha, ha, ha! N'importe quoi. Écoute-moi. Tu peux venir n'importe quel soir de la semaine pour une nuit entière et coucher avec autant de filles que tu veux. Le tout gratuitement. Alors, ça te dit?»

Litgo sentit ses yeux s'écarquiller et sa mâchoire tomber.

«Sérieusement?

— Oh que oui. En vérité, tu sais quoi, tu peux même apporter ton déguisement de Wonder Woman et de Supergirl si tu veux. Je dirai aux filles de se déguiser en Iron Man ou Thor, des trucs du genre. Et Judy ferait un Hulk magnifique. Ce sera le plus beau moment de ta vie et je te garantis qu'après ça tu passeras tout ton temps ici.

— Est-ce que je pourrais passer la nuit avec Clarisse Foster? demanda-t-il en déglutissant.

— Si tu veux, dit Mellencamp d'un air surpris. Mais il y a plein de filles beaucoup plus jeunes, tu sais. Bébé par exemple. Elle te doit bien une petite pipe pour te remercier d'avoir soigné sa blessure au bras.

— Je crois que je préférerais essayer Clarisse d'abord.

— D'accord, comme tu veux. Pourquoi tu viens pas ce soir? On fait une soirée déguisée. Tu vas adorer.

— D'accord. Merci, monsieur Mellencamp.

— Appelle-moi Silvio. Salut.»

Mellencamp raccrocha avant que Litgo n'ait le temps de dire au revoir à son tour. Il reposa le combiné et inspira profondément. Cette journée s'annonçait vraiment très bien. Il allait peut-être enfin conclure avec Clarisse Foster et concrétiser le rêve de toute une vie. À cette seule pensée, il sentit son sexe se dresser. La bosse sous son short n'était pas du meilleur goût sur

Supergirl, mais bon, personne ne regardait. Il méritait bien un verre pour fêter ça.

Il se leva et se dirigea vers la cuisine pour sortir une bouteille de son cidre préféré. Dans son frigo, il avait une pile de *Randy Panda*. Il en sortit une et arracha le bouchon avec ses dents. Au-dessus du frigo se trouvait une petite radio qui ne servait normalement que lorsqu'il faisait la vaisselle. Mais c'était un moment spécial. Il l'alluma et se sourit à lui-même. C'était un grand jour pour lui, et ce serait pas mal d'entendre une chanson qui lui rappellerait ce moment chaque fois qu'il l'entendrait dans le futur. Il tripota le bouton de réglage et pria pour tomber sur une bonne chanson.

Il lui fallut plusieurs secondes pour en trouver une, mais il la reconnut instantanément. « Human » des Killers.

Parfait !

Litgo commença à se déhancher, les yeux fixés sur sa bouteille de cidre comme si c'était sa partenaire. Il aimait beaucoup danser quand il portait son costume de Supergirl. La cape était géniale pour sauter dans tous les sens, enfin, tant qu'il ne se prenait pas les pieds dedans. Tout en se déhanchant, il fit quelques pas de danse vers l'arrière, puis vers l'avant, réalisant un curieux mélange entre le charleston et la *Macarena*. Après une demi-minute de danse effrénée il tourna sur lui-même et but une première gorgée de cidre. Ce n'est que lorsqu'il regarda par la fenêtre de la cuisine qu'il se rendit compte qu'il avait un spectateur. Derrière la fenêtre se tenait un homme qui le dévisageait sous un masque de caoutchouc jaune déformé par un rictus démoniaque.

L'Iroquois avait trouvé Litgo.

22

Milena Fonseca suivit le docteur Carter jusqu'au troisième étage. Après avoir parcouru la moitié d'un long couloir, le médecin s'arrêta devant une porte et sortit un trousseau de clefs d'une poche de sa longue blouse blanche.

«Voici la chambre de Dominic Touretto, dit-elle. Mais restez bien sur vos gardes parce qu'il est vraiment imprévisible. Il est calme 99 % du temps, mais si on le contrarie, il peut devenir difficile à contrôler, surtout avec les femmes. C'est un vrai manipulateur. Et ne soyez pas surprise s'il fait quelques remarques obscènes.

— Je sais gérer les remarques obscènes, répondit Fonseca.

— Je n'en doute pas. Mais surtout, ignorez-les. Ne rentrez pas dans son jeu s'il commence à faire des sous-entendus douteux.

— Compris.»

Carter déverrouilla la porte. Avant d'entrer, elle demanda :

«Dominic, c'est le docteur Carter. Es-tu présentable ?

— C'est possible.»

Le docteur Carter regarda Fonseca et leva les yeux au ciel.

«C'est le mieux qu'on puisse attendre de lui», dit-elle. Elle jeta un œil par l'entrebâillement de la porte avant d'entrer.

«Bonjour, Dominic, comment vas-tu aujourd'hui?» demanda-t-elle en faisant signe à Fonseca d'entrer.

Fonseca la suivit et observa Touretto. Il était allongé sur le dos sur un lit une place disposé contre le mur au fond de la pièce. Il était plutôt petit, à peine plus d'un mètre soixante-dix. Ses cheveux châtains étaient coiffés en banane, probablement pour essayer de compenser sa petite taille. Il portait un tee-shirt noir et un bas de jogging bleu foncé. Ses yeux brillèrent à la vue de Fonseca et il se redressa rapidement pour s'asseoir au bord du lit.

Sa chambre était presque identique à celle de Joey Conrad. Il avait une télévision et un lecteur de DVD avec une étagère de films familiaux. Mais, contrairement à Conrad, il avait également une honnête collection de livres sur une étagère en dessous.

«Qui est-ce? demanda-t-il en désignant Fonseca d'un geste de la tête.

— C'est Milena Fonseca, répondit le docteur Carter. Elle travaille pour le FBI et enquête sur l'évasion de Joey Conrad. Elle aimerait te poser quelques questions, si ça ne te dérange pas.

— Des questions? À quel sujet?»

Fonseca fit un pas en avant et lui tendit la main.

«Des questions au sujet de Joey Conrad», dit-elle.

Le docteur Carter attrapa le poignet de Fonseca et l'éloigna gentiment de Touretto.

«Aucun contact avec les patients, s'il vous plaît, dit-elle doucement. Pour votre propre sécurité.

— Joey Conrad est taré», dit Touretto.

Le docteur Carter soupira.

«Dominic, combien de fois t'ai-je dit qu'on ne traitait pas les gens de tarés ici?

— Désolé.»

Fonseca remarqua que la peau était légèrement plus claire autour de son œil gauche, comme un reste de bleu.

«Qu'est-il arrivé à votre œil?» demanda-t-elle.

Touretto posa la main sur le bleu près de son œil. Le docteur Carter répondit à sa place.

«Joey Conrad l'a frappé.

— Pourquoi vous a-t-il frappé?» demanda Fonseca, en prenant soin de donner l'impression qu'elle ne savait rien de l'attaque et ne faisait que s'inquiéter de son bien-être. Grâce à ce subterfuge, elle espérait amadouer Touretto et l'inciter à lui donner plus d'informations.

«Parce que c'est un fils de pute.

— Pardon?

— C'est un fils de pute.»

Le docteur Carter l'interrompit une nouvelle fois.

«Dominic, je ne t'ai pas déjà dit que tu ne pouvais pas traiter les gens de "fils de pute"?

— Pardon.

— Alors pourquoi Joey Conrad vous a frappé?

— Parce que c'est un enculé.

— Dominic! cria le docteur Carter, furieuse.

— Un sale pédé.

« — Dominic ! » répéta le docteur en baissant un peu la voix mais sur un ton beaucoup plus autoritaire. Touretto regarda ses pieds et marmonna des excuses à peine intelligibles.

« Donc, reprit Fonseca, pourquoi vous a-t-il frappé ? Est-ce qu'il avait une raison ?

— Ouais, répondit Touretto en hochant la tête.

— Laquelle ? »

Touretto regarda le docteur Carter.

« Je peux pas vous le dire devant le docteur Carter, dit-il.

— Pourquoi cela ?

— Parce que c'est une pute et une salope. »

Fonseca sentait qu'il y avait beaucoup plus à apprendre de Dominic Touretto qu'elle ne l'avait cru au début. Elle avait rapidement consulté son dossier confidentiel sur son portable lorsque le docteur Carter l'avait escortée jusqu'à sa chambre. Elle n'avait pas fouillé assez pour avoir une idée de son caractère cependant, seulement des crimes qu'il avait commis.

« C'est un comportement normal chez lui », dit le docteur Carter. Elle resta impassible ou, en tout cas, fit très bien semblant d'être insensible à ce genre de remarques déplaisantes.

« Ça vous embêterait que je parle à Dominic en privé pendant un moment ? demanda Fonseca.

— Pardon ? fit le docteur Carter d'un air surpris.

— J'aimerais lui parler en privé, je vous prie.

— Quoi ? demanda le docteur Carter en secouant la tête. Non. C'est impossible. C'est hors de question.

— J'ai juste besoin de lui parler seul à seul. J'en ai pour quelques minutes seulement.

— Je suis désolée, dit le docteur Carter. Je ne peux pas vous laisser faire. C'est contre le règlement de l'hôpital.

— Le règlement de l'hôpital », répéta Touretto sur un ton enfantin.

Fonseca s'approcha du docteur Carter et lui murmura à l'oreille.

« Laissez-moi lui parler en privé ou je vous fais mettre en prison. »

Le docteur Carter resta abasourdie. Son visage révéla à quel point elle était choquée par cette soudaine menace sortie de nulle part.

« Vous n'avez pas l'autorité pour faire ça. Ne faites pas de menaces pathétiques que vous ne pourriez pas mettre à exécution. »

Fonseca sourit et posa un regard confiant sur le docteur Carter.

« Vous n'avez aucune idée de l'autorité que j'ai.

— Je ne suis pas une idiote, agent Fonseca. Je connais mes droits. Vous ne pouvez pas m'envoyer en prison pour avoir fait mon travail. Le FBI n'a pas ce pouvoir. J'en ai assez vu à la télévision à votre sujet pour le savoir.

— Le problème, répondit Fonseca, c'est que je ne suis pas vraiment du FBI. Je suis environ cent échelons au-dessus. Vous ne savez rien de moi, et je parierais jusqu'à mon dernier dollar que vous ne savez rien du FBI non plus. Mais moi, je sais tout de vous, docteur Carter, Linda Carter, d'après Wonder Woman parce que votre père a fait de la figuration dans la série télévisée du même nom dans les années 1970. Linda Joan Carter, vous êtes allée au lycée de

Bengville, vous avez réussi vos examens de psychologie avec un score de 86 %, le même que votre ami Julian Brockman qui était assis à côté de vous pendant l'examen. Vous êtes ensuite allée à l'université Rockwell et avez eu votre diplôme avec mention, qui vous a été remis par le doyen, Cameron Vosselberg, avec qui vous êtes sortie pendant seize mois, jusqu'à ce que vous le larguiez sans ménagement un mois après avoir reçu votre diplôme…

— Je vous attends dehors, l'interrompit le docteur Carter. Vous avez deux minutes. Pas une seconde de plus.

— Je prendrai tout le putain de temps qu'il me faut», cingla Fonseca en lui indiquant la porte.

Le visage du docteur Carter s'empourpra. Elle était visiblement agitée mais décida sagement de ne pas s'attarder. Ce qui n'était pas vraiment surprenant. Elle savait que Fonseca n'avait pas encore évoqué les éléments les plus douteux de son passé.

Dès que le docteur Carter fut sortie, Fonseca ferma violemment la porte derrière elle et fixa son attention sur Dominic Touretto. Il était assis sur son lit, l'air penaud, comme s'il savait ce qui allait suivre. Fonseca sortit son téléphone portable de sa poche. Elle parcourut différents menus avant d'accéder aux dossiers sur Touretto. Un enquêteur au QG lui avait transmis une liste résumant ce qu'il y avait à savoir sur le patient. Une liste très intéressante. Il y avait également un court message l'informant que d'autres éléments arrivaient. Fonseca fit un grand sourire puis rangea son téléphone dans sa poche.

«Vous avez été surpris par la façon dont je me suis occupée du docteur Carter?» demanda-t-elle.

Touretto hocha la tête.

«Le docteur Carter sent la merde. Elle l'a bien mérité.»

Fonseca resta immobile, debout devant lui, dans le but d'affirmer sa domination sur lui en le mettant mal à l'aise. Il gigotait d'un air gêné, essayant autant que possible d'éviter tout contact visuel.

«Vous êtes donc Dominic Touretto, dit-elle.

— Dominic Touretto, répéta-t-il de la même voix enfantine qu'il avait utilisée plus tôt avec le docteur Carter.

— Et vous êtes comédien, c'est bien ça?»

Il leva les yeux vers elle et établit enfin un contact visuel. Pour la première fois, elle vit une lueur de vie dans son regard. Il ne faisait plus l'innocent. Elle avait réussi à capter son attention, même si ce n'était que temporaire. Comme s'il venait de comprendre que son langage corporel en avait trop dit, il se remit très vite dans la peau du personnage désorienté, évasif et mal à l'aise qu'il était avant.

«Vous aimez vous moquer de l'autorité, n'est-ce pas Dominic? poursuivit-elle.

— L'autorité. Oui. Oui.

— C'est amusant, non? Surtout quand cette autorité n'a aucune idée de ce que vous faites. Mais le plus drôle, c'est quand le masque tombe et qu'ils comprennent que vous vous êtes payé leur tête, n'est-ce pas?»

Il lui jeta un autre regard confus. Il était évident qu'il se demandait où cet interrogatoire allait les mener.

«Ouais, c'est amusant», dit-il d'un ton las.

Fonseca s'appuya contre le mur et sortit de nouveau son téléphone de sa poche. Les dernières informations du QG venaient d'arriver.

«Vous êtes ici depuis presque trois ans maintenant.

— Trois ans. Oui.»

Fonseca trouva ce qu'elle cherchait sur son téléphone et se prépara à faire disparaître cet air de suffisance du visage de Touretto.

«Dominic Englebert Touretto, arrêté pour le meurtre d'une prostituée de dix-huit ans, correct?

— Si vous le dites.

— Vous avez plaidé la folie et convaincu le jury que vous n'aviez pas commis le meurtre et que le coupable était en réalité votre alter ego, *Roy*.

— Roy. Oui.

— Troubles de la personnalité multiple, hein? Et votre alter ego s'appelait Roy?»

Touretto déglutit bruyamment, mais ne dit rien. Il regardait ses pieds.

«Roy, répéta Fonseca. J'aurais tout de suite compris la blague. Mais pas le jury. Ni le juge ou l'accusation. J'imagine que vous n'en reveniez pas de votre chance?»

Touretto prit une grande inspiration mais ses yeux restèrent fixés sur ses pieds.

«Vous avez vu le film *Peur primale*, n'est-ce pas? demanda Fonseca.

— Jamais entendu parler.

— C'est amusant, parce que d'après mes dossiers, vous en avez rejoué plusieurs scènes devant la cour. Dans le film, Edward Norton joue le rôle d'un type jugé pour meurtre. Il convainc le juge et le jury, et même son propre avocat, que ce n'est pas lui qui a commis le meurtre mais Roy, son alter ego. Il est ensuite acquitté et envoyé en hôpital psychiatrique parce que le jury pense qu'il est fou et souffre d'un trouble de la personnalité multiple, alors qu'en réalité c'est un tueur froid et calculateur. »

Touretto ne dit rien et garda les yeux baissés.

« Ce n'est qu'une fois l'affaire classée que quelqu'un a compris ce que vous aviez fait, mais il était trop tard pour invoquer un vice de procédure.

— Je vois pas de quoi vous parlez.

— Oh si. Vous étiez convaincu que vous iriez en prison car les preuves contre vous étaient trop accablantes. Alors pour vous amuser, vous avez décidé de faire une petite blague à la cour, en jouant le rôle d'Edward Norton dans *Peur primale*. Vous ne vous doutiez pas que ça marcherait, mais il se trouvait que personne dans le jury n'avait vu le film. Ils ont vraiment cru que vous étiez fou. Et ensuite, *bordel de merde*, vous vous en êtes sorti. Et vous vous êtes retrouvé ici plutôt qu'en prison. Vous aviez du mal à y croire, je parie.

— Ce n'est pas vrai. » Il y eut une soudaine clarté dans la voix de Touretto qui n'était pas là avant.

« Si, ça l'est. Vous, vous êtes parfaitement sain d'esprit. Alors si vous arrêtiez de faire semblant d'être taré ?

— On n'utilise pas ce mot ici. »

Fonseca sourit.

« Je pourrais facilement passer quelques coups de fil et vous faire juger une nouvelle fois. Alors si vous arrêtiez de faire semblant d'être fou et répondiez à mes questions ?»

Elle le laissa transpirer un peu à l'idée d'un nouveau procès avant de reprendre son interrogatoire.

«Alors dites-moi, Dominic, ou faut-il que je vous appelle Roy ? dit-elle en rangeant son téléphone dans sa poche. Pourquoi Joey Conrad vous a-t-il frappé ?»

Touretto avala sa salive. Il leva les yeux vers elle avec le même regard déconfit que le docteur Carter une minute plus tôt, quand Fonseca lui avait mis ses tricheries sous le nez.

«C'est dans *Autant en emporte le vent*, dit-il.

— Pardon ?»

Il montra du doigt les livres sur l'étagère en dessous des DVD.

«*Autant en emporte le vent*, page 82.»

Fonseca n'était pas tout à faire sûre de ce qu'elle devait faire. Si c'était une blague, elle ne l'avait pas comprise. Elle se dirigea vers l'étagère, sans quitter Touretto des yeux un seul instant. Elle sortit *Autant en emporte le vent* et fit défiler les pages jusqu'à la 82. Une petite photographie glissa et tomba sur le sol. Elle se pencha pour la ramasser.

«Je vous en prie, ne la confisquez pas», dit Touretto, ses yeux révélant soudain un désespoir profond.

Fonseca tint la photo devant ses yeux pour mieux la regarder. C'était la photo d'une fille en sous-vêtements noirs, une jolie jeune femme qui n'avait probablement pas plus de vingt ans. Elle avait des cheveux bruns et un adorable visage, malheureusement marqué d'une tache de naissance assez voyante.

«Pourquoi me montrez-vous ça ?

— Joey Conrad la voulait.

— C'est pour ça qu'il vous a frappé ?

— Il la voulait pour lui tout seul.

— Pourquoi ? »

Touretto rougit et leva les sourcils.

« À votre avis ?

— Pour en faire la même chose que vous, j'imagine. » Fonseca frémit en imaginant Touretto se masturber sur la photo.

« Mais moi je l'ai rencontrée en vrai, dit-il. Je voulais garder la photo en souvenir.

— C'est une amie à vous ? demanda Fonseca en regardant la photo d'un peu plus près.

— Pas exactement.

— Est-ce que Joey Conrad l'a déjà rencontrée ?

— Impossible, dit Touretto. Sauf s'il faisait le mur le soir pour aller à B Movie Hell.

— Que voulez-vous dire ?

— Elle vit à B Movie Hell.

— Vous avez rencontré cette fille à B Movie Hell ?

— Ouais.

— Lors de votre évasion ?

— Hmm hmm. Elle travaillait dans un bordel, le Minou Joyeux. Elle m'a laissé garder sa photo en souvenir, comme je n'étais pas du coin. »

Fonseca ressortit son téléphone de sa poche et s'en servit pour prendre une photo de la photo de la fille.

« Comment s'appelle-t-elle ? demanda-t-elle.

— Bébé.

— Et son vrai nom ?

— Je sais pas. C'est le seul nom que je connais, promis.

— Est-ce qu'elle a un nom de famille ?

— Je n'ai pas demandé. Je suis même pas sûr que les filles là-bas aient un nom de famille.

— Et est-ce que vous vous êtes vanté devant Joey d'avoir couché avec elle ?

— Il est possible que j'en aie parlé.

— Donc vous l'avez fait ?

— Ouais.

— Est-ce que vous pensez qu'il s'est enfui pour aller à B Movie Hell et coucher avec elle, lui aussi ?

— C'est fort possible. Il était fou de jalousie, ça se voyait. Je voulais pas lui donner la photo, c'est pour ça qu'il m'a frappé.

— Mais vous avez réussi à garder la photo. Impressionnant, dit Fonseca, curieuse de savoir comment il s'y était pris.

— Je suis très fort pour cacher cette photo. Ma chambre a été mystérieusement saccagée plusieurs fois depuis ma bagarre avec Conrad. Quelqu'un veut vraiment cette photo, et je ne parle pas seulement de Joey Conrad. J'ai dû la cacher dans mon cul plus d'une fois. »

Fonseca baissa les yeux sur l'image qu'elle avait dans la main. Elle était un peu marron sur les côtés.

« Vous avez mis cette photo dans votre anus ? demanda-t-elle, résistant à l'envie de la renifler pour vérifier.

— Vous n'allez pas la prendre, hein ?

— Pas aujourd'hui. Pas tant que vous coopérez. » Elle remit la photo dans *Autant en emporte le vent*, page 82.

« J'ai une photo sur mon téléphone. Ça suffira pour le moment.

— Je vous en prie, n'en parlez pas au docteur Carter, elle la confisquera sans hésiter. Et je voudrais pas oublier à quel point Bébé était belle. C'était la meilleure nuit de ma vie depuis qu'on m'a envoyé ici, je vous assure.

— Vous avez été violent ? »

Touretto regarda de nouveau ses pieds.

« J'ai eu ce pour quoi j'ai payé. Je l'ai forcée à rien. »

Fonseca referma l'exemplaire d'*Autant en emporte le vent* et le replaça sur l'étagère.

« Donc Joey Conrad ne connaissait pas la fille à ce moment-là ? Vous en êtes sûr ?

— Ouais, je vois pas comment il aurait pu la connaître. Comme je vous l'ai dit, il n'est jamais sorti de cet endroit jusqu'à son évasion. Et je suis sûr que le docteur Carter pourra vous confirmer qu'il n'a jamais eu de visiteurs. Ce type n'a pas de famille, et encore moins d'amis, croyez-moi. »

La porte de la chambre de Touretto s'ouvrit et le docteur Carter entra d'un pas hésitant.

« Vos deux minutes sont terminées, dit-elle.

— Sortez d'ici, bordel de merde ! » hurla Fonseca dans sa direction. Carter eut l'air choquée mais recula sagement et ferma la porte derrière elle. Fonseca se tourna vers Touretto.

« Est-ce qu'il y a autre chose que vous pouvez me dire sur Joey Conrad ?

— Ouais.

— Quoi ?

192

— Il s'imagine être un million de gens différents. Il aime faire semblant d'être un personnage de film. Il adore les films.

— Vous savez qui lui fournit les DVD, ou autre chose?

— Laissez-moi vous montrer», dit Touretto. Il se leva du lit et passa son tee-shirt par-dessus sa tête, révélant un torse très musclé.

«Qu'est-ce que vous faites?» demanda Fonseca d'un air perplexe.

Touretto baissa son pantalon de jogging, dévoilant qu'il ne portait rien en dessous. Fonseca aperçut son pénis et un début d'érection. Prise par surprise, elle détourna immédiatement le regard.

«Vous voulez bien remettre vos vêtements? dit-elle.

— Vous n'êtes pas aussi observatrice que je pensais, dit Touretto avec un large sourire, mettant fièrement ses hanches en avant pour s'assurer que son pénis soit bien dans le champ de vision de Fonseca.

«Que voulez-vous dire?

— Vous avez énervé le docteur Carter.

— Et?

— Et elle vous a enfermée à l'intérieur. C'est le moment de vous présenter mon alter ego… *Roy*.»

23

«Quelle fille?» répéta Munson.

Le policier qui venait de sortir des toilettes resta bouche bée, ignorant ce qu'il devait répondre. Ses joues s'empourprèrent. Il regarda Randall.

«Ne le regardez pas lui! lança Munson. Quelle fille?

— Heuuu.

— Comment tu t'appelles, fiston?

— Gary.

— Gary. Quelle fille? Regarde-moi.»

Munson posa sur Gary un regard insistant. Comme il s'y attendait, le jeune policier craqua.

«Heu, il y avait une fille qui courait à travers les champs», murmura-t-il.

Munson se détourna de lui, le libérant de l'emprise de son regard. Il porta son attention sur Candy et Randall pour voir comment ils réagissaient à la mention de la fille. Si le type des toilettes était au courant, ils l'étaient sûrement aussi.

«Ah oui, la fille, oui, dit Candy en se tapant le front. Il y avait une fille qui s'est enfuie à travers le champ quand l'Iroquois est arrivé.

— Pourquoi vous n'en avez pas parlé avant?

— J'ai oublié.»

Munson se tourna vers Randall.

« Vos potes conduisent à travers le champ pour récupérer la fille. Pourquoi?

— Probablement pour vérifier qu'elle va bien. Je suis sûr que oui. L'Iroquois est parti par la route, n'est-ce pas, Candy?

— Oui, acquiesça Candy. La fille va bien, j'en suis sûre. Je pense pas que l'Iroquois en avait après elle. »

Munson hocha la tête en les écoutant fabriquer leur histoire. Quelque chose ne collait pas. Tous ceux qu'il avait croisés dans le restaurant se comportaient comme s'ils avaient quelque chose à cacher. Et c'était peut-être lié à cette mystérieuse fille.

« Vous savez qui était cette fille? demanda-t-il. J'aimerais lui poser quelques questions. Après tout, elle a été témoin des meurtres, non? »

Candy regarda le plafond en se grattant le menton.

« Vous savez quoi? dit-elle. Je l'ai pas bien vue. Elle n'était pas là depuis longtemps quand le tueur a commencé à frapper. Je n'avais même pas pris sa commande.

— Je vois. Et où était-elle assise?

— Hein?

— Où était-elle assise? Dans un des box? Ou au comptoir?

— Heuuu. »

Randall intervint.

« J'imagine que ce n'est pas facile de se rappeler ce genre de petits détails, n'est-ce pas Candy? Tu dois encore être en état de choc.

— Oui, c'est ça, dit Candy en hochant la tête. Je suis en état de choc. Je ne sais plus où la fille était assise. Je me souviens juste de l'avoir vue traverser la route et courir dans le champ. Les autres clients sont partis en voiture. Apparemment elle n'en avait pas. »

Munson regarda encore une fois autour de lui, les examinant un à un avant de se tourner vers la serveuse. À l'extérieur, il vit une camionnette FedEx se garer sur le parking. Les autres ne l'avaient pas encore remarquée. L'arrivée d'une autre personne pourrait offrir à Randall, Candy et Gary la distraction dont ils avaient besoin pour mettre au point leur petite histoire. Il lui fallait des réponses, et vite. Candy était sa meilleure chance.

« Mais vous avez dit à Randall et à... » Il se tourna vers le policier près des toilettes. « Tu t'appelles comment, déjà ?

— Gary.

— Ton nom complet ?

— Gary Machin.

— Dis-moi, *Gary Machin*, puisque Candy est en état de choc et se rappelle que dalle, pourquoi tu me dirais pas ce qu'elle vous a dit sur la fille avant que t'ailles chier un coup et que le traumatisme la rende complètement amnésique ? »

Gary regarda Randall dans l'espoir de recevoir de l'aide.

« Je t'ai déjà dit de ne pas le regarder, lança Munson sèchement. Parle-moi de la fille.

— Heuu, elle s'est enfuie à travers le champ. C'est bien ça, Randall ?

— C'est bien ça », dit Randall.

Munson garda les yeux fixés sur Gary dans l'espoir de le déstabiliser pour mieux lui soutirer d'autres

informations potentielles. Le silence gêné fut interrompu par le tintement de la cloche au-dessus de
la porte d'entrée. Tout le monde se retourna pour
voir qui venait d'entrer. Un jeune homme vêtu d'une
veste en jean bleue et d'un pantalon moulant assorti
les regarda d'un air embarrassé.

«Qui êtes-vous? demanda Randall.

— Désolé de vous déranger, mais j'ai oublié mon
portefeuille ici. Vous savez, quand le type masqué a
sorti son couperet. Je suis parti en courant sans réfléchir. J'ai laissé mon plat et mon portefeuille. J'avais
l'esprit un peu ailleurs.

— J'ai votre portefeuille», dit Candy en s'approchant de lui. Elle plongea la main dans la poche
avant de son tablier et en sortit un portefeuille en
cuir marron.

«Voici, dit-elle, en le tendant par-dessus le comptoir.

— Comment tu t'appelles, mon garçon? demanda
Munson lorsque le jeune homme s'approcha du
comptoir pour récupérer son portefeuille.

— Luke.

— T'es de la ville, Luke?

— Pas vraiment. Je travaille pour FedEx à Lewisville. Je livre des colis ici de temps en temps. C'est
ma camionnette qui est garée devant.»

Munson fit quelques pas rapides en direction du
jeune homme et jeta un œil vers la camionnette, faisant semblant de ne pas l'avoir remarquée avant.

«Laisse-moi te raccompagner à ton véhicule, dit-
il en passant son bras autour de l'épaule de Luke.
J'aimerais te poser quelques questions.»

Derrière eux, Randall s'éclaircit la voix.

« Vous savez quoi, il devrait nous accompagner au poste de police pour qu'on l'interroge. Ça pourrait être un témoin essentiel.

— Vous pourrez lui parler quand j'en aurai fini avec lui, dit Munson. Restez ici et occupez-vous de Candy, elle est en état de choc. »

Munson escorta Luke jusqu'au parking. Lorsqu'ils furent hors de portée de voix du restaurant, il relâcha l'épaule du jeune homme. Il sortit son badge d'identification et lui montra rapidement.

« Je suis Jack Munson, du FBI. J'aimerais que tu me dises exactement ce que tu as vu quand tu étais dans le restaurant.

— D'accord. » La mention du FBI semblait avoir rendu Luke un peu nerveux. Il jeta un œil vers l'Alaska et ses occupants, qui étaient en train de les observer.

— Ne les regarde pas eux, dit Munson. Regarde-moi. Que s'est-il passé quand l'Iroquois a tué Arnold Bailey ?

— C'était lequel, Arnold Bailey ?

— Celui sans tête ni doigts.

— C'est le type qu'il a traîné dans les toilettes ?

— Oui. Arnold Bailey. Est-ce qu'il a fait quoi que ce soit pour provoquer une agression ?

— Je crois pas, répondit Luke en secouant la tête. Ce type-là, Arnold Bailey, on aurait dit qu'il allait s'engueuler avec sa petite amie. Elle a dit quelque chose qui l'a énervé. Mais ensuite, le psychopathe a enfilé son masque et il s'est dirigé vers lui avec une putain de lame géante à la main. Il l'a pas vu venir.

— Quelle petite amie ?

— Hein ?

— Tu as dit qu'Arnold était en train de se disputer avec sa petite amie. Qu'est-ce qui lui est arrivé ? Ils se disputaient à quel sujet ?

— Ce n'était pas vraiment une dispute. J'étais assis dans un box pas loin d'eux. Sa petite amie, enfin j'imagine que c'était sa petite amie, bref, elle lui a tiré le bras en disant quelque chose du genre qu'elle voulait garder le bébé.

— Son bébé ? Quel bébé ?

— Je sais pas. J'imagine qu'elle était enceinte, un truc du genre.

— Elle avait l'air enceinte ?

— Non. Mais vous savez, je suis pas un expert. Mais je suis sûr qu'elle a dit qu'elle voulait garder le bébé. Et ce type, Arnold, il lui a lancé un regard noir et elle a plus rien dit. Et ensuite, comme je disais, le type masqué est arrivé et lui a tranché les doigts avec un putain de couteau énorme. Deux types assis à une table pas loin de la mienne se sont levés et ont essayé de le retenir, mais il s'en est pris à eux. Moi, j'ai pas bougé. Après avoir tué les deux types, le tueur masqué est retourné vers Arnold et l'a traîné par les cheveux dans les toilettes pour hommes. C'est là que je me suis levé et que je suis parti en courant.

— Et la fille ? Qu'est-ce qu'elle a fait ?

— Je sais pas.

— Est-ce qu'elle a crié ? Est-ce qu'elle est partie en courant ? »

Luke haussa les épaules.

« J'en sais rien, mec. J'ai pas traîné. Les gens deve-
naient fous, *tout le monde* hurlait et cherchait la sortie. C'était un peu taré. Chacun pour soi, hein, vous
voyez ce que je veux dire ?

— Ouais. Donc tu ne sais pas ce qui est arrivé à
la fille ?

— Non, désolé.

— C'est pas grave. J'ai entendu dire qu'elle avait
traversé la route et couru dans le champ, là-bas. Tu
sais où elle a pu aller ? »

Luke regarda vers le champ.

« Y a pas grand-chose par là. Juste une ferme. Y
a un type louche qui y vit, un travesti, il s'appelle
Litgo. Je lui ai déjà livré des paquets un peu bizarres.
Mais sinon, il n'y a que des champs et des marécages.

— On y va comment, chez Litgo ?

— J'y vais en voiture, moi. Pourquoi ?

— Non. Je veux dire, par quelle route ? Tu tra-
verses ce champ pour y aller ? »

Luke le regarda d'un air perplexe.

« Traverser le champ en voiture ? Sûrement pas, ça
bousillerait mes suspensions. Il faut prendre la route
et, au bout d'un kilomètre et demi à peu près, y a un
chemin de terre qui mène chez Litgo. C'est pas parfait non plus. C'est un peu cahoteux mais c'est plus
sûr que par le champ.

— Alors pourquoi quelqu'un traverserait le
champ en voiture ? demanda Munson en pensant au
véhicule de police qu'il avait vu traverser le champ à
toute vitesse un peu plus tôt.

— C'est un raccourci, dit Luke, mais faut vraiment être pressé. »

Munson regarda vers le champ. La voiture de police qui était partie dans cette direction avait depuis longtemps disparu à l'horizon.

« Y a un chemin de terre un peu plus loin, c'est ça ?

— Ouais.

— Y a un panneau ?

— Ouais. Vous pouvez pas le rater. Mais si vous voulez rendre visite à Litgo, soyez prudent. Il est un peu parano. Comme il est isolé, il a été cambriolé plusieurs fois, alors maintenant il met des petits pièges autour de sa maison pour attraper les intrus.

— Comme quoi ? demanda Munson avec un sourire en coin. Des mines ?

— Personne ne sait, mais le dernier qui a essayé de le cambrioler a fini à l'hôpital, un truc bizarre lui est arrivé là-bas, il est resté une semaine à l'hosto.

— Je prends le risque, dit Munson. Mais merci pour le tuyau. »

24

Benny était soulagé que Bébé ne soit pas très bavarde depuis qu'il l'avait récupérée chez Litgo. Elle semblait étourdie et un peu secouée, ce qui n'était pas vraiment surprenant après une telle journée. Elle avait vu Arnold se faire tuer, s'était fait tirer dessus par le chef cuistot de l'Alaska, et avait fini par s'évanouir dans la maison d'un homme déguisé en Supergirl.

« Comment tu te sens ? demanda Benny. Ça va aller ? Tu as l'air fatiguée.

— Je suis fatiguée. Et mon bras me fait toujours mal.

— Tu devrais fermer les yeux et essayer de dormir. Ça ira mieux après.

— Vous croyez ?

— Ouais. Fais-moi confiance. Quand on se fait tirer dessus, la meilleure chose à faire est de dormir. N'importe quel docteur digne de ce nom te le dira.

— Vraiment ?

— Ouais. Essaie. Tu te sentiras mieux après, c'est promis. »

Bébé ne semblait pas convaincue mais elle était plutôt timide de nature, alors elle ferma les yeux et essaya de dormir.

Parfait.

Elle pensait toujours que Benny la conduisait à l'hôpital. Maintenant qu'il l'avait persuadée de fermer les yeux, il pouvait la ramener chez Mellencamp sans qu'elle s'en rende compte et ainsi éviter une crise d'hystérie.

Benny baissa le volume de la radio. Il ne voulait pas risquer de déranger sa passagère. Malheureusement, quelques minutes après qu'elle eut fermé les yeux, le téléphone de Benny se mit à sonner. Tout en gardant une main sur le volant, il farfouilla dans sa poche jusqu'à ce qu'il parvienne à l'extirper. C'était Reg qui l'appelait de l'Alaska. Il répondit juste avant que le répondeur ne se déclenche.

«Salut, Reg, dit-il à voix basse. Qu'est-ce qui se passe?

— Tu as bien récupéré la fille chez Litgo?

— Ouais. Il t'a pas dit?

— J'ai essayé de l'appeler mais il ne répond pas.

— Tu le connais. Il a encore dû s'attacher avec le lasso magique de Wonder Woman ou bu le poison qu'il laisse traîner pour les cambrioleurs.»

Reg rit poliment avant de reprendre son sérieux.

«Mais il faut que je te dise quelque chose.

— Quoi donc?

— Y a un type du FBI qui vient de passer à l'Alaska. Il sait qu'il y avait une fille avec Arnold et qu'elle s'est enfuie en direction de chez Litgo. Candy pense qu'il y va pour essayer de la trouver. C'est pour ça qu'il faut que j'arrive à joindre Litgo pour le prévenir.

— Et merde. Je savais qu'un type du FBI devait venir. On peut pas le laisser parler à Litgo. C'est pas son fort les situations sous tension comme ça. Il va craquer. Tu ferais bien de réussir à le joindre parce qu'il pourrait tout faire merder.

— Ça a déjà merdé, dit Reg sèchement. Ce putain d'Iroquois a bien foutu le bordel en ville. On devrait prévenir Mellencamp.

— Ouais. Je m'en occupe. J'y vais, là, merci pour le tuyau, Reg.

— Aucun problème. À plus. »

Benny raccrocha et réfléchit à cette situation délicate. La dernière chose dont il avait besoin, c'était du FBI à B Movie Hell, surtout pas pour poser des questions à Litgo. Si Litgo vendait la mèche pour Bébé, là prochaine personne que le FBI rechercherait, ce serait Benny lui-même.

« Mauvaises nouvelles ? » demanda Bébé.

Benny avait oublié sa présence pendant une minute et fut agacé de voir qu'elle n'essayait pas de dormir.

« Non, rien de grave, répondit-il avec un sourire forcé.

— Où est-ce qu'on va ? demanda-t-elle.

— Pardon ?

— Où est-ce qu'on va ?

— Oh. Je te ramène à la maison. »

Il garda les yeux fixés sur la route mais du coin de l'œil, il put voir le visage de Bébé se décomposer. Le Minou Joyeux était bien le dernier endroit où elle voulait aller. Mais c'était pour son bien.

« À la maison ? demanda-t-elle, sans parvenir à cacher sa déception.

— Ouais, enfin tu sais, au Minou Joyeux.

— Et mon bras ? Je dois aller à l'hôpital.

— Je t'y emmènerai après. Je dois m'assurer que M. Mellencamp sait que tu es en sécurité avant. Il était très inquiet pour toi, surtout après ce qui est arrivé à Arnold.

— S'il vous plaît, dit-elle d'une voix qui puait le désespoir. S'il vous plaît, ne me ramenez pas là-bas.

— Bébé, dit-il calmement. C'est pour ton bien.

— C'était qui au téléphone?

— Personne.

— C'était Reg, n'est-ce pas?»

Les questions incessantes de Bébé commençaient à sérieusement énerver Benny.

«Oui. C'était Reg.

— Je crois que c'est lui qui m'a tiré dessus.»

Benny inspira profondément.

«Bébé, à ta place je réfléchirais aux excuses que tu vas présenter à M. Mellencamp pour tous les problèmes que tu lui as causés aujourd'hui. C'est ta faute si Arnold est mort. Et ça a pas mal contrarié M. Mellencamp. Alors au lieu de te demander qui t'a tiré dans le bras, tu devrais peut-être te demander quelle partie de ton corps la prochaine balle atteindra.»

25

Dominic Touretto n'avait aucune idée de ce dans quoi il venait de s'embarquer. Fonseca n'était pas uniquement beaucoup plus forte que toutes les femmes qu'il avait sexuellement agressées, elle avait aussi l'avantage de maîtriser plusieurs arts martiaux.

Cela faisait quelque temps qu'elle n'avait pas eu besoin de se servir de ses talents en la matière, mais elle n'avait pas perdu ses vieux réflexes. Alors que la silhouette nue de Touretto se préparait à lui bondir dessus, elle pivota sur elle-même, recula vers lui, lui planta le talon de sa chaussure dans le pied et s'apprêta à faire passer son assaillant par-dessus son épaule.

Touretto hurla de douleur lorsque le talon de la chaussure lui écrasa les orteils. Il passa son bras droit autour du cou de Fonseca et pressa son corps contre son dos. C'était un mouvement prévisible et exactement ce que la jeune femme espérait. Lorsqu'elle sentit la demi-érection contre son dos, elle mit son plan à exécution. Elle se pencha en avant, attrapa Touretto par l'aisselle et le fit passer par-dessus son épaule. Il s'écrasa sur le sol devant elle. Un bruyant claquement raisonna dans la pièce, qui n'était pas sans rappeler le bruit de quelqu'un faisant un plat dans une piscine depuis le plongeoir le plus haut. L'impact de son dos contre le sol le mit complètement à plat. Il resta étendu sur le sol, hagard, les yeux fixés au plafond. Il cligna furieusement des yeux pour essayer de comprendre ce qui venait de lui arriver.

Fonseca s'agenouilla près de lui et souleva sa tête du sol. Elle passa un bras autour de sa gorge et serra fermement pour lui bloquer la trachée. Il se débattit pendant quelques secondes, en vain. Fonseca était beaucoup trop forte pour lui. Le manque d'oxygène dans son cerveau et l'étourdissement qui avait suivi sa chute quelques secondes plus tôt rendaient tous ses efforts inutiles. Quand il fut sur le point de perdre conscience, Fonseca relâcha son étreinte et reposa sa tête sur le sol. Elle le retourna sur le ventre. Il laissa échapper un gémissement d'épuisement et essaya de se mettre à genoux.

Fonseca remarqua la présence d'un stick de déodorant sur la table de nuit. Elle tendit la main et l'attrapa. Elle retira le bouchon tout en pressant son genou contre le dos de sa victime impuissante. Elle lui attrapa une touffe de cheveux et tira sa tête vers l'arrière. Il était maintenant exactement dans la position qu'elle souhaitait. Touretto fut aussi surpris qu'horrifié lorsqu'elle lui enfonça l'extrémité lubrifiée du déodorant entre les fesses.

Il sortit immédiatement de son état de stupeur. Son corps se crispa et un son rauque s'échappa de sa gorge. Fonseca enfonça le déodorant aussi loin que possible.

«Qu'est-ce que ça fait? Hein? lui cria-t-elle à l'oreille. Qu'est-ce que ça fait, espèce de dégénéré?»

Touretto hurla de douleur.

«Ahhh! Merde. MERDE. MERDE! Arrêtez. J'abandonne. Je suis désolé. Ahhhhh!»

Fonseca sortit à moitié le déodorant avant de l'enfoncer de plus belle, deux fois plus fort qu'avant. Touretto se remit à hurler de douleur. Fonseca retira le déodorant et lui attrapa le scrotum. Elle serra fermement et y planta ses ongles. Les cris de sa victime étaient de plus en plus aigus.

«Si tu ne veux pas que je t'arrache les couilles, tu ferais bien de te calmer.» Fonseca prononça calmement et distinctement chaque mot dans son oreille.

«Je suis désolé. *Je suis désolé*, dit-il dans un couinement.

— Alors maintenant, dis-moi. Si la porte est fermée à clef, quel est le meilleur moyen de sortir d'ici?

— Vous ne pouvez pas.»

Elle pressa fermement ses couilles dans sa main.

«Ce n'est pas la réponse que j'attendais. Quand vous voulez attirer l'attention ici, qu'est-ce que vous faites? Comment puis-je faire revenir le docteur Carter pour qu'elle ouvre la porte avant que je t'arrache les couilles?

— C'est pas le vrai docteur Carter, gémit Touretto.

— Quoi?

— Les patients ont pris le contrôle de l'hôpital il y a quelques jours. La femme qui était là n'est pas le vrai docteur Carter. C'est une patiente. Un groupe de patients a remplacé les docteurs et les infirmières la semaine dernière. C'est comme ça que Joey Conrad s'est enfui. Cet hôpital est contrôlé par les patients.»

Milena Fonseca relâcha les couilles de Touretto et se leva.

«Ne bouge pas, dit-elle. Tu fais le moindre mouvement et je t'enfonce le déodorant si profondément dans le cul que tu pourras t'en servir pour garder l'haleine fraîche.»

Dominic Touretto resta à quatre pattes, nu et pathétique, le cul en l'air. Malgré le stick de déodorant toujours enfoncé dans l'anus, il avait réussi à rester en érection tout au long des sévices que Fonseca venait de lui infliger. En réalité, son pénis était même plus dur et gonflé qu'avant qu'elle ne commence à le sodomiser avec le déodorant. Lorsqu'elle s'en rendit compte, la situation la déstabilisa pendant quelques instants, mais elle se reprit rapidement et continua l'interrogatoire.

«Tu es en train de me dire que cet asile est géré par les patients?

— Depuis mardi dernier.

— Alors où sont les vrais médecins?

— Ils sont tous morts. Joey Conrad les a tués.»

Fonseca ne savait pas trop quoi faire de ces révélations. Si elle voulait avoir la moindre chance de sortir de cet asile, elle allait devoir passer quelques coups de fil. Elle était soulagée d'avoir son téléphone portable avec elle. Elle plongea la main dans sa poche pour le récupérer.

«Si les patients ont pris le contrôle, pourquoi es-tu toujours dans ta chambre? demanda-t-elle.

Pourquoi tu ne fais pas semblant d'être médecin, toi aussi?

— Je voulais pas avoir de problèmes. Faire semblant d'être médecin, c'est pas mon truc. Je suis pas fou, vous savez. »

Même si Fonseca lui avait interdit de bouger, Touretto tendit la main pour se masser les testicules. La jeune femme les avait bien écrasés et ils étaient certainement très douloureux.

Elle garda un œil sur lui en pressant les touches de son téléphone. Il fallait qu'elle appelle Jack Munson. Il devait être mis au courant, et vite. Mais avant qu'elle ait le temps de composer son numéro, elle entendit un clic. Quelqu'un venait d'ouvrir la porte derrière elle.

26

La journée de Silvio Mellencamp avait été pleine de rebondissements et beaucoup plus stressante qu'il n'en avait l'habitude. Il n'avait même pas eu le temps de s'habiller correctement. Aussi était-il très préoccupé lorsqu'il s'assit derrière son bureau vêtu de sa robe de chambre en soie couleur or.

Le bureau était une réplique exacte de celui de Bill Clinton à la Maison-Blanche et l'espace pour les jambes en dessous était assez grand pour y accueillir deux filles du Minou Joyeux en même temps. Malheureusement pour Mellencamp, il avait été si occupé qu'il n'avait pas eu le temps de se faire sucer une seule fois en trois heures. Les coups de fil s'étaient enchaînés pendant qu'il essayait de se tenir au courant des derniers agissements criminels à B Movie Hell. Il avait passé la plus grande partie de l'après-midi derrière son bureau, à boire du cognac, fumer des cigares et regarder les infos. Et voilà qu'un nouveau visiteur impromptu venait une nouvelle fois le déranger.

Le jeune homme blond et débraillé qui venait de prendre place sur le siège en face de lui affichait un large sourire. Il s'appelait Cedric Trautman. Clarisse l'avait accompagné dans le bureau de Mellencamp parce qu'il prétendait avoir une «information importante» pour lui. Avant ça, il avait rendu visite à une des filles en bas et d'après l'expression sur son visage, il avait pris du bon temps.

«Qu'est-ce que je peux faire pour toi, fiston?» demanda Mellencamp. Il tira sur son gros cigare cubain et fit tomber la cendre dans un grand cendrier sur son bureau.

«Je cherche du travail et j'ai entendu dire qu'un poste s'était libéré.»

Mellencamp jeta un œil à son garde du corps, Mack, qui se tenait près de la porte. Celui-ci haussa les épaules d'un air désolé. La journée avait été un peu folle et il n'avait de toute évidence pas eu le temps de filtrer tous les visiteurs.

«On m'a dit que tu avais une information importante pour moi, dit Mellencamp en s'adossant à son fauteuil et en buvant une longue gorgée de cognac. J'espère pour toi que ce n'est pas le fait que tu cherches du boulot.

— En fait, c'est à propos de votre ami, Arnold», dit Cedric.

Mellencamp tira une nouvelle fois sur son cigare et souffla la fumée vers Cedric.

«Arnold est mort.»

Cedric toussa et agita la main devant son visage pour tenter de dissiper la fumée.

«J'ai entendu aux infos qu'Arnold s'est fait découper par ce type, là, l'Iroquois.

— Ce n'est pas nouveau.

— Oui, je sais, et c'est vraiment tragique et tout, mais je me suis dit que si je venais vous voir directement aujourd'hui et faisais preuve d'un peu d'initiative, vous pourriez me choisir pour le remplacer.

— Le remplacer? Ah! Tu sais qu'Arnold faisait environ cent choses différentes ici? Tu n'es qu'un gosse. Quel âge as-tu?

— Dix-neuf ans, monsieur.

— Dix-neuf ans, et tu penses pouvoir remplacer Arnold, un de mes plus vieux et plus chers amis?

— Pas directement comme ça, monsieur. Je suis prêt à commencer par les petits boulots, mais je me suis dit que vous manquiez certainement d'hommes, et ça a toujours été mon rêve de travailler pour un baron du crime à B Movie Hell.

— *Baron du crime*? Qui est-ce que tu traites de baron du crime? demanda Mellencamp avec dédain.

— Eh bien, je veux dire, vous dirigez une maison close. Et j'ai entendu dire que, parfois, quand quelqu'un vous emmerde, vous le faites zigouiller. »

Mellencamp tira sur son cigare et regarda de nouveau Mack. Celui-ci, comme toujours, haussa les épaules.

« Zigouiller, marmonna Mellencamp. Je crois que tu regardes trop la télévision. Et le terme qu'on utilise ici, c'est éliminer.

— Éliminer. D'accord. Je m'en souviendrai. J'ai une super mémoire.

— Tu as une super mémoire. Eh bien, si c'est pas merveilleux, dit Mellencamp, d'humeur sarcastique. Et je suis un baron du crime, hein? » Il tira sur son cigare. « Je crois que ça me plaît bien. Et tu sais quoi? J'aime le fait que tu aies des couilles. Il en faut beaucoup pour débarquer ici le jour où mon

pote Arnold se fait buter et proposer de le remplacer.

— Merci, monsieur. Mon père m'a toujours dit
qu'il fallait faire preuve d'initiative. Le premier arrivé,
etc.

— C'est un bon conseil, dit Mellencamp. Mais
avant que j'accepte de faire de toi un de mes fidèles
hommes de main, dis-moi, qu'est-ce que tu sais faire ?

— Ce que je sais faire ?

— Ouais, tu sais, tu as un talent particulier ?» Mellencamp montra du doigt Mack. «Prends Mack, par
exemple. À ton avis, c'est quoi, son super talent ?»

Cedric regarda par-dessus son épaule pour observer Mack, qui l'observait également sans révéler
la moindre émotion. Mack mesurait environ deux
mètres de haut et presque autant de large. Son crâne
rasé faisait la taille d'un ballon de basket. Ses biceps
aussi étaient énormes. Ses mains fermement posées sur
ses hanches étaient grandes comme des pelles. Mack
avait les plus grandes mains de la ville et quand il ser-
rait les poings, ils pouvaient passer à travers un mur.

Après avoir observé Mack pendant quelques
secondes, Cedric se tourna vers Mellencamp qui lui
souffla une autre bouffée de fumée au visage dans un
timing parfait.

«Comme ça, je dirais que le super talent de Mack,
c'est qu'il est doué pour soulever des choses»,
déclara Cedric d'un air confiant.

Mellencamp fronça les sourcils.

«Sans rire. Bien sûr qu'il est doué pour soulever des
choses. Regarde sa taille. C'est un putain de géant.
C'est l'évidence même. Et il n'y a rien de spécial à

pouvoir soulever des choses. Mais il y a une histoire à propos de Mack et de son arrivée ici. Tu vois, Mack vivait dans l'Arkansas, qu'il a dû quitter parce qu'il était recherché pour meurtres. C'est un tueur à gages. Il a tué tellement de gens qu'il a gagné le surnom de Slasher.

— Slasher ?

— Slasher, oui. Maintenant, devine pourquoi ? »

Cedric balaya une autre bouffée de fumée qui arrivait dans sa direction.

« Je suppose qu'avec un surnom pareil, il doit savoir se servir d'un couteau. Donc j'imagine que son super talent, c'est de découper les gens avec un couteau, non ?

— Faux ! Il étrangle les gens. Ces mains immenses, elles peuvent tuer quelqu'un en quelques secondes. Je te garantis que lorsqu'il glisse ses mains autour de la gorge de quelqu'un, ce quelqu'un meurt en moins de dix secondes. C'est vraiment quelque chose à voir. »

Cedric se tourna vers Mack, puis vers Mellencamp. Ses sourcils étaient froncés d'incompréhension.

« Je comprends pas, dit-il. Pourquoi un étrangleur porterait le surnom de Slasher ?

— Parce qu'il pisse sur toutes ses victimes[1].

— Pardon ?

— Mack urine sur toutes ses victimes. C'est sa signature. Une fois qu'ils sont morts, il sort son petit oiseau et pisse sur le corps.

---

1. *To slash* signifie couper, trancher, mais aussi aller pisser (*to go for a slash*). (*NdT*.)

— Mais pourquoi?

— Pour qu'on le surnomme Slasher. Suis un peu.

— Et c'est un super talent? Pisser sur des cadavres? OK, hmm, donc j'imagine que je pourrais chier sur des cadavres si vous voulez? Ça pourrait être mon super talent.»

Mellencamp réfléchit à la suggestion.

«Le Merdeux? pensa-t-il à voix haute tout en continuant à tirer sur son cigare. Non, on peut trouver mieux. La Tache, ça pourrait être pas mal. On pourrait t'appeler la Tache. Ou la Tache de merde. Tu ressembles à une tache de merde.

— Sérieusement? dit Cédric. Vous voulez vraiment que je chie sur les gens?»

Mellencamp éclata de rire.

«Nan, je te fais marcher. Pisser sur les gens, c'est le truc de Mack. Tu te trouveras ta propre marque de fabrique plus tard si tu veux, pour le moment je veux juste savoir quelles sont les compétences que tu as et dont je pourrais avoir besoin. Pourquoi devrais-je t'embaucher comme homme de main? Quels sont tes attributs?

— Eh bien, je suis travailleur, monsieur. Je suis honnête. Je ne vole pas et je sais quand je dois la fermer.

— Savoir quand tu dois la fermer est la moindre des choses, fiston.

— D'accord. Parce que vous savez, ça fait longtemps que je sais pour Bébé et j'en n'ai jamais parlé à personne. Et il est évident que si j'ai le job, je continuerai de la fermer.»

Mellencamp était sur le point de tirer sur son cigare, mais il interrompit son geste, le laissant à deux centimètres de sa bouche pour mieux se concentrer sur ce que Cedric avait à dire.

«Ça fait longtemps que tu sais pour Bébé? demanda-t-il en jetant un rapide coup d'œil à Mack.

— Oui. Enfin vous savez, je sais qui elle est vraiment et tout, mais j'en n'ai jamais parlé à personne évidemment, et je le ferai jamais…» Il souriait à Mellencamp, mais le sourire s'estompa lentement lorsqu'il vit l'expression de mécontentement sur le visage de son interlocuteur. Il déglutit bruyamment, et ajouta: «… même si je n'ai pas le boulot.

— C'est bon à savoir», dit Mellencamp. Il regarda Mack et lui fit un signe de tête.

Cedric semblait mal à l'aise, conscient qu'il avait peut-être parlé à tort. Mack se faufila derrière lui et balaya la chaise du garçon d'une main de géant. Cedric tomba en arrière et atterrit sur les fesses. Son crâne heurta le sol une seconde plus tard, et il resta les yeux fixés au plafond. *Sur Mack*.

Mack se pencha et l'attrapa par les cheveux. Il le tira pour le remettre sur pied, passa sa main de géant autour de son cou et le souleva à trente centimètres du sol. Cedric s'agrippa désespérément à la main de Mack et essaya de se libérer de sa poigne de fer, en vain.

«Montre-lui ce que tu sais faire, Mack, dit Mellencamp tout en faisant tourner son verre de cognac dans sa main.

— Regardez, chef. Une main! répondit Mack avec un sourire benêt.

— C'est très bien, Mack. Très bien.»

Mellencamp regarda Cedric s'étouffer et tenter d'arracher désespérément la main de Mack de sa gorge. Il ne fallut que quelques secondes pour que son visage vire au rouge, puis peu à peu au bleu, ses yeux sortant de ses orbites à mesure que l'air était expulsé de ses poumons. Mellencamp sourit et mâchouilla le bout de son cigare.

« Mack, dit-il en soufflant la fumée vers le plafond. Essaie de ne pas pisser sur le tapis, cette fois. »

27

«Qu'est-ce qui se passe ici, bon sang?»

Milena Fonseca se retourna et vit Linda Carter à l'entrée de la chambre de Dominic Touretto. Le médecin écarquilla les yeux, déconcertée par la vision qui s'offrait à elle. Touretto était nu comme un ver, à genoux, se massant les testicules d'une main, un stick de déodorant enfoncé dans le derrière. Fonseca se tenait à ses côtés, son portable à la main.

«Vous étiez en train de prendre une photo de son cul? demanda le docteur Carter. Et qu'est-ce qu'il y a fourré cette fois?»

Fonseca lança un regard furieux au médecin.

«Pourquoi m'avez-vous enfermée?»

Le docteur Carter fronça les sourcils.

«Qu'est-ce que vous racontez? Je ne vous ai pas enfermée.»

Fonseca montra Dominic Touretto du doigt.

«Il dit que vous avez fermé la porte à clef en partant.

— Et vous l'avez cru?

— Vous avez fermé à clef?

— Non. Pourquoi aurais-je fait ça?

— Parce que vous êtes une patiente, pas un vrai médecin.»

Le docteur Carter leva les sourcils.

«Je ne vous ai laissés que deux minutes et il vous a déjà rendue folle. Et pourquoi est-ce qu'il est nu?»

Fonseca respira calmement et essaya de mettre de l'ordre dans ses idées. Elle repensa au moment où le docteur Carter avait quitté la pièce un peu plus tôt. Elle ne se rappelait pas l'avoir entendue verrouiller la porte. C'était Touretto qui avait prétendu que le docteur Carter l'avait fermée à clef, mais elle n'avait pas entendu la clef tourner dans la serrure. Le strip-tease de Touretto et sa tentative de viol lui avaient complètement embrouillé l'esprit. Elle n'avait pas eu le temps de réfléchir à ce qui était en train de se passer. Elle était bien trop occupée à penser à se défendre et à lui enfoncer un stick de déodorant dans le cul.

«Elle m'a mis un stick de déodorant dans le cul!» hurla Touretto.

Fonseca se redressa et lui envoya son pied droit dans l'arrière-train. La pointe de sa chaussure se posa sur le bout du déodorant et le fit disparaître complètement dans son anus.

«Oh MERDE!» Touretto s'effondra en avant et son crâne s'écrasa contre le sol dans un bruit sourd.

Le docteur Carter se précipita vers Fonseca et l'attrapa par le bras pour l'éloigner de Touretto.

«Vous êtes devenue folle? cria-t-elle. Qu'est-ce que vous faites?

— Il a essayé de m'attaquer. Il m'a dit que vous nous aviez enfermés. Il a dit que les patients avaient pris le contrôle de l'asile et que vous étiez l'un d'entre eux, jouant le rôle d'un médecin.»

Le docteur Carter lâcha son bras.

« Je vous avais pourtant prévenue que c'était un manipulateur !

— Je sais, mais pendant quelques minutes, il m'a convaincue. Ça semblait logique.

— C'est ce qui arrive dans cet endroit.

— C'est l'enfer ici, putain. » Fonseca était embarrassée, mais elle se demandait toujours s'il n'y avait pas une pointe de vérité dans ce qu'avait dit Touretto.

« Vous avez regardé mon dossier sur votre téléphone, non ? demanda le docteur Carter. Il doit bien y avoir une photo qui confirmera que je suis bien un médecin et pas une patiente ? »

Fonseca hocha la tête en y repensant.

« Oui. La photo était très vieille. Vous êtes différente aujourd'hui. Et vous vous êtes fait refaire le nez.

— Merci de l'avoir remarqué.

— C'était précisé dans le dossier. »

Carter jeta un coup d'œil derrière Fonseca et vit Touretto, toujours à genoux, le visage contre le sol.

« Je me déplacerais si j'étais vous, agent Fonseca. Il va vous éjaculer sur la jambe. »

Fonseca baissa les yeux. Touretto était en train de se masturber frénétiquement de sa main droite. Et son pénis en érection était pointé droit vers elle. Ce type était vraiment effrayant. Elle se servit une nouvelle fois de son pied droit à bon escient. Cette fois, elle prit plus d'élan et lui balança la pointe de sa chaussure dans la mâchoire. La tête de Touretto partit en arrière, et Fonseca entendit son cou craquer. Le coup de pied le mit KO immédiatement. Ses yeux roulèrent dans ses orbites et sa main glissa de son pénis. Juste à temps apparemment.

Fonseca se tourna vers le docteur Carter.

« Je crois que j'en ai assez vu pour aujourd'hui, merci. »

Le docteur Carter se pencha sur le corps de Dominic Touretto et le mit en position latérale de sécurité.

« Comment vous a-t-il convaincue de le sodomiser avec le déodorant ?

— Il ne m'a convaincue de rien du tout. C'était de l'autodéfense. Je l'ai enfoncé bien profond pour donner une leçon à ce sale violeur.

— D'accord. Mais il y a un problème.

— Quoi ?

— Il adore s'enfoncer des trucs dans le derrière. Vous avez fait exactement ce qu'il voulait. Un de ses fantasmes préférés, c'est d'être soumis à une femme. J'espère que vous ne lui avez pas pressé les testicules. » Elle regarda les testicules de Touretto. « Vous l'avez fait, n'est-ce pas ?

— Il ne m'a pas laissé le choix.

— Bien sûr. Estimez-vous heureuse. Presser ses testicules, ça lui suffit en général. Il demande toujours au personnel féminin de lui donner des coups de pied ou de poing dans les testicules. Et il a demandé à plusieurs reprises un examen anal dans l'espoir qu'on lui enfonce un outil chirurgical dans l'anus. »

Fonseca s'essuya la main sur son tee-shirt.

« Alors il est vraiment fou ? »

Le docteur Carter eut l'air surprise.

« Vous êtes dans un hôpital psychiatrique, agent Fonseca. Bien sûr qu'il est fou. Il ne souffre peut-être pas de personnalités multiples comme il en a convaincu le juge et le jury lors de son procès, mais

222

ce qui est sûr, c'est qu'il n'est pas normal. Moi, en revanche, je suis bien médecin.

— Oui. Je m'en rends compte maintenant. Toutes mes excuses.

— Ce n'est rien. Est-ce que vous avez autre chose à lui demander? Ou est-ce que je peux faire venir quelqu'un pour le ranimer et enlever ce déodorant de son anus?» Elle marqua une courte pause avant d'ajouter: «Enfin, pas forcément dans cet ordre.

— Oui, j'ai terminé. Est-ce que vous pourriez demander à quelqu'un de m'appeler un taxi, je vous prie? Je dois me rendre à B Movie Hell pour rejoindre mon coéquipier.

— Certainement. Par ici, je vais vous accompagner à la réception, si vous avez terminé.

— J'aurais une dernière chose à faire en fait.

— Oui?

— J'aimerais me laver les mains deux ou trois fois.

— Bien sûr. Je vais vous conduire à la salle de repos, on a du vrai savon là-bas.»

Le docteur Carter sortit et Fonseca en profita pour examiner une dernière fois la pièce du regard. Voyant que le docteur Carter n'était pas dans les parages, elle donna un dernier coup de pied dans les testicules de Dominic Touretto pour la route, et attrapa son exemplaire d'*Autant en emporte le vent*. Elle n'avait pas le choix, elle devait l'emporter avec elle. Ainsi que la photo de la fille à la tache de naissance bleue glissée à l'intérieur.

28

Munson roula jusqu'au chemin de terre à gauche de la route, qui se trouvait bien à un kilomètre et demi du restaurant, comme l'avait dit Luke, le livreur de chez FedEx. Sa Mercedes quitta la route et s'engagea sur le chemin. Le sol était irrégulier et plein de nids-de-poule, mais ça ne pouvait pas être pire que traverser le champ comme l'avaient fait les policiers. Il suivit le chemin pendant un peu plus d'un kilomètre avant d'apercevoir le cottage sur la gauche.

La voiture de police qu'il avait vue traverser le champ un peu plus tôt était garée devant. Une porte rouge à l'entrée du cottage pendait hors de ses gonds, se balançant lentement au gré du vent. Si c'était bien la maison de Litgo, elle avait visiblement été récemment visitée.

Munson ralentit et se gara à côté de la voiture de police. Il coupa le contact et attendit de voir si quelqu'un passerait sa tête par la porte pour savoir d'où venait le bruit. L'endroit était sinistre et apparemment désert, malgré la porte ouverte et la voiture de police garée devant. Quelque chose n'allait pas. Mais ce n'était pas rare à B Movie Hell. Rien ne semblait vraiment normal dans cette ville. Il sortit sa bouteille de rhum de la poche de sa veste, dévissa le bouchon et but une nouvelle gorgée. Une gorgée de temps en temps ne pouvait pas faire de mal. C'était simplement pour soulager sa gueule de bois. Il se maudit d'avoir bu la veille. S'il avait su qu'on l'enverrait sur le terrain, il serait resté sobre. Enfin, probablement.

Il rangea la bouteille de rhum dans sa veste et sortit son pistolet du holster sous son bras gauche. Il ouvrit la portière et posa le pied sur un chemin de pierre envahi par les mauvaises herbes. Il s'accroupit et se cacha derrière la voiture de police au cas où des problèmes arriveraient. Joey Conrad avait déjà abattu plusieurs flics et Munson n'avait aucune intention de les rejoindre à la morgue. Il jeta un œil par-dessus le coffre de la voiture de police et cria en direction de la porte du cottage.

« Agent Munson, FBI. Y a quelqu'un ? »

La porte continua à se balancer lentement dans le vent, ignorant sa question. Aucune réponse ne provint du cottage. Il cria une nouvelle fois :

« Y a quelqu'un ? Hé ho ? Personne ? »

Toujours rien.

Il sortit de sa cachette, braqua son arme en direction de la porte rouge et s'approcha prudemment. Si quelqu'un à l'intérieur avait une arme pointée sur lui, il serait une cible facile. Mais c'était pour ça qu'il recevait une coquette somme d'argent, mettre sa vie en jeu pour traquer des meurtriers.

Toujours accroupi, il partit en courant vers le cottage, en faisant beaucoup plus de bruit qu'il n'avait prévu. Il s'adossa contre le mur, juste à côté de la porte ouverte, et se prépara à entrer. Mais il se trouva face à un dilemme terrible. D'un côté, il aurait bien avalé une dernière gorgée de rhum, mais, de l'autre, c'était une putain d'idée stupide. Il n'aurait même pas dû être en train d'y penser. Il devait se concentrer sur sa mission.

Il inspira un grand bol d'air et regarda prudemment par la porte, son pistolet armé et prêt à tirer si nécessaire. À l'intérieur, il vit un corps étendu sur le carrelage rouge. Le corps d'un flic. Il entra dans le cottage et se retrouva directement dans la cuisine. *Une cuisine complètement saccagée.*

Avec deux flics morts étendus sur le sol.

L'un gisait sur le dos dans une mare de sang près de la porte. L'autre était étendu quelques mètres plus loin, face contre terre, dans une autre mare de sang. Même s'ils avaient tous les deux été exécutés d'une balle dans la tête, il reconnut les deux flics qui avaient quitté le restaurant pour traverser le champ à toute vitesse jusque chez Litgo.

Munson contourna prudemment les flaques de sang et atteignit une ouverture de l'autre côté de la cuisine. Elle conduisait à un vestibule où gisait un troisième corps, à plat ventre sur une épaisse moquette rouge. Mais celui-là était différent. On ne lui avait pas tiré dessus. Et il portait un costume de Superman ou plutôt, en y regardant de plus près, un costume de Supergirl, complété par une paire de faux seins écrabouillés sous son déguisement.

« Tu dois être Litgo », murmura Munson à l'intention du corps près duquel il se tenait. Le costume de Supergirl était déchiré en plusieurs endroits et couvert de sang. Le sang venait en grande partie d'une plaie béante au cou, dans laquelle était coincé le nœud de la cape de Supergirl. Quelqu'un lui avait tranché la gorge d'une oreille à l'autre. Mais ce n'était pas tout. La gorge tranchée avait apparemment été la dernière blessure, la blessure fatale. Ce type avait souffert pendant un bon moment avant ça. On lui avait coupé plusieurs doigts. Quatre sur une main, deux sur l'autre. Il avait probablement été torturé. Si c'était bien l'œuvre de Joey Conrad (et Munson en était convaincu), pourquoi torturer Litgo ? Et où pouvait bien être la fille qui s'était enfuie à travers le champ ? Était-elle arrivée jusque chez Litgo ? Si oui, où était-elle à présent ? Et où était Joey Conrad ?

Il vérifia toutes les pièces du cottage et ne trouva rien de particulier. Pas d'autres corps, Dieu merci. Pas de tueur, et encore moins de fille enceinte. En revanche, il trouva une mini-bouteille de rhum au doux nom de Rhum Coupe-Gorge. Peut-être une marque locale, c'était en tout cas la première fois qu'il en voyait. Il la glissa dans sa poche avec la ferme intention d'y goûter un peu plus tard.

Il retourna dans la cuisine et se pencha sur l'un des deux policiers morts. Il décrocha le talkie-walkie à la ceinture du type et s'assit sur une des chaises disposées autour de la table. Il y avait plusieurs choses à prendre en compte. Un chaos monstrueux était en train de s'installer à B Movie Hell. Il regarda sa montre. Pincent serait bientôt chez lui, et il fallait absolument que Munson lui parle pour savoir ce que tout ce bordel signifiait. Il y avait beaucoup de questions en suspens. Par exemple, pourquoi Pincent ne pouvait-il pas lui parler depuis le téléphone de son bureau? Ou le portable de l'agence? Et quel était le lien entre l'arrivée de Joey Conrad à B Movie Hell et une mystérieuse fille enceinte, une équipe de flics peu serviables, une serveuse au comportement suspect, et un travesti mort dans une maison miteuse perdue au milieu d'un champ? La serveuse de l'Alaska en savait plus qu'elle ne voulait bien le faire croire, mais elle ne lui dirait rien tant que les flics seraient là. Il devait les éloigner du restaurant. La meilleure façon de faire était de les informer par radio du meurtre de deux officiers chez Litgo.

Essayer de démêler ce casse-tête commençait à lui donner un sérieux mal de crâne, et dans un petit coin de son esprit, il pensait toujours à la mini-bouteille de rhum qu'il avait glissée dans sa poche. Aussi décida-t-il d'en goûter une lichette pour voir ce qu'il valait. Et puis merde, peut-être que ça lui donnerait même un peu d'inspiration? Il dévissa le bouchon et en but une longue gorgée, descendant presque la moitié de la petite bouteille. Mais le contenu avait un goût infect, rien à voir avec du rhum. Il grimaça et revissa aussitôt le bouchon. Il était temps de transmettre l'information concernant les derniers meurtres. Il tourna un bouton sur le talkie-walkie du flic mort.

«Bonjour, ici Jack Munson du FBI. Je suis à la ferme de Litgo, quelque part dans un champ.» Il sentit soudain son estomac se retourner, comme s'il était sur le point de vomir. Il tenta d'ignorer cette sensation et poursuivit: «Vous avez deux officiers à terre. Je répète, deux officiers à terre. Tous les deux décédés. L'Iroquois a encore frappé. Litgo, le propriétaire, est mort également. Il a perdu plusieurs doigts, et peut-être été torturé. » La sensation dans son estomac se transforma en une douleur vive et sa voix se durcit. « Les deux policiers ont été exécutés d'une balle dans la tête. Terminé. »

Il balança le talkie-walkie près du corps du policier et se massa l'estomac. La douleur se calmait un peu. Il espérait que tous les flics de la ville débarqueraient chez Litgo pour enquêter. Ça les occuperait pendant quelque temps. Enfin, s'ils n'étaient pas déjà assez occupés. Car les corps commençaient à s'empiler dans toute la ville.

Munson aimait bien l'idée de retourner à l'Alaska Roadside Diner pour questionner une nouvelle fois la serveuse. Il essaya de se rappeler son nom. Carly ? Carey ? Candy ? *Candy, c'était bien ça.* Il obtiendrait peut-être quelques réponses en questionnant Candy sans aucun flic à côté. Elle en savait définitivement plus que ce qu'elle voulait bien laisser croire.

Soudain, son estomac se contracta de nouveau. Et il gargouilla. C'étaient les signes avant-coureurs de brûlures d'estomac, ou peut-être de vomissements. Plutôt des vomissements à vrai dire. Il s'extirpa de la chaise et se précipita vers l'évier de la cuisine, qu'il atteignit juste à temps. Un impressionnant jet de vomi sortit de sa bouche et se répandit sur la vaisselle sale dans l'évier de Litgo. Mais la douleur dans son estomac ne se calma pas pour autant. Il se plia de douleur et posa une main sur le carrelage froid de la cuisine. Qu'est-ce qu'il y avait dans ce putain de rhum ?

29

Le docteur Carter tint sa promesse et appela un taxi pour Milena Fonseca, qui décida de l'attendre dans l'air froid de l'extérieur. Ces quinze minutes étaient particulièrement longues et pénibles, mais elle n'aimait pas beaucoup l'idée de rester dans l'hôpital après ce qui venait de se passer. L'asile de Grimwald était encore plus fou que son nom le suggérait, et le personnel n'était pas plus agréable que les patients. Alors Fonseca attendit à l'extérieur, son exemplaire dérobé d'*Autant en emporte le vent* caché sous sa veste.

L'air était devenu glacial lorsque le taxi arriva enfin. Le conducteur baissa la fenêtre et l'interpella.

«Bonjour. Milena Fonseca?

— Elle-même.»

Le jeune homme bondit hors de son taxi et s'avança jusqu'à elle pour l'accueillir devant la porte de l'asile.

«Bonjour, je suis Darius de Taxi Vision[1], dit-il. Vous avez des bagages?

— Non, je n'ai pas séjourné ici, j'étais juste en visite.»

---

1. Compagnie de taxis dont les chauffeurs sont des robots dans le film *Total Recall.*

Darius était un homme d'une trentaine d'années au teint olivâtre, vêtu d'un blazer bleu et d'un chapeau assorti, le genre de chapeau que porterait un chauffeur de bus.

«Où dois-je vous conduire? demanda-t-il.

— Taxi Vision, hein? dit Fonseca en serrant à contrecœur la main que lui tendait le chauffeur et en examinant le taxi, qui semblait avoir connu des jours meilleurs.

— Oui, mademoiselle. Où allez-vous?

— B Movie Hell, je vous prie. Je dois retrouver un ami là-bas. Je ne sais pas encore où exactement, mais je vous le dirai en chemin.»

Darius trotta jusqu'au taxi et lui ouvrit la portière arrière. Elle trouva cet élan de galanterie assez réconfortant après l'incident avec Touretto. Elle entra et referma la portière derrière elle.

Fonseca jeta un dernier regard vers l'asile en sortant l'exemplaire d'*Autant en emporte le vent* de la poche intérieure de sa veste. Elle le posa sur le siège à côté d'elle. Il fallait qu'elle se souvienne de ne plus toucher la photo, qui avait séjourné dans l'anus de Dominic Touretto. Fonseca frissonna lorsque la vision du patient nu comme un ver lui revint en mémoire. Elle ressentit un grand soulagement quand le taxi s'éloigna et s'engagea sur la route principale.

«Il faut combien de temps pour y aller? demanda-t-elle.

— Une quinzaine de minutes, répondit Darius en lui souriant dans son rétroviseur. Il y a peu de circulation et absolument aucun feu.»

Fonseca décida que ce serait largement suffisant pour lui soutirer quelques informations sur B Movie Hell. Après tout, si un chauffeur de taxi d'une petite ville paumée ne connaissait pas tous les ragots du coin, alors qui?

Elle se pencha en avant et lui parla à l'oreille d'une voix forte et distincte.

«Vous vivez à B Movie Hell? demanda-t-elle.

— Depuis toujours.

— Et ça vous plaît?

— Oui, pourquoi ça ne me plairait pas? Il y a un vrai esprit de communauté, ici. Tout le monde prend soin de chacun.

— C'est chouette. Toute votre famille vit ici alors?

— Ouais. C'est pour ça que vous y allez? Vous rendez visite à quelqu'un?

— Non, je suis du FBI. Je viens pour le meurtrier qui sévit à Sherwood.

— Ah, lui. Ouais, c'est vraiment horrible ce qui s'est passé. Pete, le policier qu'il a tué et décapité, était dans la même classe que mon frère. Je le connais depuis toujours. Je vais vous dire un truc, j'espère que l'Iroquois voudra faire un tour dans mon taxi un jour. J'aimerais bien être seul avec lui pendant cinq minutes pour lui montrer ce que je pense de lui.

— Je vous le déconseille, dit Milena, en prenant soin de ne pas laisser penser qu'elle connaissait l'identité du tueur masqué. Il est très dangereux apparemment.

— Vous savez déjà qui c'est?

— Je ne peux pas en parler.

— Pourquoi?

— On ne peut pas accuser quelqu'un avant d'être sûr à 100 % qu'il s'agit du tueur. Jusqu'à présent, il a toujours porté un masque, alors c'est impossible de l'identifier avec certitude.

— C'est quelqu'un de l'asile? C'est pour ça que vous étiez là?

— Non. Je suis passée rendre visite à une amie qui y travaille.

— Qui ça?

— Le docteur Carter.

— Ah oui, elle est sympa.

— Adorable, oui.

— Alors vous avez déjà une piste?

— Je n'ai pas le droit d'en parler.

— Allez, dites-moi. Je parie que vous savez déjà qui se cache derrière le masque, hein?

— Non, mentit Fonseca. Mais pour l'instant, on pense que ce n'est pas quelqu'un de la ville. Comme vous l'avez dit, il y a un vrai esprit de communauté à B Movie Hell. Si le tueur était du coin, vous sauriez déjà de qui il s'agit.

— C'est vrai. D'après les infos, il conduit une vieille voiture de stock-car jaune et rouge qu'il a volée ce matin chez Jackson's Motors. Je vois très bien la voiture dont il s'agit. Si je la vois, on part à sa poursuite, d'accord?»

Fonseca sourit.

«D'accord.»

Elle n'était pas sûre que Darius, derrière ses bravades, souhaite vraiment prendre en chasse et se mesurer au tueur masqué.

«Votre ami Pete, qui a été tué, vous savez s'il avait quelque chose en commun avec les autres victimes?

— Comme quoi?

— N'importe quoi. Est-ce qu'ils avaient la même couleur de cheveux, la même personnalité, adulaient le même sportif? N'importe quoi, vraiment.»

Darius grimaça en réfléchissant à la réponse. En le regardant, Fonseca comprit qu'il n'avait pas inventé la poudre et qu'elle lui en demandait peut-être un peu trop en posant une question aussi vague. Elle semblait beaucoup le perturber.

«Il a tué plusieurs flics maintenant, bredouilla-t-il. Et parmi les civils, il y a Arnold, qui travaillait pour Mellencamp, et Hank Jackson, le vendeur de voitures, qui travaillait pour lui-même. Je sais pas s'ils ont quelque chose en commun. Il y a une autre victime qui était avec les flics qui ont été tués tout à l'heure, mais le type a pas encore été identifié.

— Vous dites qu'Arnold travaillait pour Silvio Mellencamp? Il fait quoi exactement, ce Mellencamp?

— M. Mellencamp, oh, il baigne un peu dans tout. C'est un peu lui qui possède B Movie Hell. C'est lui qui a trouvé le nom de la ville. C'était un producteur de films. Et puis il a emménagé ici et a tout changé.

— Ça ne dérange pas les habitants qu'il ait changé le nom de leur ville?

— Je crois qu'il y a eu un peu de résistance au début, mais quand les gens ont compris qu'il voulait investir pas mal d'argent dans les commerces locaux, ils ont fini par accepter. Ça fait plus de quinze ans maintenant.

— C'est quelqu'un de bien ?

— Ouais. Il emploie la moitié de la ville. Si quelqu'un à B Movie Hell n'a plus de travail, la fondation Mellencamp lui en trouve un. Croyez-moi, si un jour il quitte B Movie Hell, l'économie locale sera fichue. Je veux dire, il possède même une partie de la compagnie de taxis pour laquelle je travaille. C'est lui qui a trouvé le nom, Taxi Vision. Il a aussi dessiné l'uniforme.

— Ça a l'air d'être quelqu'un de très original. Je me demande où il trouve toutes ces idées.

— Je sais pas, dit Darius en haussant les épaules. Quelqu'un m'a dit que Taxi Vision venait d'un film, mais je sais plus lequel.

— Oui, je crois bien. Qu'est-ce que vous savez sur les filles ?

— Les filles ?

— Ouais. Il y a bien un endroit qui s'appelle le Minou Joyeux à B Movie Hell, non ? »

Darius fronça les sourcils et observa Fonseca dans son rétroviseur.

« C'est votre truc, les filles ?

— Non. Je suis curieuse, c'est tout. J'ai entendu dire que Mellencamp possédait le Minou Joyeux.

— Ah, ça j'en sais rien, vous savez, je m'y intéresse pas trop.

— Bien sûr. C'est juste que quelqu'un m'a donné la photo d'une fille qui ressemble à une escort. Vous voulez bien y jeter un œil ? J'aimerais savoir si vous la connaissez, comme vous êtes chauffeur de taxi, vous devez connaître la plupart des femmes de la ville, non ?

— Oui, montrez-moi.

— Elle est dans mon livre, donnez-moi une seconde.»

Elle ouvrit le livre à la page où se trouvait la photo.

«Vous auriez un mouchoir? demanda-t-elle.

— Bien sûr. Un instant.»

Darius tendit la main vers la boîte à gants et en sortit un mouchoir blanc qu'il tendit à Fonseca.

Elle prit le mouchoir et s'en servit pour sortir la photo du livre et la placer en face du visage de Darius. Son regard quitta la route pendant quelques secondes et il ralentit pour examiner plus attentivement la photo. Il recula légèrement la tête pour mieux voir, et la renifla.

«Cette photo a une odeur bizarre.

— Elle était coincée dans *Autant en emporte le vent*.

— Ah, c'est pour ça qu'elle sent la merde.» Il examina la photo, tout en tordant le nez pour ne pas sentir son odeur nauséabonde. «Qui vous a donné cette photo?

— Je l'ai eue par une agence matrimoniale.

— Une quoi?

— Une agence matrimoniale.

— Qu'est-ce que c'est que ça?

— Vous n'avez pas d'agences matrimoniales à B Movie Hell?

— Non.

— Laissez tomber. Ça ne fait rien. Vous la reconnaissez?»

Darius porta de nouveau son attention sur la route. Il ralentit un peu plus. Ils s'approchaient d'un pont dont l'entrée était bloquée par une voiture de police.

«Attendez. Il faut qu'on s'arrête une seconde, dit-il.

« — Pour quoi faire ?

— C'est les flics. Ils laissent pas passer n'importe qui. Ce sera pas un problème pour vous, je m'en occupe. »

Il s'arrêta à côté du véhicule de police et baissa sa vitre. Le conducteur, un policier aux cheveux grisonnants, était penché par la fenêtre de la voiture de patrouille.

« Salut, Darius. Qui tu as avec toi ? demanda-t-il.

— Elle est du FBI. Son partenaire est déjà en ville. »

Le policier observa Fonseca par la fenêtre. Il regarda de haut en bas comme s'il la reluquait. Au bout de quelques secondes il lui sourit et fit un signe de tête à Darius.

« Oui, son partenaire est déjà passé. Tu peux y aller.

— Vous ne voulez pas voir mon badge ? demanda Fonseca.

— Nan, répondit le flic en secouant la tête. Vous pouvez y aller, ma p'tite dame. »

Ma p'tite dame ? Fonseca prit une profonde inspiration et résista à l'envie de traiter le flic de *gros tas de merde condescendant.*

Darius le remercia. Ils passèrent devant le panneau BIENVENUE À B MOVIE HELL et continuèrent leur route.

« Alors, vous la connaissez ? demanda Fonseca.

— Qui ?

— La fille sur la photo.

— Non.

— On m'a dit qu'elle travaillait au Minou Joyeux. Vous voulez revoir la photo ?

— Je la connais pas. Y a aucune fille qui ressemble à ça en ville.

— La tache de naissance sur son visage est assez voyante, non? ajouta Fonseca en regardant à son tour la photo.

— Ouais. Y a aucune fille en ville avec une tache de naissance sur le visage.

— S'il y en avait une… »

Darius laissa échapper un petit rire.

« Écoutez, madame, je dois me concentrer sur la route. Y a pas mal de radars par ici. Je peux pas me permettre de me faire attraper. Si je me fais attraper encore une fois, on me retire mon permis.

— D'accord. » Fonseca s'adossa contre son siège. Darius et elle échangèrent un bref regard dans le rétroviseur avant qu'il ne se concentre de nouveau sur la route.

Maintenant qu'elle était à B Movie Hell, Fonseca jugea qu'il était grand temps de demander des nouvelles de Jack Munson. Elle sortit son téléphone de sa poche et composa le numéro de son coéquipier. Le téléphone sonna pendant un petit moment avant qu'il ne réponde. Il avait l'air à moitié endormi.

« Salut, Milena.

— Salut, Jack, comment ça se passe?

— Heu, où êtes-vous?

— Dans un taxi. Sur le pont qui conduit à B Movie Hell. Tout va bien? Vous avez l'air un peu dans le cirage…

— Ouais. Ça va. J'ai eu pas mal de boulot.

— Vous êtes toujours au restaurant?

— Nan, je suis déjà parti. Les corps commencent à s'entasser sérieusement ici. Je suis dans une ferme là, à quelques kilomètres.

— D'accord, donnez-moi l'adresse et je vous y retrouve.

— Non, mauvaise idée. Allez directement à l'Alaska Roadside Diner.

— Pourquoi?

— Parce que j'y serai dans quelques minutes. Essayez de voir ce que la serveuse a à raconter. Elle en sait plus que ce qu'elle veut bien dire.

— Comment ça?»

Elle entendit un fracas à l'autre bout de la ligne, comme si Munson venait de laisser tomber le téléphone.

«Jack? Vous êtes toujours là?»

Elle l'entendit grogner et gémir pendant quelques instants avant qu'il ne réponde.

«Désolé, marmonna-t-il. Est-ce que le chauffeur vous entend?»

Fonseca jeta un coup d'œil à Darius.

«Probablement, oui. Pourquoi?

— Soyez prudente. Tous les gens que j'ai croisés jusqu'à présent dans cette ville sont un peu louches. Tout le monde se connaît et ils ne sont pas contents de nous voir.

— D'accord, je m'en souviendrai.

— Vous avez pu apprendre quelque chose d'intéressant à l'hôpital?

— En fait oui. Je vous en parlerai en arrivant.

— Vous n'êtes pas restée longtemps. Vous êtes sûre d'avoir vu tout ce qu'il y avait à voir?»

Fonseca regarda Darius pour voir s'il écoutait leur conversation.

« J'ai dû partir un peu précipitamment. Il y a eu un incident assez embarrassant. Je pense qu'il valait mieux pour tout le monde que je parte. »

Munson sembla sortir de sa torpeur.

« Pourquoi ? Que s'est-il passé ?

— Disons que suite à un petit malentendu j'ai dû violer analement un des patients. »

Munson resta silencieux quelques instants avant de répondre.

« Pardon ?

— Pendant que j'interrogeais un des patients, j'ai dû lui enfoncer un stick de déodorant dans le cul pour lui apprendre le respect. Le médecin nous a surpris et, pour être honnête, les choses se sont compliquées ensuite. Je me suis un peu emballée et je suis passée pour une imbécile. »

Il y eut une autre pause assez longue à l'autre bout du fil avant que Munson ne réponde.

« Milena, je commence à vraiment bien vous aimer. Je veux que vous me racontiez tout ça au restaurant. Ça a l'air splendide.

— Merci, répondit-elle en souriant pour la première fois depuis longtemps. Une matinée passée avec vous et je me retrouve à violer un suspect. Vous commencez à déteindre sur moi, je crois.

— Je suis ravi de l'entendre. Vous vous êtes lavé les mains au moins ?

— Cette question est-elle vraiment nécessaire ? »

Munson éclata de rire.

« Vous savez, vous ne pouvez pas dire à tout le monde que vous avez violé un suspect. Vous allez avoir des problèmes.

— Je le garderai pour moi si vous faites de même, Jack.

— Ça pourrait bien devenir une rumeur au bureau. Ces choses-là peuvent devenir assez incontrôlables, dit Munson, lui rappelant qu'elle lui avait fait une remarque similaire un peu plus tôt.

— Et je devrais vivre avec le fait que ma rumeur n'en est en fait pas une. Je ne crois pas que ça puisse devenir plus ridicule que ça ne l'est déjà. »

Munson marqua une pause avant de répondre. Sa voix s'était adoucie.

« Et la rumeur à mon sujet ? Qu'avez-vous entendu ?

— Il paraît que vous avez tiré sur un otage et détruit les preuves. »

Munson marqua une nouvelle pause.

« Le kidnappeur avait son arme braquée sur la fille. Il fallait que je tire. Il lui a tiré dessus. J'ai tiré sur le kidnappeur, une demi-seconde trop tard.

— Et les preuves ont disparu, ajouta Fonseca.

— On se retrouve au restaurant dans quelques minutes, dit Munson, changeant maladroitement de sujet. J'ai juste une ou deux choses à finir ici. »

Lorsque Fonseca l'entendit tirer la chasse d'eau, elle décida qu'il était en effet grand temps de mettre fin à la conversation.

Quelques minutes plus tard, elle arriva à l'Alaska Roadside Diner. Il n'y avait aucun véhicule garé devant. Le lieu semblait désert. Darius se gara au bord du parking.

« Ça fera vingt-cinq dollars », dit-il en la regardant dans le rétroviseur.

Fonseca fouilla dans la poche de sa veste et en sortit plusieurs billets. Elle fit l'appoint et tendit l'argent à Darius.

« Merci, dit-elle. Passez une bonne journée. Et encore désolée pour votre ami Pete.

— Ouais. Bonne journée, mademoiselle. J'espère que vous attraperez l'Iroquois avant que je mette la main dessus.

— J'espère aussi. »

Fonseca sortit du taxi et se dirigea vers l'entrée du restaurant.

Depuis son siège, Darius la regarda marcher vers la porte vitrée, qui était déjà ouverte. Elle entra et se dirigea directement vers le comptoir. Darius sortit son téléphone portable de la poche de son pantalon. Il composa un numéro et attendit la tonalité.

Une voix de femme répondit.

« Minou Joyeux, bonjour.

— Salut, Clarisse. C'est Darius. Faut que je parle à M. Mellencamp.

— Il est occupé, Darius, tu sais, avec tout ce qui se passe en ce moment.

— Je comprends bien, dit Darius, mais je viens de conduire une dame du FBI en ville. Et elle a une photo d'une fille avec une tache de naissance sur le visage. Elle pose des questions. » Il marqua une pause avant de reprendre : « Tu vois ce que je veux dire. »

Il y eut un long silence à l'autre bout du fil avant que Clarisse ne réponde. Sa voix était différente.

« Je te transfère immédiatement. »

30

Benny s'arrêta devant le portail électrique à l'entrée de la propriété de Mellencamp. De l'autre côté du portail se trouvait un agent de sécurité barbu et ventripotent en jean bleu et tee-shirt noir. Il reconnut Benny et leva le pouce dans sa direction. Quelques instants plus tard, les portes s'ouvrirent et Benny s'engagea sur le chemin qui conduisait à l'entrée de l'établissement.

Bébé n'avait pas dit un mot depuis qu'il l'avait avertie que Silvio Mellencamp était mécontent d'elle et la tenait pour responsable de la mort d'Arnold Bailey. Elle savait ce que cela signifiait. Cela signifiait qu'elle allait recevoir une bonne raclée. Peut-être pas aussi violente que Benny l'avait suggéré, mais elle avait été punie bien des fois au Minou Joyeux et savait que les punitions étaient toujours sévères.

Elle jeta un coup d'œil par-dessus son épaule par la lunette arrière de la voiture et vit le portail électrique se refermer derrière eux. Son cœur se serra. Quelques heures plus tôt, elle pensait avoir fui ce lieu pour toujours, mais elle était déjà de retour. Elle craignait qu'une nouvelle occasion de s'enfuir ne se présente pas avant plusieurs années. Au bord des larmes, elle sentit sa gorge se serrer à la pensée de ce qui l'attendait entre les murs du manoir.

Benny se gara devant l'entrée.

« On est arrivés, Bébé », dit-il sur un ton enjoué, comme s'il avait oublié les menaces proférées quelques minutes plus tôt.

Bébé ouvrit la portière et sortit. Comme d'habitude, plusieurs agents de sécurité arpentaient le terrain. Ils étaient tous vêtus d'un jean bleu et d'un tee-shirt noir tout simple. Mais suite aux événements récents, Mellencamp avait visiblement décidé de renforcer la sécurité car Bébé ne reconnut pas tous les hommes. Et certains d'entre eux avaient une arme, ce qui était extrêmement rare. Il y avait peu de chance pour que les hommes de Mellencamp soient de bons tireurs. La plupart étaient gras et fainéants mais leur nombre compenserait certainement leurs piètres aptitudes. Si l'Iroquois débarquait chez Mellencamp, il serait reçu comme un roi.

À l'entrée, Mack le Slasher maintenait les portes ouvertes pour eux. Sa silhouette massive remplissait entièrement l'encadrement de la porte. Il avait les bras croisés et son visage était sérieux comme la mort.

« Bienvenue chez toi, Bébé, dit-il.

— Salut », dit Bébé en baissant la tête lorsqu'elle passa devant lui et franchit la porte d'entrée. Elle voulait éviter tout contact visuel avec Mack parce qu'elle ne savait pas à quel point son cas était grave, ni même s'il l'était vraiment. Mais elle s'efforça de tenir son bras blessé pour s'assurer qu'il ne l'attrape pas par là comme il en avait l'habitude lorsqu'il voulait que quelqu'un fasse ce qu'il disait. Benny lui emboîta le pas.

« Salut, Slasher, l'entendit-elle dire. Comment ça se passe ? »

Elle ne comprit pas la réponse de Mack car, au moment même où elle pénétra dans le hall d'entrée, un cri strident lui perça les oreilles. Elle reconnut ce cri, et le claquement de talons qui suivit. Chardonnay accourait dans sa direction les bras grands ouverts, habillée en léopard moulant des pieds à la tête. Elle sauta sur Bébé et la serra fort dans ses bras. Bébé passa ses bras autour de son amie et la serra à son tour, malgré la blessure qui la fit grimacer de douleur. La jeune fille était soulagée de sentir qu'elle avait au moins manqué à quelqu'un.

Après l'avoir pratiquement étouffée, Chardonnay finit par la relâcher et recula d'un pas.

« J'étais tellement inquiète. Je veux savoir tout ce qui t'est arrivé ! Où est ta blessure ? »

Bébé leva les sourcils. Chardonnay la regarda de haut en bas. Le sweat-shirt de Bébé était couvert de sang. Il manquait une manche et elle avait un gros bandage blanc autour du bras, juste au-dessus du coude.

« Allez, dis-moi ! ajouta Chardonnay, tout excitée. C'est quel bras ?

— Celui-là », dit Bébé en montrant du doigt son bras bandé.

Chardonnay écarquilla les yeux et ouvrit grand la bouche.

« Sérieux ? demanda-t-elle en manquant de s'étouffer. Ça fait mal ?

— Un peu. Ça m'apprendra à vouloir aller en ville, hein ?

— J'ai quelque chose pour te remonter le moral, dit Chardonnay en l'attrapant par son bras blessé. Viens avec moi. »

Elle entraîna Bébé sur un canapé orange contre le mur.

« Assieds-toi là, dit-elle. Personne ne travaille ce soir, tu sais, à cause du tueur en cavale et tout.

— Qu'est-ce qu'on fait ? s'enquit Bébé en s'asseyant sur le canapé.

— On a la grande télé pour ce soir ! » hurla Chardonnay en tapant des mains comme une otarie sous acide. Elle attrapa la télécommande sur la table basse au milieu de la pièce et alluma l'écran plasma géant avant de s'affaler à côté de Bébé et de se blottir contre elle.

« Qu'est-ce qu'on regarde ? demanda Bébé.

— Bah, *Coyote Girls*, bien sûr ! »

Bébé ne connaissait cet excellent film que depuis la veille, mais elle était tout de même contente de le revoir. Après tout, ça parlait d'une fille qui quittait son boulot dans une pizzeria pour devenir une star à New York. Avec Adam Garcia.

« Bon, dit Chardonnay. Pendant que John Goodman est à l'écran, je veux que tu me racontes tout. »

Tandis que le générique défilait, Bébé commença à régaler Chardonnay du récit de son incroyable journée. Chardonnay écoutait la bouche grande ouverte, l'interrompant occasionnellement d'un « Non, sérieux ?! » ou d'un « J'y crois pas ! ». Le timing de Bébé était parfait puisque lorsque la scène avec John

Goodman toucha à sa fin, Chardonnay était au courant de tout.

« Waouh, dit Chardonnay d'un air très envieux. J'aurais aimé que ça m'arrive à moi. T'as tellement de chance !

— Je trouve pas que j'aie de la chance, répondit Bébé en se massant le bras.

— Ne t'inquiète pas pour ça. Le médecin arrive, dit Chardonnay.

— Quel médecin ?

— Celui qui va recoudre ton bras et s'occuper de ta grossesse. »

Bébé regarda autour d'elle. Mack et Benny étaient partis dans le bureau de Mellencamp et personne d'important n'était dans les parages. Elle murmura à l'oreille de Chardonnay.

« Je suis pas vraiment enceinte.

— Noooon, sérieux ?! hurla Chardonnay.

— Chuuut. Va pas dire ça à tout le monde. »

Chardonnay fronça les sourcils en repensant à la situation.

« Tu ferais bien de garder ça pour toi, dit-elle. Faut pas que le chef soit au courant. Apparemment il dit que c'est ta faute si Arnold a été tué. S'il découvre que tu n'étais même pas enceinte, tu vas avoir de sérieux problèmes. »

L'angoisse que Bébé avait ressentie pendant la plus grande partie de la journée refit soudain surface.

« Avec un peu de chance, le médecin me fera juste faire un test de grossesse. En voyant qu'il est négatif, je dirai que c'était une grossesse nerveuse.

— Je crois pas que le médecin vienne pour te faire faire un test. J'ai entendu Clarisse dire qu'il venait pour un avortement et pour trafiquer tes ovaires, pour qu'on te mette plus jamais en cloque. »

31

Candy venait de passer une demi-heure avec une serpillière à la main, à nettoyer le sang sur le sol du restaurant. C'était une tâche assez ingrate et son dos commençait à lui faire mal. Le plus pénible avait été les toilettes pour hommes. Il y avait du sang partout. Sur les murs, le sol, la porte des cabines, et même dans les urinoirs.

Les policiers avaient relevé toutes les preuves dont ils avaient besoin, ce qui se résumait pour eux à jeter un rapide coup d'œil à la scène de crime avant d'aller se goinfrer de donuts et de muffins chipés derrière le comptoir. Ce n'était pas vraiment leur truc à B Movie Hell, les traces d'ADN et ce genre de choses. Ils préféraient travailler à l'ancienne, en faisant confiance à leur instinct et à leurs intuitions. Tout en mangeant des donuts. C'était une méthode qui avait fait ses preuves ces dernières années, mais ils n'avaient jamais été confrontés à une telle situation jusque-là, pas plus que Candy. Elle ne pouvait pas s'empêcher de penser que c'étaient les flics qui auraient dû être en train de nettoyer la scène de crime.

Randall Buckwater et Gary, son nouveau coéquipier, n'avaient même pas pris la peine de l'aider à nettoyer le bordel laissé par l'Iroquois, et elle était presque certaine que la crotte dont la chasse d'eau ne voulait pas venir à bout dans la deuxième cabine des toilettes était un cadeau de Gary.

Elle avait bloqué la porte d'entrée en position ouverte pour laisser rentrer un peu d'air frais et dissiper l'odeur de sang et de merde. Après avoir nettoyé les WC, qui sentaient encore plus mauvais que le reste, elle retourna dans la salle. En arrivant, elle aperçut une femme d'une trentaine d'années, toute vêtue de noir et très élégante, qui examinait les lieux du regard.

« Puis-je vous aider ? demanda Candy.

— Bonjour. Je suis l'agent Fonseca du FBI, répondit la femme en souriant.

— Désolée, nous sommes fermés.

— Je sais, dit Fonseca en piétinant le sol fraîchement nettoyé pour regarder sous les tables et les chaises.

— Qu'est-ce que vous cherchez ?

— Je crois que vous avez déjà rencontré mon partenaire, Jack Munson.

— Ah oui. Oui, il est venu. Je peux voir votre badge, s'il vous plaît ? »

Fonseca fouilla dans la poche de sa veste et en sortit son insigne du FBI. Elle le tendit devant Candy tout en sachant que son geste était complètement inutile puisque la serveuse aurait été bien incapable de distinguer un vrai badge du FBI d'un faux.

« Que puis-je faire pour vous ? » demanda Candy.

Fonseca glissa son badge dans sa poche.

« Mon partenaire m'a dit que vous l'aviez beaucoup aidé en répondant à ses questions tout à l'heure. Ça vous embêterait de me répéter ce que vous lui avez dit?

— Non, bien sûr. Laissez-moi juste ranger ce seau et cette serpillière et je suis à vous.

— Merci. »

Candy fit glisser ses ustensiles de ménage derrière le comptoir.

« Vous voulez boire quelque chose? demanda-t-elle.

— Juste un verre d'eau gazeuse, merci », dit Fonseca en s'asseyant sur un tabouret devant le bar. C'était le tabouret sur lequel Arnold était assis avant que l'Iroquois ne passe à l'attaque et ne commence à le découper en morceaux.

« Le dernier qui s'est assis sur ce tabouret s'est fait trancher les doigts », l'informa Candy poliment.

Fonseca regarda le tabouret et la zone alentour.

« Vous avez bien nettoyé, dit-elle en se décalant sur le tabouret suivant.

— Merci. Vous auriez dû voir le carnage dans les toilettes pour hommes. C'était dix fois pire.

— J'imagine. C'est toujours un carnage dans les toilettes pour hommes au FBI, et ça fait des années qu'il n'y a pas eu de meurtres dedans. »

Candy n'était pas familière de l'humour du FBI et ne savait absolument pas si elle devait rire ou non.

« Votre verre d'eau arrive. Je reviens dans une seconde. »

Elle laissa Fonseca au comptoir et fit glisser le seau et la serpillière de l'autre côté du rideau en PVC jusqu'à la cuisine. Elle les posa contre le mur près du gril. La dernière chose dont elle avait besoin présentement, c'était d'un nouvel interrogatoire. Le précédent avec Jack Munson ne s'était pas très bien passé. Reg, le cuistot, était un bien meilleur menteur et elle était nerveuse à l'idée de répondre à des questions sans l'avoir à ses côtés. Malheureusement, il était caché à l'étage. Depuis qu'il avait tiré sur la fille à la tache de naissance, il avait sagement décidé de rester hors du chemin des policiers et du FBI.

Candy se lava les mains dans l'évier en pensant à la meilleure façon de gérer l'interrogatoire de Fonseca. *Fais des réponses courtes!* se dit-elle, en répétant ce conseil encore et encore dans sa tête. Elle retourna dans la salle et trouva Fonseca toujours assise au bar. L'agent du FBI était en train de jouer avec son téléphone portable et ne faisait pas vraiment attention à la serveuse. Candy prit un verre propre et le remplit d'eau gazeuse avant de le poser sur le bar, en face de Fonseca.

« Une eau gazeuse, offerte par la maison.

— Merci, dit Fonseca dont les yeux quittèrent enfin le téléphone pour se poser sur le verre d'eau. Avant que vous ne commenciez à me raconter ce qui s'est passé tout à l'heure, est-ce que vous pourriez jeter un œil à cette photo? Et me dire si vous reconnaissez cette jeune fille? »

Elle attrapa une serviette dans le distributeur sur le comptoir et s'en servit pour tenir une petite photo instantanée en face de Candy. C'était la photo d'une jeune femme en sous-vêtements sexy.

« Est-ce que vous l'avez déjà vue? »

Candy regarda la photo de plus près.

«Je sais pas, dit-elle. Elle me dit rien. Enfin, ce n'est pas une habituée en tout cas. Je le saurais sinon.

— Cette jeune fille a une tache de naissance bleue sur le visage. Est-ce que vous avez déjà vu une fille avec ce genre de tache de naissance dans le coin? On m'a dit qu'elle travaillait peut-être au Minou Joyeux. Vous connaissez cet endroit?»

Avant que Candy n'ait le temps de réfléchir à une réponse, le téléphone de la cuisine sonna.

«Je dois répondre. C'est peut-être la police.

— Ils peuvent attendre, dit Fonseca d'un ton cinglant.

— Non. J'ai de la famille et des amis en ville et il y a un tueur en série qui se balade et décapite les gens, alors je vais répondre, que ça vous plaise ou non.»

Elle courut à la cuisine, agréablement surprise par la fermeté de la réponse qu'elle avait donnée à Fonseca, et attrapa le combiné.

«Alaska Roadside Diner bonjour, Candy à l'appareil.

— Passe-moi Reg, répondit une voix masculine d'un ton bourru.

— Il est en haut. Il y a le FBI…

— Je sais. Passe-le-moi.»

Candy reconnut la voix à l'autre bout de la ligne. C'était celle de Mack le Slasher. Il valait mieux éviter de lui chercher des noises. Elle mit sa main sur le combiné et hurla en direction de l'escalier.

«Reg! Téléphone! C'est Mack.

— J'arrive!» hurla Reg à son tour.

Les lattes du plancher grincèrent, une porte s'ouvrit et un pet bruyant résonna avant qu'elle n'entende enfin Reg descendre l'escalier. Il apparut bientôt sur les marches, en chaussons, pantalon de jogging bleu et marcel. Il semblait avoir bu. Il était complètement débraillé et ses yeux étaient injectés de sang. Il se traîna jusqu'à Candy et tendit la main pour attraper le téléphone.

« Qu'est-ce qu'il veut ? » murmura-t-il à Candy lorsqu'elle lui tendit le combiné.

Elle ne répondit pas mais lui lança un regard grave. Le genre de regard qu'il comprendrait, elle le savait. Il soupira bruyamment et parla dans le combiné.

« Salut, Mack. Qu'est-ce... »

Candy n'attendit pas la suite de la conversation. Elle franchit de nouveau le rideau de PVC pour retourner voir Fonseca qui n'avait toujours pas bougé de son tabouret au comptoir. L'agent du FBI tendit son téléphone. Elle lui montrait une autre photo. Cette fois, c'était la photo d'un homme d'une trentaine d'années.

« Cet homme s'appelle Dominic Touretto. Vous l'avez déjà vu ? » demanda-t-elle.

Candy examina la photo. Elle se sentit soulagée de pouvoir dire sans mentir qu'elle ne l'avait jamais vu.

« Il est pas du coin. S'il est déjà venu ici, je m'en souviens pas.

— D'accord. Est-ce que vous diriez que vous connaissez bien tous les clients ?

— Plutôt bien, ouais. On peut pas dire qu'il y ait beaucoup de touristes par ici.

— Et le tueur masqué ce matin ? Vous avez vu son visage ?

— Oui, mais je ne l'ai pas reconnu. C'était la première fois que je le voyais.

— Mais vous l'avez bien vu?

— Pas vraiment. Quand j'ai pris sa commande, il parlait tout seul, alors j'ai essayé de ne pas le regarder. Il a mis le masque seulement quand il a commencé à découper les gens.

— Mais vous savez à quoi il ressemble sans le masque?

— Oui. »

Le rideau en PVC s'écarta et Reg sortit de la cuisine. Il tapota l'épaule de Candy.

« Candy, ton ami veut te parler au téléphone », dit-il.

La serveuse se tourna et regarda Reg. Il fit un mouvement de tête en direction de la cuisine.

« T'inquiète, je vais parler à la dame du FBI. Va répondre. »

Candy disparut derrière le rideau. Elle n'avait fait que deux pas en direction du téléphone lorsqu'elle entendit un bruit affreux derrière elle. On aurait dit que quelqu'un était en train de s'étrangler ou de vomir. Elle sortit de la cuisine en courant et ce qu'elle vit l'horrifia. Reg venait d'enfoncer un grand couteau de cuisine dans la gorge de Milena Fonseca.

Candy couvrit sa bouche de la main de peur de vomir. Reg retira le couteau du cou de Fonseca. La lame était couverte de sang, qui coulait sur le sol fraîchement nettoyé. Et encore plus de sang jaillissait d'une plaie béante sous le menton de l'agent du FBI. Alors que Candy s'apprêtait à lui hurler d'arrêter, Reg plongea une nouvelle fois le couteau dans le cou de sa victime. Sa mâchoire inférieure tomba et sa bouche resta grande ouverte, la langue à moitié sortie. Reg retira la lame pour la seconde fois et fit un pas en arrière, écrasant les orteils de Candy. Celle-ci s'écarta et regarda avec horreur les yeux de Milena Fonseca s'éteindre. La vie la quittait peu à peu et elle finit par tomber en avant. Son crâne s'écrasa sur le bar dans un atroce bruit sourd.

Reg se tourna vers Candy.

« Va chercher la serpillière, il faut nettoyer ça, magne-toi ! »

32

Mack conduisit Benny dans le bureau de Mellencamp à l'étage du Minou Joyeux. De son poing gigantesque il cogna contre la porte avant de crier.

« Benny Stansfield, chef ! » N'entendant aucune réponse, Mack attendit quelques secondes avant de tourner la poignée et d'ouvrir la porte. Il fit signe à Benny d'entrer. « C'est bon, dit-il. Il a eu une grosse journée. Il doit être en train de faire la sieste. Réveille-le, il t'en voudra pas.

— Merci. »

Benny entra et Mack referma la porte derrière lui. Silvio Mellencamp était derrière son bureau, en train de faire la sieste comme Mack l'avait prédit. Sa tête reposait contre le dossier de son fauteuil en cuir noir. Ses yeux étaient fermés et sa bouche entrouverte. Sa robe de chambre dorée était grande ouverte mais, heureusement pour Benny, le bas de son corps était caché par le bureau. Mellencamp ne semblait pas avoir entendu Benny entrer, ni Mack fermer la porte, alors Benny s'éclaircit la gorge assez bruyamment dans l'espoir d'attirer son attention. Mellencamp ne bougea pas d'un poil.

«Monsieur Mellencamp, vous êtes réveillé?» demanda Benny.

Mellencamp ouvrit lentement un œil, puis l'autre.

«Juste une seconde», dit-il avant de refermer les yeux.

Benny resta debout à attendre. Pendant une vingtaine de secondes, Mellencamp resta assis derrière son bureau sans bouger. Ses yeux restèrent fermés et immobiles, à l'exception d'un tremblement occasionnel. Se réveiller semblait être une tâche bien difficile pour le vieux bonhomme. Sa bouche se ferma lentement et ses lèvres se retroussèrent en un sourire grimaçant. Soudain, il frémit, se redressa et ouvrit les yeux.

«C'est bon, j'ai terminé», dit-il.

Benny s'approcha du bureau d'un pas hésitant. Il s'arrêta brusquement lorsqu'il vit une jeune femme émerger de sous le bureau, à côté de Mellencamp. Elle avait de longs cheveux bruns et une peau marron et crémeuse. Elle était vêtue d'un soutien-gorge noir, d'un string assorti et d'une paire de cuissardes à talons. Elle se dressa à côté de Mellencamp et l'embrassa sur la joue.

«Ce sera tout? demanda-t-elle.

— Est-ce que tu pourrais juste essuyer la transpiration sur mon front?»

La jeune femme tira un mouchoir d'une boîte sur le bureau et lui essuya les sourcils.

«C'est mieux?

— Parfait.»

Elle se tourna vers Benny et sourit.

«Salut, Benny.

— Salut, Jasmine. »

Mellencamp donna une petite tape sur les fesses de Jasmine et la poussa vers la sortie.

« Dis à Selena de venir dans une demi-heure. » Il détourna son regard de ses fesses et sourit à Benny.

« Assieds-toi. »

Benny prit place sur la chaise en face de lui.

« Je vous ai ramené la fille. Elle est en bas, elle regarde un film à la réception.

— Tu parles de Bébé ? Tu l'as ramenée ?

— Ouais. C'est ce que vous vouliez, non ?

— Carrément. Comment elle va ? Ça l'a un peu secouée, non, ce qui est arrivé à Arnold ?

— Ouais, un peu. Elle s'est fait tirer dessus aussi. Reg lui a tiré dans le bras avec son fusil. Ça l'a un peu ralentie. »

Mellencamp hocha la tête.

« Oui, j'ai entendu ça. Ce bon vieux Reg. Il ne rate jamais sa cible, hein ? Je vous dois dix mille dollars à chacun. Vous m'avez sorti d'un sacré pétrin. »

Il fouilla dans un tiroir de son bureau et en sortit une épaisse liasse de billets de cinquante dollars qu'il fit glisser sur le bureau vers Benny.

« Et voici dix pour toi. Ne dépense pas tout d'un coup.

— Je peux prendre l'argent de Reg aussi, si vous voulez.

— Ce sera pas nécessaire. Et puis, je dois garder un peu de liquide pour payer le médecin qui doit arriver.

— Quel médecin ? »

— Clarisse a réussi à faire venir le médecin de Lewisville pour s'occuper de Bébé. Ça va me coûter une petite fortune.

— Ah oui, pour soigner sa blessure au bras. Ce n'est pas très grave, vous savez. Je pense qu'elle fait toute une histoire de pas grand-chose.

— Ça, ce n'est pas nouveau. Mais en vérité, j'ai surtout fait venir le médecin pour un avortement. Bébé s'est fait engrosser.

— Ah bon?

— Ouais, c'est pour ça qu'Arnold la conduisait à Lewisville ce matin. Mais maintenant Arnold est mort et, pour être honnête, je commence à regretter que Reg n'ait pas visé la tête plutôt que le bras. Ça m'aurait évité pas mal d'ennuis.

— Vous auriez dû lui donner plus de dix mille dollars dans ce cas! répliqua Benny sur le ton de la plaisanterie.

— Je lui donnerai plus que dix mille dans tous les cas. Il vient de tuer un agent du FBI pour moi. »

Benny ne parvint pas à cacher sa surprise.

« Quoi?

— On a deux agents du FBI en ville.

— Oui, je sais, mais ils sont là pour l'Iroquois, non? »

Mellencamp souleva le verre de cognac sur son bureau et en but une gorgée.

« C'est ce qu'ils veulent nous faire croire, dit-il en passant sa langue sur ses lèvres. Mais la femme est passée à l'Alaska tout à l'heure. Elle avait une photo de Bébé. Elle a posé des questions à son sujet.

— Non?!

260

— Et si. Sales petits fouineurs.

— Et comment il l'a eu, Reg?

— Il lui a planté un couteau dans la gorge.

— Erf, répondit Benny en grimaçant. Ça a pas dû être facile.

— Pour Reg, si. Il égorge des cochons tout le temps à l'arrière du restaurant. Il sait ce qu'il fait. »

Benny essaya de chasser de son esprit la vision de Reg en train d'égorger des cochons et des agents du FBI.

« Et l'autre agent? demanda-t-il.

— Il va avoir droit au traitement Corey Feldman. »

Benny fronça les sourcils.

« C'est quoi le traitement Corey Feldman?

— Il ne quittera jamais B Movie Hell. »

Benny comprit ce que Mellencamp voulait dire. Mais avant qu'il ne puisse donner son avis, le talkie-walkie à sa ceinture grésilla.

« Benny, ramène-toi, c'est O'Grady.

— Excusez-moi un instant », dit Benny. Il décrocha la radio de sa ceinture et parla dans le micro.

« Salut, chef, qu'est-ce qui se passe?

— L'Iroquois a encore frappé, Benny. Où es-tu?

— Chez Silvio. Pour le mettre au courant de ce qui se passe.

— Eh bien tu peux lui dire qu'on vient de nous informer que ton pote Litgo est mort, ainsi que les agents Leland Patchett et Hanran Lonnegan. »

Benny n'en croyait pas ses oreilles. Sa gorge devint sèche et son estomac se noua. Il connaissait ces trois personnes. Deux collègues de travail et un ami de longue date. Il parvint à prononcer quelques mots sans vomir.

« C'est quoi, ce bordel ? »

Mellencamp avait entendu tout ce que le commissaire O'Grady venait de dire. Il semblait inquiet, beaucoup plus qu'il ne l'était quelques minutes plus tôt. Il se gratta le menton et essaya de réfléchir.

« L'Iroquois est allé chez Litgo ? demanda-t-il en réfléchissant tout haut. C'est étrange, j'ai parlé à Litgo il y a moins d'une demi-heure. »

La voix d'O'Grady se fit entendre dans un crépitement.

« Salut, Silvio.

— Salut, chef, répondit Mellencamp. Alors qu'est-ce qui se passe encore ?

— L'Iroquois a rendu visite à Litgo. Apparemment il l'a torturé avant de le tuer. Patchett et Lonnegan ont dû arriver et le surprendre parce qu'ils sont morts tous les deux. J'ai envoyé des hommes chez Litgo pour confirmer. Mais je pense que c'est vrai parce qu'on n'arrive à joindre ni Litgo, ni Patchett, ni Lonnegan. Et on n'a aucune raison de penser que le type du FBI ment. »

Mellencamp tendit la main de l'autre côté du bureau et arracha le talkie-walkie de la main de Benny. Il parla dans le micro, en postillonnant un peu de cognac dessus.

« Le type du FBI est chez Litgo en ce moment ? demanda-t-il.

— Ouais, je pense. J'ai envoyé deux unités pour voir ce qui se passe. On serait arrivés plus tôt si la matinée n'avait pas été aussi agitée. Mes hommes tombent comme des mouches. »

Mellencamp jura en silence.

« Ce type du FBI, il sait quelque chose ?

— Comme quoi ?

— Comme ce qui se passe dans mon établissement ?

— Non. Mais je ne lui ai même pas encore parlé. Tout ce que je sais, c'est qu'il a débarqué chez Litgo et trouvé les derniers morts en date. Ensuite il a passé un appel avec le talkie de Patchett. »

Mellencamp inspira une grande bouffée d'air et approcha la radio de sa bouche.

« Chef, ce type du FBI, Munson là, on peut pas le laisser quitter la ville.

— Quoi ? Pourquoi ça ?

— Je crois qu'il vient pour Bébé. »

Benny remarqua que Mellencamp n'arrêtait pas de cracher dans son talkie-walkie en parlant. Il faudrait qu'il pense à le nettoyer un coup avant de s'en servir.

O'Grady répondit :

« Non, je crois pas, Silvio. Le FBI est là pour l'Iroquois.

— Alors dis-moi pourquoi sa partenaire a débarqué à l'Alaska avec une photo de Bébé, en posant plein de questions.

— Ah.

— Oui, ah. Ce type ne peut pas quitter la ville. Il faut l'éliminer. On s'est déjà occupé de sa partenaire. Quand tes hommes seront chez Litgo, dis-leur de s'occuper de lui, s'il est toujours là.

— Tu veux dire le tuer ?

— Oui.

— C'est un peu exagéré, non ? demanda O'Grady.

— Non. Il faut prendre aucun risque.

— Mais ça veut dire que d'autres agents du FBI vont débarquer ? Ils laisseront jamais passer ça. Ils vont arriver par centaines pour savoir ce qui est arrivé à leurs collègues. »

Mellencamp éclata de rire.

« Ça m'étonnerait. Je doute fort que ces agents soient là en mission officielle. Le seul qui saura qu'ils sont ici, c'est le clown qui les a envoyés.

— Comment peux-tu en être sûr ?

— Fais-moi confiance. Débarrasse-toi juste de ce Munson. Et brûle le corps. Terminé. »

Mellencamp éteignit la radio et la rendit à Benny.

« On ne dit plus vraiment "terminé" de nos jours, Silvio », dit Benny en récupérant le talkie-walkie.

Celui-ci l'ignora.

« Putain de FBI, dit-il en réfléchissant tout haut, son verre de cognac à la main. Je pensais qu'on en avait fini avec ces conneries. »

Benny sentit que Mellencamp réagissait de manière quelque peu excessive et semblait légèrement paranoïaque.

« C'est le meurtre de Pete Neville hier soir qui les a attirés ici. Peut-être qu'ils posent des questions sur Bébé parce qu'elle était avec Arnold quand il a été tué ?

— Possible, mais ce serait une putain de coïncidence.

— Alors est-ce que je dois emmener Bébé ailleurs ? La mettre en sécurité ? »

Mellencamp fit non de la tête.

« C'est trop risqué. Un des avantages d'avoir l'Iroquois en ville, c'est que j'ai renforcé la sécurité. Il n'y a pas d'endroit plus sûr qu'ici. Mais il faut qu'on se débarrasse de ce Munson avant qu'il ne contacte son chef et que ce clown n'envoie d'autres agents.

— Quel clown ? demanda Benny en fronçant les sourcils. De qui est-ce que vous parlez ?

— Devon Pincent. Je parie qu'il est derrière tout ça.

— Devon Pincent ? répéta Benny en se redressant sur sa chaise. C'est bien la personne à laquelle je pense ?

— Ouais. Ce fils de pute. »

33

La mini-bouteille de Rhum Coupe-Gorge avait eu un effet diabolique sur les intestins de Jack Munson. Après avoir vomi dans l'évier de Litgo et s'être effondré sur le sol, il s'était traîné jusqu'à la salle de bains de l'autre côté du cottage. Il avait passé quinze nouvelles minutes à vomir dans les toilettes avant de se reprendre. Au milieu de tout ça, il avait reçu un appel de Milena Fonseca et avait convenu de la retrouver à l'Alaska.

Il nettoya quelques restes de vomi en se passant un peu d'eau sur le visage. Il n'arrivait pas à savoir s'il avait simplement trop bu ou s'il y avait autre chose que du rhum dans la bouteille de Coupe-Gorge. À moins que ce ne soit juste le stress d'être de nouveau en mission. Il se souvint aussi que le livreur FedEx au restaurant l'avait mis en garde contre les pièges que Litgo laissait pour attraper les intrus. Le rhum était-il empoisonné ? Dans tous les cas, il avait déjà perdu beaucoup de temps et ne pouvait pas se permettre d'en perdre plus à réfléchir aux causes possibles de son état soudain. Il se sentait étourdi et aurait bien eu besoin de s'allonger un peu, mais ce n'était pas vraiment le moment. Il avait transmis aux flics la nouvelle du meurtre de Litgo avec la ferme intention de disparaître avant leur arrivée. Il aurait déjà dû être parti depuis longtemps.

Sans traîner, il retourna à sa voiture, toujours un peu patraque. Il grimpa à l'intérieur et se regarda dans le rétroviseur. Il avait une petite mine et ne semblait guère en état de retourner bosser. Il était grand temps de laisser sa bouteille de rhum tranquille et d'affronter la gueule de bois qu'il essayait de contrer depuis le début de la journée.

Il alluma le moteur et recula jusqu'au chemin de terre. Il était trop tard pour partir par là où il était arrivé. Le son des sirènes lui indiqua que les flics étaient en route. Il suivit un chemin de terre qui passait devant la maison de Litgo dans l'espoir de rejoindre la route principale. Malheureusement, ce chemin était en fait un sacré détour qui l'éloigna encore plus de son point de rendez-vous avec Fonseca à l'Alaska. Quand il retrouva la route principale et roula jusqu'au restaurant, il avait perdu près d'une demi-heure. Et sa voiture, qui émettait des bruits étranges, penchait dangereusement vers la droite.

Il se gara sur le parking du restaurant, aussi près de l'entrée que possible. Le lieu semblait désert. Il n'y avait aucun client en vue et tous les flics qui occupaient les lieux un peu plus tôt étaient partis depuis longtemps.

Il resta assis pendant quelques instants dans sa voiture, le temps de récupérer un peu. Il regarda par le pare-brise pour essayer de repérer Fonseca. Elle était censée le rejoindre au restaurant. Il était sûr que c'était ce dont ils avaient convenu. Ou peut-être le rhum lui jouait-il des tours. Où était-elle, bon sang ? Il sentit qu'il émanait de lui un mélange d'effluves de vomi et d'alcool. Impossible de le cacher. Fonseca n'approuverait pas. D'un autre côté, il n'approuvait pas le fait qu'elle n'était pas là où elle était censée être.

Il sortit de la voiture et marcha jusqu'à l'entrée du restaurant. Il tira sur la poignée de la porte vitrée, qui ne bougea pas. Cette putain de porte était verrouillée de l'intérieur.

Il regarda à travers la vitre. Mais il n'y avait aucun mouvement, pas même un cafard égaré. Il cogna contre la vitre dans l'espoir d'attirer l'attention de quelqu'un. À son plus grand soulagement, quelques secondes plus tard, Candy la serveuse apparut derrière le rideau en PVC de la cuisine. Mais elle se figea lorsqu'elle aperçut Munson. Elle ne semblait pas vraiment ravie de le voir. Elle montra du doigt le panneau au-dessus de sa tête. Il indiquait « fermé ». Puis elle articula les mots « Nous sommes fermés » pour être bien sûre qu'il comprenne.

Munson hurla à travers la porte.

« J'en ai rien à foutre. Ouvrez la porte, putain ! Faut que j'aille pisser ! »

Candy sembla réfléchir aux différentes possibilités qui s'offraient à elle avant d'articuler les mots « Fait chier » et de se diriger vers la porte. Elle la déverrouilla.

« Nous sommes fermés vous savez, dit-elle.

— J'ai bien compris.

— Qu'est-ce que vous voulez ?

— J'ai rendez-vous ici avec ma coéquipière, Milena Fonseca. Vous l'avez vue ?

— Non.

— Dans ce cas, je prendrais bien un café en l'attendant. »

Avant que la serveuse n'ait le temps de refuser, Munson poussa la porte et la bouscula pour passer. Il prit place au comptoir.

« Noir, deux sucres.

— Je croyais que vous aviez besoin d'aller aux toilettes ?

— J'irai plus tard.

— D'accord. C'est de l'instantané, j'espère que ça ira.

— Non. Faites-en du vrai.

— Je viens de faire la vaisselle.

— J'en ai rien à foutre. Je suis un peu barbouillé, alors il me faut du bon café. Faites-m'en une tasse et ensuite nous pourrons parler de ce que vous savez au sujet de la fille qui était là tout à l'heure.

— Quelle fille ?

— Ne recommencez pas avec vos salades. Je parle de la fille qui était avec Arnold quand il s'est fait découper. La fille qui a traversé le champ pour aller chez Litgo et qui a maintenant disparu.

— Ah, elle.

— Ouais, elle. »

Candy attrapa un pot de café sur une étagère derrière elle. Elle l'ouvrit et versa le café dans la machine.

« Je vous ai dit tout ce que je savais sur elle, c'est-à-dire pas grand-chose, dit-elle en évitant le regard de Munson.

— Candy, dit Munson, son estomac grondant presque assez fort pour couvrir sa voix. Regardez-moi. »

La serveuse referma le pot de café et le posa sur l'étagère. Elle se tourna et regarda Munson comme il lui avait demandé.

Il s'assura d'avoir toute son attention et plongea son regard menaçant dans le sien.

« Si vous ne coopérez pas, dit-il en bougeant à peine les lèvres, si vous essayez de me prendre pour un con, je ferai fermer votre petit resto de merde. Pas pour une semaine, mais pour de bon. Et si vous savez quoi que ce soit sur cette fille et que je découvre que vous avez décidé de ne pas partager ces informations avec moi, vous pourrez dire adieu à B Movie Hell, car vous rentrerez directement au QG avec moi.

— Je comprends », dit Candy. Elle attrapa un pichet d'eau sous le comptoir et ouvrit le couvercle de la machine à café. Elle commença à verser l'eau. Elle semblait tout d'un coup très sereine. Munson n'arrivait pas à savoir si son assurance était feinte ou non. « Le café sera prêt dans cinq minutes, dit-elle.

— Parfait. Donnez-moi un muffin aussi. Je crève de faim.

— Certainement, monsieur. »

Candy disparut dans la cuisine. Munson sentait qu'elle savait qu'il était soit malade, soit bourré. C'était peut-être pour ça qu'elle était moins nerveuse. Elle pensait pouvoir se montrer plus maligne que lui. *Salope.* Son humeur s'assombrissait sérieusement. La boisson et la nausée lui faisaient faire des choses qu'il n'aurait pas dû faire, il en était conscient. Il commençait à perdre patience. C'était dans ces moments-là qu'il valait mieux pour lui qu'il reste aussi loin que possible des gens. Parce que

quand il avait une telle gueule de bois, il ne support-
ait personne.

Il sortit son téléphone de sa poche. Il était énervé
que Fonseca ne soit pas encore arrivée. Il ne pouvait pas quitter le restaurant sans elle car elle n'avait
aucun moyen de transport. Il composa son numéro
et garda les yeux fixés sur l'écran, qui afficha un téléphone en train de sonner pour montrer qu'il était
mis en contact avec Fonseca.

Une demi-seconde plus tard, il entendit les
Backstreet Boys brailler derrière le rideau de la cuisine. Il reconnut la sonnerie de Fonseca. Et la voix
de Candy, qui étouffa immédiatement un juron.

34

Bébé aimait tellement *Coyote Girls* qu'elle avait réussi à mettre ses soucis de côté, pour quelques instants en tout cas. Mais, à la moitié du film environ, une scène géniale où Piper Perabo et Adam Garcia sont assis sur le capot de sa voiture et regardent les étoiles, Mack descendit l'escalier en courant.

Il claqua des doigts.

«Bébé. Debout!»

Chardonnay hurla à son intention.

«Tu vois pas qu'on regarde un film?

— Ferme ta gueule, sale petite traînée!

— Traînée?

— Ouais. TRAÎNÉE!»

Mack n'était clairement pas d'humeur à supporter plus d'impertinence, ce que Bébé comprit très vite. Elle bondit hors du canapé.

«Qu'est-ce qui se passe? demanda-t-elle.

— Tu viens avec moi», grogna Mack.

Il se précipita vers elle et l'attrapa fermement par son bras blessé.

«Tu descends. Je t'accompagne à ta chambre. Ordres de Silvio. Après une journée comme ça, la dernière chose que tu devrais être en train de faire, c'est rire et blaguer devant des films de merde sur la grande télé.» Il regarda Chardonnay qui lui faisait des grimaces. «Toi! Éteins cette putain de télé!»

Chardonnay n'aimait pas beaucoup qu'on lui donne des ordres, alors elle prit la télécommande et fit avance rapide jusqu'à une de ses scènes préférées. Ce qui ne fut pas du goût de Mack.

«Je vais encore enfoncer cette putain de télécommande dans ton cul si tu fais pas ce que je te dis!» hurla-t-il.

Chardonnay mit le DVD en pause et croisa les bras d'un air boudeur. Mack traîna Bébé hors du canapé et envoya un dernier avertissement à Chardonnay.

«Si j'entends encore ce putain de "Can't fight the moonlight" en partant, je reviens et je te promets que tu ne pourras plus marcher pendant une semaine quand j'en aurai fini avec toi.»

Il tira violemment Bébé par le bras et la traîna jusqu'à l'escalier qui conduisait aux chambres des filles. Ils croisèrent plusieurs pensionnaires en chemin. Aucune n'osa les regarder ni prononcer un mot. C'était comme si tout le monde savait ce qui attendait Bébé.

Comme Bébé n'avait vu aucun médecin arriver au Minou Joyeux, elle craignait qu'il ne s'agisse d'autre chose. Mack avait certainement prévu quelque chose de très pénible. Les autres filles le savaient. Bébé reconnut l'expression sur leur visage. Une expression qui signifiait qu'elle avait des problèmes et qu'elles priaient toutes pour que sa vie ne soit pas en danger.

Lorsqu'ils arrivèrent devant la chambre de Bébé, Mack ouvrit la porte et la poussa à l'intérieur. Elle était soulagée qu'il ait enfin lâché son bras. Il l'avait tenue si fort qu'il avait laissé l'empreinte de sa main sur sa peau. Sur le mauvais bras, en plus! Elle avait émis quelques gémissements pour montrer à quel point il lui faisait mal, mais il les avait ignorés, et elle savait qu'il ne fallait pas en faire trop, ça ne ferait que l'encourager à serrer plus fort, ce salaud sans cœur.

Elle s'assit sur son lit et garda les yeux fixés sur ses pieds, priant pour que Mack ait juste l'intention de la laisser seule dans sa chambre pour réfléchir à tout ça. Malheureusement, Mack avait d'autres plans. Il ne partait pas. Il ferma la porte derrière lui, à clef.

«Je suis désolé pour tout ça, Bébé, dit-il, mais c'est les ordres de M. Mellencamp.»

Bébé déglutit bruyamment et massa une nouvelle fois son bras blessé pour lui rappeler qu'elle était déjà très vulnérable.

«Qu'est-ce qui se passe? demanda-t-elle.

— Déshabille-toi.

— Pourquoi?

— Parce que je le dis.

— Et le médecin? Il vient vraiment ce soir?»

Mack inspira bruyamment.

«Je n'aime pas avoir à demander deux fois. Alors déshabille-toi.

— Mais…

— Maintenant!»

Bébé se pencha pour défaire ses lacets. Elle essaya de n'utiliser que sa main gauche pour ménager son bras droit, qui était toujours très douloureux et engourdi à cause de la perte de sang, mais ses efforts étaient un peu maladroits.

« Allez, dépêche-toi ! lança Mack.

— C'est difficile. J'ai mal au bras. On m'a tiré dessus, tu sais.

— D'accord. Je vais t'aider. »

Il s'avança et lui poussa la tête en arrière.

« Aïe, doucement ! » cria-t-elle.

Il n'en fallait pas plus pour le mettre en rogne. Il poussa Bébé et sa tête s'enfonça dans l'oreiller.

« Allonge-toi. Et reste tranquille », dit-il.

Il alla au bout du lit et attrapa ses baskets, une dans chaque main. Il ne prit pas la peine d'enlever les lacets. À la place, il tira brutalement dessus et les laissa tomber sur le sol.

« Tu peux lever les bras ? demanda-t-il.

— Seulement le gauche. »

Mack se pencha et attrapa le sweat-shirt de Bébé. D'un mouvement brusque et maladroit, il le passa par-dessus la tête de la jeune fille et sortit son bras gauche de sa manche. L'autre manche étant déjà arrachée, il n'eut pas besoin de trop la malmener. Il balança le sweat-shirt contre le mur à l'autre bout de la chambre. Bébé ne portait plus qu'un soutien-gorge et un jean.

« Tu peux continuer toute seule ? demanda-t-il sèchement.

— Oui. Mais pourquoi ?

— Parce que je le dis. »

Bébé commença à déboutonner son jean. Là encore, ses efforts d'une seule main étaient assez maladroits. Elle ne réussit à enlever que deux boutons avant que Mack ne perde de nouveau patience.

« Enlève ton soutien-gorge, dit-il d'un ton ferme.

— Ça va pas être facile, dit-elle. Mon bras devrait être en écharpe, tu sais. »

Mack se jeta sur elle et l'attrapa par la gorge. Il la souleva du lit d'une main, en serrant si fort qu'il faillit l'étrangler. De l'autre main, il arracha son soutien-gorge. Il le jeta par terre avant de la balancer sur le lit pour lui arracher son jean, dans un mouvement si violent qu'il faillit la tirer hors du lit. Sa culotte se baissa un peu et avant qu'elle n'ait le temps de la remettre en place, il l'avait arrachée aussi. Il grimpa à genoux sur le lit, se dressa devant elle et plaça sa main autour de sa gorge. Quand il fut sûr qu'elle ne pouvait pas bouger, il fouilla dans sa table de nuit et sortit quelque chose du premier tiroir.

« Ça ne prendra qu'une minute, dit-il. Et ça sera plus facile si tu te laisses faire. »

35

Dès que Munson entendit la chanson des Backstreet Boys, il se précipita derrière le comptoir et franchit le rideau de PVC jusqu'à la cuisine. Les effets du rhum et des vomissements disparurent, pendant quelques instants en tout cas. Entendre chanter les Backstreet Boys l'avait fait instantanément dessaouler. Quelque chose n'allait pas. Et cette salope de serveuse ne voulait rien lâcher. Candy se tenait devant une table au milieu de la pièce, une expression de culpabilité gravée sur le visage. La chanson des Backstreet Boys provenait d'un téléphone portable posé sur la table derrière elle. Le téléphone de Milena Fonseca.

« Donnez-moi ce foutu téléphone », dit Munson.

Candy s'écarta. Munson regarda son portable dans sa main. L'écran indiquait qu'il était en train d'appeler Milena Fonseca. Il termina l'appel.

Et les Backstreet Boys arrêtèrent de chanter.

Il glissa son téléphone dans sa poche et lança un regard noir à Candy. D'instinct, elle leva les mains pour se défendre. Munson la bouscula d'un coup d'épaule et attrapa le téléphone de Fonseca sur la table. Son œil fut tout de suite attiré par quelques gouttes de sang sur l'écran.

« Où est ma partenaire, Milena Fonseca ? » demanda-t-il furieusement.

Candy avala sa salive.

« Je sais pas de quoi vous parlez.

— Vous savez très bien de quoi je parle, bordel ! C'est *son téléphone*. Et il y a du sang dessus. Si vous ne me dites pas où elle se trouve et ce qui lui est arrivé, dans approximativement cinq secondes, il y aura aussi votre sang dessus. »

Candy n'attendit pas qu'il commence à compter.

« Elle est avec Reg.

— C'est qui, ce Reg ?

— Le chef cuisinier. Il travaille ici. Elle saignait du nez, alors il l'a conduite à l'hôpital. »

Munson tendit sa main droite vers son épaule gauche et balança le revers de sa main dans le visage de Candy. Même s'il n'était pas au meilleur de sa forme, il était encore capable de balancer une claque du revers de la main et avait l'esprit assez vif pour prendre une serveuse par surprise. Sa main s'écrasa contre la joue de Candy dont la tête partit violemment en arrière. Le coup la déséquilibra, et elle tituba à reculons jusqu'au gril. Elle réussit à s'y agripper pour ne pas s'effondrer au sol.

« Qu'est-ce que vous faites ? cria-t-elle, son regard révélant soudain une terreur nouvelle. Vous êtes un agent du FBI, vous pouvez pas frapper une femme comme ça !

— Je suis des années 1970. Je peux faire bien pire, je vous assure. »

Munson espéra de tout cœur ne pas devoir faire pire. Il ne voulait pas la frapper, mais il manquait de temps. Il lui fallait des réponses, et vite. Il reconnut tout de suite l'effet de ses menaces sur le visage de Candy. Elle se demandait jusqu'où il irait pour obtenir les informations qu'il souhaitait, si elle pourrait supporter un autre coup, et où est-ce que le coup atterrirait cette fois.

«Je n'ai rien à voir avec ça», finit-elle par lâcher. Elle se redressa et s'appuya sur le gril.

«Avec quoi?

— Ça a dégénéré. Elle a attaqué Reg…»

Munson entra dans son espace vital et l'attrapa par la gorge. Il ne serra pas, mais il fit en sorte qu'elle soit consciente de la menace.

«Je jure que si le prochain mot qui sort de votre bouche est un mensonge, ou simplement une vérité qui sonne comme un mensonge, je vous ferai cracher jusqu'à la dernière de vos dents. Alors réfléchissez bien. Qu'est-il arrivé à ma partenaire? Est-ce qu'elle est vivante?»

Candy était bien trop effrayée pour comprendre que c'était une menace en l'air. Quelques années plus tôt, Munson aurait pu être sérieux, il aurait pu utiliser la violence pour lui soutirer des informations, mais cette époque était révolue. Il commençait à se rendre compte qu'il n'aimait plus autant la violence de son travail que lorsqu'il était jeune. Il voulait simplement qu'elle réponde à ses questions.

Des larmes commencèrent à couler sur le visage de la serveuse. La joue où il l'avait frappée était écarlate. Elle regarda les mains qui lui enserraient la gorge et secoua la tête.

«Non. Elle est morte», dit-elle en sanglotant.

Munson sentit l'air quitter ses poumons. Il lâcha la gorge de Candy et recula d'un pas. Ses épaules s'affaissèrent et son cœur se serra. Les mots « *Elle est morte* » résonnèrent dans sa tête.

« Qui l'a tuée ? Vous ou Reg ?

— Reg. »

Candy semblait terrifiée à l'idée de ce qu'il pourrait lui faire s'il lui en prenait l'envie. Mais elle était encore plus terrifiée par ce qu'il pourrait faire si elle ne disait pas la vérité.

« Comment est-elle morte ? demanda Munson. Qu'est-ce que Reg lui a fait ? »

Candy regarda ses pieds. Elle sanglota encore, ses gémissements devenant de plus en plus bruyants et hystériques, ce qui ne manqua pas d'énerver Munson. Mais avant qu'il n'ait le temps de proférer d'autres menaces, elle bafouilla une réponse.

« Il lui a tranché la gorge, c'était horrible. »

Munson ferma les yeux et visualisa le meurtre de Fonseca. Pas parce qu'il le voulait, mais parce qu'il ne pouvait pas penser à autre chose. Sa mort aurait pu être évitée. S'il ne s'était pas bourré la gueule et s'il n'avait pas été coincé dans les toilettes de chez Litgo, il ne serait pas arrivé si tard. Il aurait été là pour s'occuper de Reg quand Fonseca avait besoin de lui. Il commençait à l'apprécier. Elle avait de l'esprit, et le sens du devoir patriotique. Il frissonna en repensant à son meurtre. Elle était morte seule dans un fast-food pourri, loin de sa famille et de ses amis, dans ce trou paumé tout droit sorti d'un film de série B.

Il ouvrit les yeux. La vision du meurtre de Fonseca l'aida à dessaouler encore un peu, mais décupla sa colère. Il avait des choses sérieuses à gérer. Des décisions à prendre. Que faire de Candy par exemple?

«Pourquoi Reg a tué Fonseca? Qu'est-ce qu'elle a fait de mal? Qu'est-ce qui l'a poussé à faire ça?»

Candy détourna le regard et Munson sentit qu'elle ne voulait pas répondre. Alors il l'attrapa de nouveau par la gorge, en serrant un peu cette fois. De la morve coulait de son nez et son visage était couvert de larmes. Il fut écœuré de voir qu'elle s'apitoyait sur son sort.

«Je pourrais avoir un mouchoir?» demandat-elle en sanglotant, tressaillant à l'idée qu'il puisse se remettre à la frapper ou accentuer la pression sur sa gorge. Munson aperçut un rouleau d'essuie-tout sur le buffet. Il relâcha le cou de la serveuse et en attrapa deux feuilles qu'il lui tendit sans dire un mot. Elle lui arracha des mains et s'essuya le nez et le visage avec. Et elle profita d'être enfin libre de ses mouvements pour glisser par terre et s'asseoir contre le gril.

Munson ramassa le téléphone de Fonseca sur la table et regarda l'écran. La vue du sang de sa coéquipière lui remit en tête l'image du meurtre. Il prit une feuille d'essuie-tout et nettoya l'écran.

Le sang partit facilement et la pression de ses doigts fit s'allumer l'écran. Le téléphone de Fonseca quitta le mode veille et la photo d'un individu d'une trentaine d'années s'afficha. Un type assez laid. Munson plissa les yeux pour mieux voir.

«C'est qui, ça?» marmonna-t-il.

Candy renifla et regarda l'état de l'essuie-tout qu'elle avait à la main.

«C'est la fille dont vous parliez», dit-elle.

Il regarda Candy et fronça les sourcils.

« Hein ?

— C'est pour ça que Reg l'a tuée. Elle avait une photo de la fille. »

Pour la énième fois de la journée, Munson regretta d'avoir bu autant de rhum. Ce qu'il avait devant les yeux était la photo d'un homme, pas d'une fille. Il glissa son doigt sur l'écran du téléphone. Une autre photo apparut. Celle d'une fille avec une tache de naissance bleue sur le visage. Munson sentit une migraine se profiler. Il se massa le front et examina la photo. Puis il regarda Candy. Elle semblait terrifiée, comme si elle était convaincue qu'il allait la tuer. Mais il ne s'occupait plus d'elle. C'était la fille de la photo qui lui donnait la migraine. C'était quoi, tout ce bordel avec cette fille ?

Il mit plus de temps à trouver la réponse qu'il n'aurait dû mais, quand il la trouva enfin, il sentit ses jambes se dérober.

« Oh MERDE ! laissa-t-il échapper tout haut. Pincent, dans quoi tu m'as embarqué, *putain* ! »

36

Silvio Mellencamp avait abandonné tout espoir de pouvoir s'habiller. Il resterait en robe de chambre dorée pour le reste de la journée. Il n'y avait aucun intérêt à se changer maintenant. Sa journée n'avait été qu'une série d'interruptions. Tellement d'interruptions en vérité qu'il n'avait eu le temps d'organiser que trois fellations dans sa journée. Il rêvait d'une quatrième, mais il craignait que son emploi du temps de la soirée ne le prive d'un tel plaisir.

Il se versa un grand verre de cognac et resta assis en attendant la prochaine personne qui frapperait à sa porte. Sa réceptionniste l'avait informé que cette personne arriverait d'un moment à l'autre. Et c'était il y a déjà une minute. Il compta à partir de dix dans sa tête. Il n'était arrivé qu'à sept lorsqu'il entendit deux coups puissants à la porte.

«Entre, Reg!» cria-t-il.

La porte s'ouvrit et Reg, le cuisinier de l'Alaska Roadside Diner et fidèle ami de Mellencamp, entra. Il portait un bas de jogging bleu et un marcel blanc sale. Son front transpirait abondamment et il semblait un peu essoufflé.

«Salut, Silvio, dit-il avec un sourire épuisé.

« — Salut, Reg. Ça fait plaisir de te voir. Comment ça se passe ?

— Ça a été une putain de journée, répondit-il dans un long soupir.

— M'en parle pas. Je suis toujours en robe de chambre, bordel ! Assieds-toi. Raconte-moi ce qui t'est arrivé. »

Reg tira la chaise en face du bureau et s'affala dessus en soupirant bruyamment.

« Tes escaliers ont failli me tuer », dit-il en haletant.

Mellencamp sourit et tendit la main vers le tiroir de son bureau. Il en sortit deux grosses liasses de billets de vingt dollars et les balança en direction de Reg qui les reçut sur l'estomac. Celui-ci les rattrapa de ses mains pleines de sueur pour les empêcher de tomber par terre.

« Qu'est-ce que t'as fait de l'agent du FBI ? demanda Mellencamp.

— J'ai mis son corps dans mon coffre, dit Reg. Qu'est-ce que tu veux que j'en fasse ?

— C'est son sang ? » demanda Mellencamp en voyant une tache rouge sur le marcel de Reg.

Reg tira dessus pour mieux voir la tache que Mellencamp montrait du doigt.

« Je crois que c'est du ketchup, dit-il.

— T'en es sûr ? »

Reg frotta deux doigts sur la tache rouge avant de les mettre dans sa bouche. Il roula sa langue autour pendant quelques secondes.

« En fait t'as raison. C'est du sang, dit-il en haussant les épaules. Cette salope a saigné sur mon plus beau marcel.

— C'est bien dommage, dit Mellencamp. Je demanderai à Clarisse de te le laver tout à l'heure. Pendant ce temps, tu pourras te faire plaisir avec quelques filles en bas. Offertes par la maison, bien sûr.

— Si j'arrive à trouver la force.

— Laisse faire les filles. Jasmine peut s'occuper de toi sans que tu aies à faire le moindre effort. Fais-moi confiance.

— Je m'en souviendrai.

— Bien. Donc cet agent du FBI que tu as tué. Elle a un partenaire. Un type du nom de Munson. Tu l'as vu?

— Nan. Aux dernières nouvelles, il était chez Litgo.

— Tu sais que Litgo est mort.

— J'ai entendu ça, ouais. C'est tragique. Le pauvre bougre a jamais fait de mal à personne.»

Le téléphone sur le bureau de Silvio Mellencamp se mit à sonner pour la centième fois de la journée. La sonnerie commençait sérieusement à l'énerver. Il s'empara du combiné avant qu'il ne puisse sonner une seconde fois.

«Oui, dit-il sèchement.

— Un certain docteur Chandler de l'hôpital de Lewisville est là pour vous voir, répondit un des membres du personnel féminin.

— Ah, très bien. Il était temps. Envoie-le-moi.

— Oui, monsieur.»

Mellencamp reposa le combiné et retomba dans son fauteuil. Il étira ses bras et bâilla.

«Tu attends quelqu'un? demanda Reg.

— C'est le médecin. Pour l'avortement de Bébé.

— Elle est enceinte?

— Apparemment oui, mais le médecin n'est pas encore au courant. Il pense qu'il vient pour soigner la blessure que tu lui as infligée tout à l'heure.»

Reg rit poliment.

«Je vais te laisser faire alors. Qu'est-ce que je fais du corps de l'agent du FBI?»

Mellencamp fit tourner son verre de cognac dans sa main en réfléchissant.

«T'inquiète pas pour ça, dit-il. Je demanderai à mes hommes de la balancer dans l'incinérateur. Reste là une minute. J'ai un autre boulot pour toi. Ça va te plaire. Ça va plaire à ton sens de l'humour tordu.»

Quelqu'un frappa timidement à la porte.

«Entrez!» lança Mellencamp.

La porte s'ouvrit et un jeune homme vêtu d'une veste en tweed marron, d'une chemise bleu clair et d'un pantalon en toile froissé entra. Il avait d'épais cheveux châtains qui semblaient ne pas avoir été lavés depuis une semaine et portait une paire de lunettes à la monture rafistolée par un morceau de scotch. Il ressemblait plus à un maître d'école qu'à un médecin.

«Monsieur Mellencamp? demanda-t-il timidement.

— Docteur Chandler, je présume?

— C'est exact.

— Entrez donc. Vous voulez boire quelque chose?»

Le docteur Chandler entra et ferma la porte derrière lui. Il tenait dans sa main droite une serviette en cuir marron.

Reg se leva de son siège en face de Mellencamp.

«Vous pouvez vous asseoir là, doc, dit-il.

— Merci. C'est très aimable de votre part.»

Le docteur Chandler se jucha au bord de la chaise et plaça sa serviette sur ses genoux, la tenant fermement de ses deux mains.

«C'est une très belle maison que vous avez, dit-il en jetant un œil autour de lui.

— Je sais, répondit Mellencamp. Vous savez pourquoi vous êtes là?»

Le docteur Chandler hocha la tête.

«Je crois que vous avez une patiente avec une blessure par balle au niveau du bras qui doit être soignée.

— Tout à fait. On lui a tiré dans le bras. Ce n'est pas très grave, enfin je crois pas que ça le soit, mais je suis pas médecin, c'est pour ça que j'ai pensé qu'il valait mieux que vous y jetiez un œil.

— Je ne suis pas spécialiste des blessures par balle, dit le docteur Chandler. Mais j'ai un peu d'expérience, oui.

— Ne vous inquiétez pas. On vous a recommandé car c'est un de ces incidents où il est difficile d'être correctement soigné sans qu'aucune question indiscrète ne soit posée.»

Chandler fronça les sourcils.

«Vous voulez dire que vous ne vouliez pas l'emmener à l'hôpital?

— C'est exact. Lewisville n'est pas tout près. Et au cas où vous n'auriez pas remarqué, il y a un taré en ville qui découpe les gens en morceaux, alors j'imagine que l'hôpital est noyé sous les urgences en ce moment.

— Pas tant que ça en fait, dit le docteur Chandler. J'y étais toute la journée. C'est la morgue qui est débordée.

— Oui, enfin bref, dit Mellencamp qui n'appréciait pas d'être interrompu. Il y a aussi un autre problème. La patiente que vous allez soigner a des problèmes de comportement, le genre de problème qu'il n'est pas facile d'expliquer dans un hôpital avec tous ces médecins et ces secrétaires qui mettent leur nez dans vos affaires.

— Je comprends, répondit le docteur Chandler en souriant. La confidentialité, c'est une de mes priorités. Il ne me viendrait pas à l'esprit de discuter d'un patient avec, disons, quelqu'un de la police.

— C'est très bien, dit Mellencamp. Et quand vous dites la police, vous y incluez le FBI, j'imagine ?

— Bien sûr.

— Excellent. Vous avez déjà fait ce genre de choses avant alors ?

— Comme je disais, je n'ai pas une grande expérience des blessures par balle, mais j'ai déjà assisté à ce genre d'opérations. Je suis plutôt calé sur la procédure à suivre.

— Eh bien, c'est un soulagement, dit Mellencamp. Il y a encore une chose.

— Oui ?

— La patiente est enceinte de quelques semaines et nous aimerions que vous pratiquiez un avortement en plus de soigner sa blessure. »

Chandler grimaça.

« Oh.

— Est-ce qu'il y a un problème ? demanda Mellencamp.

— C'est-à-dire que j'ai encore moins d'expérience pour ce qui est des avortements. Je sais comment ça se passe, mais je n'en ai jamais pratiqué moi-même. Et je ne suis pas sûr d'avoir l'équipement chirurgical adéquat ici.»

Mellencamp balaya sa remarque d'un geste de la main.

«Vous en savez plus que quiconque ici. Ça va bien se passer. Elle n'est pas enceinte depuis très longtemps. Je doute que vous ayez besoin de beaucoup d'outils.»

Le docteur Chandler ne semblait pas convaincu.

«Oui, mais je n'ai rien pour endormir la patiente. Je veux dire, je pourrais faire ça à la sauvage, si vous me permettez l'expression, mais ce serait extrêmement douloureux et pénible pour la jeune femme en question, en particulier si elle a déjà subi le traumatisme d'une blessure par balle.»

Mellencamp tendit la main vers le tiroir de son bureau et en sortit une épaisse liasse de billets qu'il plaça sur le bureau en face du médecin. Le docteur Chandler fixa l'argent des yeux.

«Il y a combien? demanda-t-il.

— Cinq mille dollars. C'est juste une avance. Quand le travail sera terminé, il y a encore cinq mille dollars qui vous attendent pour, vous savez, vous remercier d'être venu si rapidement. Et pour la confidentialité, bien sûr.»

Le médecin garda les yeux fixés sur l'argent tout en réfléchissant aux options qui s'offraient à lui. Il finit par inspirer profondément et répondre.

«Bien sûr. Eh bien, je serais heureux de vous rendre ce service, monsieur Mellencamp. Je n'ai jamais pratiqué d'avortement avant, mais je pense en savoir assez pour faire un travail correct.

— Excellent. C'est tout ce que je demande. Faites de votre mieux. »

Le docteur Chandler se pencha sur le bureau pour récupérer la liasse de billets.

« Oh, il y a autre chose que j'ai oublié de mentionner, dit Mellencamp, interrompant le médecin qui hésita et quitta les billets des yeux pendant quelques instants.

— Oui ?

— Eh bien, la fille ne veut pas vraiment se faire avorter. Elle est mentalement instable et assez perturbée. En tant que tuteur légal, je prends la décision à sa place. »

Le docteur Chandler sembla horrifié.

« Elle ne veut pas se faire avorter ?

— Elle est perturbée, c'est tout.

— Mais je vous ai dit que je n'avais rien pour l'endormir. Vous avez quelque chose ? Parce que si elle se débat, ça pourrait être extrêmement dangereux.

— Je m'en suis déjà occupé, dit Mellencamp. Nous l'avons attachée à un lit et bâillonnée. Elle ne pourra ni se débattre ni même hurler si les choses tournent mal. »

Le médecin regarda la liasse de billets dans sa main.

« Cinq mille maintenant, et cinq mille quand ce sera fait, dit-il en réfléchissant tout haut.

— C'est ça.

— C'est pour l'avortement, n'est-ce pas ?

— Ouais.

— Donc je recevrai également, disons, la même somme pour m'occuper de sa blessure par balle ? »

Mellencamp leva un sourcil perplexe mais son expression de surprise laissa bientôt place à un grand sourire. Il hocha la tête en regardant Reg.

« J'aime bien ce type !

— Moi aussi », dit Reg.

Mellencamp sortit une autre liasse de son tiroir et la posa sur le bureau.

« Et voici cinq mille d'avance. »

Le docteur Chandler ouvrit sa serviette, y empila les billets et la referma aussitôt.

« Où puis-je trouver la patiente ? demanda-t-il en se levant.

— Reg va vous accompagner. Et il s'assiéra dans un coin pour vérifier que vous faites ça correctement, ça vous va ?

— Parfaitement, monsieur Mellencamp.

— Bien. »

Reg ouvrit la porte au docteur Chandler.

« Je passe devant, dit-il. On descend au Salon Coquin. Ça va vous plaire. »

Mellencamp l'interpella.

« Reg, Mack est en bas avec Bébé en ce moment. Quand tu arrives, dis-lui qu'il peut faire une pause. Il peut prendre dix minutes pour faire ce qu'il veut avec une des filles et remonter me voir ensuite. J'ai une mission importante pour lui. »

37

Munson s'accroupit en face de Candy et lui mit le portable de Fonseca devant les yeux. Il s'assura qu'elle avait bien mémorisé la photo de la fille avec la tache de naissance bleue sur la joue.

« Vous connaissez cette fille, n'est-ce pas ? aboya-t-il.

— C'est la fille qui était avec Arnold ce matin, répondit Candy en sanglotant.

— Ça, je sais, merci. Mais vous savez qui elle est, non ?

— Non. »

Il l'attrapa par le visage en serrant ses joues entre ses doigts et mit ses yeux en face des siens.

« Vous la connaissez, n'est-ce pas ? »

Les larmes coulaient à flots sur le visage de Candy.

« Oui.

— Comment elle s'appelle ?

— Bébé. »

Il serra son visage encore plus fort. Il sentait qu'il recouvrait ses forces, comme si les effets de l'alcool qu'il avait ingurgité commençaient à se dissiper.

« Bébé. Tout le monde l'appelle Bébé. C'est une des filles du Minou Joyeux.

— Est-ce que ma partenaire Milena Fonseca savait qui elle était ?

— Je crois pas. »

Les pleurs de Candy étaient de plus en plus bruyants, et de plus en plus agaçants. Munson fit glisser sa main de son visage à sa gorge et serra doucement, mais assez fermement pour lui faire comprendre qu'il était prêt à resserrer son étreinte si elle l'y obligeait.

« Est-ce que Silvio Mellencamp est derrière tout ça ?

— C'est lui qui dirige la ville. Il est derrière absolument tout. Il ne vous laissera jamais quitter la ville. La moitié des habitants sont déjà à vos trousses.

— Quoi ?

— Je vous dis ça juste pour bien faire.

— Bien faire ? C'est un peu tard pour ça.

— Monsieur, j'essaie de vous aider. Ils vont vous tuer.

— *Ils ? Qui ça, ils ?*

— Les flics, Reg, les hommes de main de Mellencamp. À peu près tout le monde en ville. Il y a une récompense pour celui qui vous attrapera.

— C'est ridicule. Vous racontez des conneries.

— Non. C'est comme ça, à B Movie Hell. Vous devriez quitter la ville maintenant. Oublier cet endroit. »

Munson se pencha et releva Candy en la tenant par la gorge.

« Vous avez déjà tué un agent du FBI. Vous ne vous en tirerez jamais. »

Candy essuya la morve qui recommençait à couler de son nez avec le morceau d'essuie-tout qu'elle tenait à la main.

« Où est le corps, alors ? » demanda-t-elle d'un air méprisant.

Munson regarda autour de lui.

« J'en sais rien. Mais il est quelque part à B Movie Hell.

— Admettez-le, monsieur. Vous êtes complètement dépassé. Quand quelqu'un meurt à B Movie Hell, c'est fini. Il est parti. Disparu à jamais. Posez toutes les questions que vous voulez. Elle est partie. »

Munson la tenait toujours fermement par le cou. Il glissa le téléphone de Fonseca dans sa poche pour libérer son autre main. Puis il tira Candy vers l'avant et la fit tourner pour la désorienter. Avant qu'elle n'ait le temps de retrouver l'équilibre il glissa un bras autour de son cou, prêt à l'étrangler. Elle ne parvint pas à se débattre et, en quelques secondes, elle était inconsciente. Cela faisait longtemps qu'il n'avait pas utilisé cette technique, mais il n'avait pas perdu la main. Il relâcha Candy, la laissant glisser sur le sol.

Il supposa qu'elle serait dans les vapes pendant quelques minutes, ce qui lui laissait juste assez de temps pour trouver quelque chose pour l'attacher. Il ne pouvait pas prendre le risque de la laisser contacter quelqu'un pour lui dire où il se trouvait, ou ce qu'il savait. Tandis qu'il examinait la cuisine pour trouver une corde ou une attache quelconque, il sentit l'odeur de café frais en provenance du restaurant. Il avait le temps pour une tasse. Bon sang, il lui en fallait au moins une. Faire le plein de caféine était une priorité. Il devait réfléchir à la situation, et vite.

Il attacha Candy à un pied de table avec la ficelle de son propre tablier. Son nœud n'était pas parfait mais il suffirait à immobiliser une serveuse pendant un petit moment. Il retourna dans la salle et attendit que le café ait fini de passer. Il repensa à l'asile et aux questions que Fonseca et lui avaient posées au personnel. Les pièces du puzzle commençaient à s'assembler. Personne à l'hôpital ne savait comment Joey Conrad s'était échappé. Il comprenait enfin pourquoi.

Il sortit le téléphone de Fonseca de sa poche. Il regarda une dernière fois la photo de la fille avant de parcourir le répertoire jusqu'au numéro personnel de Devon Pincent. Celui-ci répondit presque immédiatement.

«Salut, Milena, comment ça se passe?

— Milena est morte.

— Jack?

— Ouais. Il faut qu'on parle.

— T'es sérieux? Où est Fonseca?

— Elle est morte, Devon, par ta faute.

— Qui l'a tuée?

— Ceux qui vont probablement me tuer d'une minute à l'autre.»

À l'autre bout de la ligne, Pincent soupira.

«Est-ce que j'ai eu raison de t'envoyer là-bas, Jack?

— Tu aurais dû me dire ce qui se passait.

— Je voulais. Ça fait des heures que j'attends ton appel. Qu'est-ce que tu fabriquais?

— J'essayais de comprendre ce qui se passe ici. Au milieu de tous les cadavres qui commencent à s'entasser à B Movie Hell. Pourquoi tu ne m'as rien dit? Ou au moins donné un indice pour que je comprenne?

— J'ai essayé, mais je voulais pas prendre de risque avec Fonseca à côté. J'ai déjà eu des problèmes avec ce genre de trucs, même si à l'époque je faisais fausse route. »

Munson repensa à une chose que Fonseca lui avait dite un peu plus tôt.

« Tu utilisais les ressources de l'agence pour un usage personnel, n'est-ce pas ? C'est pour ça que tu as des problèmes.

— Oui.

— Je comprends, maintenant. J'aurais dû comprendre dès l'hôpital. Malheureusement, j'ai une gueule de bois d'outre-tombe et je suis pas au meilleur de ma forme. Mais je comprends maintenant. Joey Conrad ne s'est pas échappé de l'asile, n'est-ce pas ? »

38

Reg conduisit le docteur Chandler jusqu'à l'ascenseur au bout du couloir. Il appuya sur un bouton au mur et les portes s'ouvrirent immédiatement. Les deux hommes entrèrent et se tournèrent pour faire face aux portes qui se refermaient. Reg appuya sur le bouton du panneau de contrôle pour descendre au sous-sol.

« Ça fait longtemps que vous êtes médecin ? demanda Reg, qui se souciait peu de la réponse.

— J'ai eu mon diplôme il y a deux ans.

— Je vois. Vous savez que si vous parlez à quiconque de ce que vous avez vu ici, vous êtes un homme mort, n'est-ce pas ? »

Le docteur Chandler avala sa salive et hocha la tête pour montrer qu'il avait compris.

« Pour être honnête avec vous, j'ai toujours rêvé de venir ici. Cet endroit est légendaire. Vous venez souvent ?

— Tout le temps. »

Les portes s'ouvrirent et ils furent accueillis par un groupe de jeunes femmes postées devant l'ascenseur, toutes vêtues de lingerie sexy. Reg les connaissait déjà toutes, et sans leurs sous-vêtements. Le docteur

Chandler, au contraire, regardait toute cette chair les yeux écarquillés.

« Ici, c'est le sous-sol, qu'on appelle aussi le Salon Coquin, dit Reg. Ne bandez pas trop vite. Vous avez un peu de chirurgie à faire avant, vous vous souvenez ?

— Oui. »

Reg lui fit traverser le salon. Les filles en lingerie arrêtèrent ce qu'elles étaient en train de faire pour regarder les deux hommes passer. Quelques-unes sourirent poliment à Reg, mais le docteur Chandler et sa serviette marron n'attirèrent que des regards de mépris, de peur et parfois de dégoût. Elles semblaient toutes savoir ce qui allait se passer dans la chambre.

« C'est juste là », dit Reg en montrant du doigt un couloir. Il vit un peu plus loin Mack le Slasher montant la garde devant la porte de Bébé.

« Salut, Mack ! » lança-t-il.

Mack leva une main et le salua avec un sourire malicieux.

« Elle est prête ? demanda Reg. Le médecin est là.

— Oh oui, elle est bien prête. Elle s'est un peu débattue au début, mais elle a fini par se calmer. » Il ouvrit la porte aux deux hommes qui approchaient.

Dans l'entrebâillement, Reg vit la partie inférieure du corps de Bébé. Elle était complètement nue et attachée à un grand lit au milieu de la pièce.

Reg s'écarta et fit signe au docteur Chandler de passer en premier. Le médecin regarda Mack et sourit poliment en passant devant lui pour entrer dans la chambre de Bébé. Reg resta en arrière et demanda à Mack :

«Elle t'a donné du fil à retordre?

— Rien que je ne puisse gérer. Elle est blessée au bras donc j'ai dû l'aider à se déshabiller, mais j'ai eu aucun mal à l'attacher au lit. Elle pourra pas se débattre. Je vous ai mâché le travail.

— Bien, dit Reg. Silvio a dit que je devais rester pour surveiller. Il dit que tu peux prendre une pause, mais il faut que tu sois dans son bureau dans dix minutes. Il a un boulot pour toi.

— Parfait. J'étais pas vraiment chaud pour surveiller un avortement. Pas ma tasse de thé.

— Moi non plus. Quoique, ça doit être un truc à voir au moins une fois dans sa vie. Écoute, essaie juste d'éloigner les autres filles d'ici. Certaines ont lancé des regards mauvais au médecin.

— T'inquiète pas pour ça. Je m'occupe d'elles.

— Cool. Je te fais signe dès qu'on a fini.»

Mack se dirigea vers la réception du Salon Coquin. Reg jeta un dernier coup d'œil autour de lui et suivit le médecin dans la chambre de Bébé. Elle était en train de se tortiller sur un lit king size. Ses poignets et ses chevilles étaient attachés avec de la corde et fixés aux quatre coins du lit. Une bande de gros scotch marron était collée sur sa bouche. La couette rose froissée montrait à quel point elle s'était débattue. Le docteur Chandler se tenait au bout du lit. Il avait posé sa serviette marron sur la couette entre les jambes de Bébé, qui regardait d'un air terrifié le médecin et son sac à malices.

Reg ferma la porte derrière lui et tourna la clef dans la serrure pour empêcher un visiteur potentiel de les interrompre. Lorsqu'il se tourna, il vit Bébé se débattant de toutes ses forces avec les nœuds autour de ses poignets et de ses chevilles. Mais elle était si bien attachée qu'elle n'avait aucune chance de se libérer, comme Mack l'avait promis. Elle pencha la tête sur le côté et supplia Reg du regard. Il la regarda essayer d'appeler à l'aide. Le scotch marron sur sa bouche rendait toutes ses tentatives vaines. Elle continuait à se débattre, à épuiser les muscles de ses bras et de ses jambes pour tenter de défaire les nœuds, mais cela ne servait à rien. Reg lui sourit, et passa quelques secondes à admirer son corps nu. Il fit en sorte qu'elle voie qu'il la reluquait, dans l'espoir qu'elle se sente encore plus misérable. Il se pencha pour enlever délicatement quelques mèches devant ses yeux et lui murmura à l'oreille.

« Ne t'inquiète pas, Bébé. Je suis là si quelque chose se passe mal. »

Il se tourna et fit un signe de tête au docteur Chandler.

« OK, doc. Elle est à vous. »

Le docteur inspira profondément et déverrouilla sa serviette. Il semblait nerveux. Il sourit d'un air désolé à Bébé.

« Je ne veux pas vous faire de mal, dit-il. Alors, s'il vous plaît, laissez-vous faire. »

39

Lorsque Benny Stansfield quitta le Minou Joyeux, la nuit était tombée. La journée avait été longue et stressante et, tout ce qu'il voulait, c'était rentrer chez lui et voir sa femme. Il l'appela pour lui dire qu'il serait à la maison dans la demi-heure, puis éteignit la radio réglée sur la fréquence de la police. Il en avait assez de tous ces messages répétitifs annonçant qu'un nouveau meurtre avait été commis.

Il fouilla dans les CD rangés dans sa boîte à gants, tout en gardant un œil sur la route. Il choisit la bande originale du film *Drive* et glissa le CD dans le lecteur. Il zappa jusqu'à la chanson «A real hero», et commença à chanter les paroles dont il se souvenait. Il repensa aux événements de la journée en pressant l'accélérateur. *Il avait vraiment été un vrai héros.* Il avait sauvé Bébé de chez Litgo juste avant l'arrivée de l'Iroquois et l'avait rendue saine et sauve à Mellencamp. Maintenant, tout ce qu'il voulait, c'était rentrer chez lui et s'ouvrir une bonne bouteille de vin qu'il partagerait avec sa femme.

Malheureusement, il n'avait pas parcouru plus d'un kilomètre depuis le Minou Joyeux lorsqu'il aperçut quelque chose qui lui donna la chair de poule. Une voiture de stock-car jaune décorée d'une bande rouge était garée de l'autre côté de la route, près de quelques buissons. Aucun des deux sièges à l'avant n'était occupé. Mais c'était assurément la voiture de l'Iroquois.

Il relâcha l'accélérateur et s'arrêta à plusieurs mètres de la voiture, assez loin pour être en sécurité. Il observa la voiture jaune de l'autre côté de la route et réfléchit aux options qui s'offraient à lui. Cela pouvait potentiellement lui faire gagner cent mille dollars de plus, sans parler de la gloire qui couvrirait le flic héroïque qui avait attrapé le pire tueur en série de l'histoire de B Movie Hell. Cependant, cette parcelle de route était isolée, sombre et bordée de chaque côté d'une épaisse forêt. Ça compliquait les choses. Beaucoup.

Il laissa le moteur de sa Plymouth Fury noir et blanc allumé et baissa le volume de la radio. Sa main se posa sur la crosse de son arme. Il la sortit du holster à sa ceinture et ouvrit le canon pour vérifier qu'il était chargé. Il y avait une balle dans chaque chambre. Ce qui signifiait qu'il avait six coups à tirer. Six chances de devenir un vrai héros. Il avala sa salive et hocha la tête. Une fois sa décision prise, il ouvrit lentement la portière de la voiture et sortit. La route était calme comme la mort. Aucun oiseau ne gazouillait, aucun rongeur ne faisait bruisser les feuilles mortes. Rien. Pas un bruit. Il traversa lentement la route, son arme pointée et prête à tirer. Il était maintenant sûr qu'il n'y avait personne à l'avant de la voiture jaune. Il se dirigea vers l'arrière et regarda par la lunette. Il appuya son visage contre la vitre pour mieux voir. Personne non plus sur la banquette arrière. Il recula et s'accroupit pour regarder sous la voiture et son pied heurta une petite pierre, ponctuant le silence autour de lui. Personne sous le véhicule. Son cœur battait si fort qu'il l'entendait taper contre sa poitrine. La paume de ses mains transpirait abondamment et le doigt posé sur la détente tremblait lorsqu'il fit le tour de la voiture et regarda vers le bois. Aucun signe de vie. Se rappelant tous les films d'horreur kitsch qu'il avait vus dans sa jeunesse, il tourna sur lui-même, craignant que quelqu'un derrière lui ne s'approche en silence. Il n'y avait personne, pas le moindre mouvement.

Il recula vers la voiture mais garda son arme pointée vers les bois. Il tendit sa main libre pour voir s'il pouvait ouvrir le coffre. Le verrou en métal était glacial mais, à sa grande surprise, il s'ouvrit facilement lorsqu'il appuya dessus. Il se souleva d'un centimètre avant de retomber, légèrement entrouvert. Benny recula et tenta de l'ouvrir avec le canon de son arme. Il se rendait bien compte qu'il était ridicule de penser que le tueur pouvait être caché dans le coffre de sa propre voiture. Mais en cette période de tous les dangers, Benny ne voulait prendre aucun risque. Ce n'étaient pas seulement les cent mille dollars pour l'exécution de l'Iroquois qui étaient en jeu, c'était aussi sa propre vie.

Il plissa les yeux pour mieux voir à l'intérieur du coffre. Le manque de lumière rendait la chose difficile mais, au bout de plusieurs secondes, il aperçut quelque chose. Quelque chose de gros. Il s'approcha et examina l'intérieur, prêt à bondir en arrière si quelqu'un se jetait sur lui. Mais avant qu'il n'ait le temps de mieux voir ce qu'il y avait dans le coffre, il entendit un bruit dans les bois. Un craquement de feuilles mortes. Probablement un rongeur quelconque, mais qui suffit à le faire tourner sur lui-même à 360 degrés, son pistolet pointé devant lui. Lorsqu'il se fut assuré qu'il n'y avait personne dans les environs, il se calma et se concentra sur sa respiration qu'il tenta de ralentir un peu, puis il regarda de plus près ce qui se trouvait dans le coffre de la voiture.

La forme imposante qu'il avait vue était précisément ce qu'il craignait. Un corps. Un nouveau corps à ajouter à cette liste sans fin. D'épais cheveux cachaient la plus grande partie de son visage. Lorsque Benny les écarta pour mieux voir, sa main se posa sur du sang séché qui avait aggluviné plusieurs mèches ensemble. Il n'avait jamais vu cet homme. Benny connaissait tous les habitants de la ville, alors qui diable était ce type?

Le corps était vêtu d'un tee-shirt bleu taché mais ne portait pas de pantalon, juste un boxer blanc. Ce qu'il fallait à Benny, c'était un portefeuille, ou un papier qui lui permettrait d'identifier cette dernière victime.

Il regarda une nouvelle fois autour de lui, vers la route et les bois, pour s'assurer que personne ne s'approchait furtivement de lui, et commença à fouiller autour du cadavre. Il n'y avait rien derrière le corps. À contrecœur, il le roula sur le côté pour voir s'il y avait quelque chose en dessous. Le corps était dur et froid. Ce n'était jamais très drôle de manipuler un cadavre, en particulier lorsqu'il faisait noir et qu'on risquait de plonger la main dans une plaie béante. Il ne trouva rien, pas même quelques pièces tombées d'une poche. Aucun papier d'identité, aucun mouchoir, absolument rien. Il jeta un dernier coup d'œil dans le coffre et décida de transmettre l'information par radio. Il était sur le point de partir lorsqu'une rafale de vent souffla quelque chose dans sa direction. Il ne comprenait pas comment il avait pu la rater, mais une petite feuille de papier blanc vola hors du coffre. Il tendit la main et l'attrapa avant qu'elle ne disparaisse sur la route. Il la tint devant ses yeux. Quelque chose était écrit à la main. Dans l'obscurité, il était difficile de déchiffrer les mots. Mais maintenant qu'il était sûr d'être seul, il put replacer son arme dans son étui et sortir une petite lampe torche de sa poche. Il éclaira le morceau de papier et plissa les yeux. Le message était écrit en rouge. On pouvait lire :

Silvio Mellencamp. Le Minou Joyeux, 100 Arlington Road, B Movie Hell.

Pendant un instant, il se demanda pourquoi un étranger se baladait avec l'adresse de Silvio Mellencamp écrite sur un bout de papier. Ça ne donnait aucune indication sur l'identité de l'homme. Enfin, jusqu'à ce que Benny ne lise les mots écrits sous l'adresse, en majuscules :

BLESSURE PAR BALLE. FEMME. BRAS DROIT.

40

Reg fit le tour du lit et s'arrêta à côté du docteur Chandler.

«Mack a fait du bon boulot, hein?» fit-il remarquer en regardant le corps nu de Bébé. La fille semblait si vulnérable, à la fois impuissante et complètement terrifiée.

«En effet», répondit le médecin.

Reg ne pouvait pas s'empêcher de fixer des yeux la peau blanche et laiteuse de Bébé. Il avait vu son corps nu plusieurs fois lors de ses précédentes visites au Minou Joyeux mais il ne s'en lassait pas. Sa peau était si ferme, et à la fois si douce. Et maintenant qu'elle avait ce scotch collé sur la bouche et ne pouvait plus parler, elle était beaucoup moins agaçante qu'en temps normal. Il regrettait de ne pas pouvoir rester cinq minutes avec elle avant que le docteur ne se mette au travail. Mais il était malheureusement trop tard pour ne serait-ce qu'en envisager la possibilité. Maintenant que le médecin était dans la pièce avec eux, sur le point de pratiquer un avortement sauvage, il avait raté sa chance. Mais il mourait d'envie de trouver une excuse pour la toucher.

«Ça vous aiderait si je la maintenais tranquille? On est jamais trop prudent», suggéra-t-il.

Le docteur Chandler ôta sa veste en tweed marron et la posa sur le sol au pied du lit.

«Ça ira, dit-il. Elle n'ira nulle part.»

Bébé était toujours en train de se tortiller, hurlant frénétiquement par le nez, le visage déformé par la peur que lui inspirait le docteur Chandler, qui se tenait au bout de son lit et fouillait dans sa serviette en cuir.

Reg ne prêtait pas attention au médecin. Il était trop occupé à reluquer Bébé. Finalement, le docteur Chandler sembla avoir trouvé ce qu'il cherchait. Il tapota Reg sur le bras.

«Il y a encore une chose que vous pouvez faire pour moi, dit-il. Ça vous embêterait de mettre un peu de musique, s'il vous plaît?

— De la musique? demanda Reg d'un air perplexe, détournant son regard des seins de Bébé le temps de voir si le médecin était sérieux. Pour quoi faire, de la musique? Ça aide à calmer le patient?»

Chandler sourit.

«Non, mais ça aide à étouffer les cris. Alors si vous pouviez mettre quelque chose, le plus bruyant possible, ce serait vraiment génial, merci.»

Reg haussa les épaules. Ça paraissait assez logique. Il se dirigea vers la chaîne hi-fi dans un coin de la chambre, près de la porte. Toutes les filles disposaient dans leur chambre d'une chaîne hi-fi avec une sélection de CD (la plupart de Barry White) qui tournaient en boucle, en particulier lorsque l'un des vieux beaufs transpirants de la ville leur rendait visite.

Il choisit un CD intitulé *Classical Soul Favourites* et l'enfonça dans le lecteur. Du coin de l'œil, il voyait Bébé qui continuait à se débattre frénétiquement avec les cordes nouées autour de ses bras et de ses jambes. Elle savait ce qui l'attendait.

Ça lui apprendra, pensa Reg en silence tandis que les notes de la première chanson résonnaient. Il l'écouta pendant quelques secondes avant de reconnaître «Hold on I'm comin'» de Sam and Dave. Une chanson parfaitement adaptée au Minou Joyeux[1]. Il tourna le bouton du volume pour monter le son. Il le monta aussi fort qu'il oserait le faire dans sa propre maison, mais il remarqua qu'on pouvait toujours entendre les cris étouffés de Bébé, alors pour répondre à la demande du médecin, il tourna le bouton un peu plus, montant les décibels jusqu'à un niveau que seul un adolescent pourrait supporter.

«Ça devrait aller», dit-il avant de se rendre compte que sa propre voix était étouffée par la musique. Il se tourna vers le médecin.

«Je disais que ça devrait…»

Le docteur Chandler se tenait toujours au bout du lit de Bébé. La serviette était toujours ouverte, mais il n'en avait sorti aucun outil chirurgical. Il ne maniait aucune sorte d'instrument dans sa main. La seule chose qu'il avait sortie de la serviette était un masque en caoutchouc. Pendant que Reg trifouillait la chaîne hi-fi, le médecin avait enlevé ses lunettes et enfilé le masque sur sa tête, qu'il était maintenant

---

1. Le titre de la chanson signifie «Attends, j'arrive», mais on peut aussi comprendre «Attends, je vais jouir». (*NdT.*)

en train d'étirer pour bien voir à travers les trous. Le masque représentait un crâne jaune avec une crête rouge. La tête de mort lui souriait de toutes ses dents.

Il fallut près d'une seconde à Reg pour enregistrer l'information, l'analyser et comprendre exactement ce que ça signifiait. Une seconde qui lui parut interminable. Il regarda Bébé. Elle avait toujours l'air aussi terrifiée mais, maintenant, Reg comprenait pourquoi. Elle avait su qui était le médecin dès qu'il avait franchi la porte. Et pendant que Reg était occupé avec la chaîne hi-fi, elle avait assisté à sa transformation en l'Iroquois.

Reg resta figé, pris au dépourvu. Avait-il le temps de courir ? Fallait-il courir ? *Bien sûr que oui, putain de merde.* Il fallait qu'il coure. Son problème majeur était qu'il avait verrouillé la foutue porte derrière lui. Ses chances de la déverrouiller et de sortir de la pièce avant que le tueur ne mette la main sur lui étaient très faibles.

Pendant que toutes ces questions et ces plans se bousculaient dans la tête de Reg, l'Iroquois plongea la main dans sa serviette et en sortit un grand couperet en métal étincelant. Il avait les yeux fixés sur Bébé, et semblait presque avoir oublié Reg. Puis il parla, juste assez fort pour être entendu par-dessus la musique.

« Je veux que tu regardes ça, dit-il. Ça va saigner. »

Reg se mit soudain à transpirer abondamment. Sa bouche était sèche et il n'était pas sûr de pouvoir répondre, ni même de savoir quoi répondre. Mais l'instinct prit le dessus et il bafouilla une réponse.

«Je… Je suis pas sûr de vouloir voir ça, je vais vous laisser faire.»

L'homme masqué recula d'un pas et se tourna vers Reg. Il pencha la tête sur le côté et parla d'une voix terrifiante.

«Je parlais à la fille», dit-il.

Ce n'était plus le moment d'hésiter. Reg se précipita vers la porte et attrapa la poignée. Il enfonça frénétiquement la clef dans la serrure, incapable de se rappeler dans quel sens tourner. Lorsqu'il parvint enfin à l'ouvrir, le tueur masqué était juste derrière lui. Reg ne réussit à ouvrir la porte que de quelques centimètres avant que la main de l'Iroquois ne la referme. De la même main, il attrapa le cuisinier par la gorge, le souleva au-dessus du sol et le balança contre le mur.

«Attendez, dit Reg d'un ton plaintif. On peut en discuter. Je suis qu'un pauvre cuisinier! *Je suis qu'un pauvre cuisinier!*»

Le tueur masqué ne répondit pas. Il se contenta de lever le couperet pour s'assurer que son prisonnier ait le temps de bien le regarder. Reg pouvait voir les traces du sang séché des autres victimes sur la lame en métal. La jointure des doigts de l'homme masqué blanchit lorsqu'il serra le manche en bois du couperet. Il l'abaissa lentement, s'assurant que Reg voie toujours où il était. Il s'arrêta une fois arrivé au niveau de l'espace entre les jambes de Reg, juste en dessous de ses testicules. Puis il tourna le couperet dans sa main pour que la lame pointe vers le haut.

«Oh Seigneur, vous êtes pas obligé de faire ça, bredouilla Reg.

— En effet, dit le tueur masqué. Mais je vais quand même le faire.»

41

« Joey ne s'est pas échappé de cet endroit, n'est-ce pas ?

— Non », admit Pincent.

Munson prit conscience que tout ce temps passé loin de l'agence avait sérieusement nui à ses compétences. Quelques années plus tôt, il aurait deviné bien plus vite. Pincent et lui s'étaient toujours compris de façon presque télépathique, résultat de toutes ces années à travailler ensemble dans les situations les plus délicates. Les indices étaient là depuis le début. S'il n'avait pas bu autant, il aurait compris ce qui se passait bien plus vite. Il aurait pu sauver la vie de Milena Fonseca, et, plus important encore, il aurait pu contacter Pincent et mettre fin à tout ça. Mais il était maintenant trop tard. Les choses étaient allées trop loin.

« C'est le moment de cracher le morceau, Devon. Qu'est-ce qui se passe, bordel ? Dis-moi la vérité. La fille sur cette photo, c'est bien qui je pense ? »

En attendant la réponse de Pincent, il attrapa une tasse blanche sur une des étagères et la posa sur le comptoir. Il souleva la cafetière de café frais mais, avant qu'il n'ait le temps de s'en verser une tasse, Pincent répondit d'une voix tremblante :

« C'est Marianne.

— J'en étais sûr, putain ! » Munson se frotta les sourcils. Son mal de tête empirait. « Comment c'est possible ?

— Je n'ai jamais arrêté de la chercher. Voilà comment c'est possible.

— Mais elle est morte.

— Ils n'ont jamais retrouvé son corps, Jack. Ça fait des années que je te le répète. »

Munson remplit la tasse de café à ras bord.

« C'est complètement fou. Qu'est-ce qui s'est passé ? Est-ce qu'elle s'est enfuie ? Pourquoi ils ne l'ont pas tuée alors qu'ils ont tué Sarah et Annalise ? »

Pincent ne répondit pas. Munson reposa la cafetière sur son socle.

« Ils ont bien tué Sarah et Annalise ? demanda-t-il.

— Oui. Bien sûr. On a vu les corps, n'est-ce pas ? Mais il n'y a jamais eu aucune preuve que Marianne était morte. Je n'ai jamais perdu espoir.

— Mais ça fait quatorze ans. Comment as-tu su ?

— Jack, tu comprendrais si tu avais des enfants. Tu découvres que ta femme et tes deux filles ont été assassinées, et ça te déchire les entrailles. Et puis quelqu'un te dit qu'ils ne trouvent aucune trace de la cadette. Il n'y a aucun cadavre, aucun reste, aucune trace d'ADN. Tu n'abandonnes pas comme ça. Tu continues à la chercher. »

Munson souleva sa tasse de café et en but une gorgée. Il était délicieux. Tout en le savourant et en se demandant où trouver du sucre, il songea à l'émotion qu'il pouvait entendre dans la voix de son ami.

Il se rappelait parfaitement l'horreur qu'ils avaient vécue, quatorze ans plus tôt, en découvrant que la famille de Pincent avait été assassinée. Sa femme et ses deux filles avaient été enlevées de la maison où elles avaient été placées pour leur sécurité. Leurs corps, littéralement impossibles à identifier, avaient été découverts dans une maison incendiée une semaine plus tard. Seule sa fille cadette, Marianne, qui n'avait que cinq ans, restait introuvable. Munson avait naïvement pensé que Pincent avait accepté l'idée qu'il ne la reverrait jamais. Il s'était trompé.

« Donc tu as découvert qu'elle était à B Movie Hell. Mais *comment*? demanda Munson.

— Crois-le ou non, ce n'est pas moi qui l'ai trouvée. Ces dernières années, j'étais convaincu qu'elle était à Detroit. J'ai bien failli perdre mon boulot en envoyant des agents enquêter et harceler la famille Palluca. J'étais persuadé qu'ils étaient responsables de ce qui était arrivé à Sarah et Annalise. On enquêtait sur eux ces dernières années. Et on approchait du but. J'ai toujours cru qu'ils avaient kidnappé ma famille pour nous effrayer. En fait, il se trouve que c'était ce putain de producteur de films pornos de bas étage qu'on avait dans le collimateur.

— Mais comment tu l'as su?

— Ce n'était pas moi, mais Joey Conrad.

— Hein?

— Un autre patient de Grimwald s'est enfui il y a quelque temps. Il est revenu avec une photo de cette fille qu'il avait rencontrée dans un lieu appelé le Minou Joyeux à B Movie Hell. Conrad l'a reconnue à sa tache de naissance et m'a écrit une putain de lettre. Une lettre, tu te rends compte ? J'ai toujours su que c'était un bon garçon. »

Munson avala une autre gorgée de café et jeta un œil par la fenêtre du restaurant. Sa voiture était toujours la seule sur le parking.

« Alors tu es allé à Grimwald et tu as laissé sortir Joey Conrad ? Et tu l'as envoyé à B Movie Hell pour récupérer Marianne ?

— C'est exact, Jack. Je lui ai donné le masque, les vêtements, le couperet et toutes les armes et munitions qu'il voulait. »

Munson faillit cracher sa dernière gorgée de café sur le comptoir.

« Oh Seigneur. À quoi tu pensais, putain ?

— À quoi je pensais ? Je pensais à ma petite fille que j'allais enfin retrouver. Ça fait quatorze ans qu'ils la cachent dans ce trou paumé. Tout le monde dans cette ville se connaît, Jack. Ils savaient tous qu'elle était là. Et personne n'a rien dit. Mellencamp finance les commerces de tout le monde. Ceux qui ne sont pas effrayés par lui sont payés par lui. J'ai juste lâché Joey Conrad sur ces enculés. »

Munson n'en croyait pas ses oreilles.

« Il a tué la moitié de la ville, putain, Devon ! Beaucoup d'innocents sont morts. Tu aurais pu faire ça officiellement. Tu vas finir sur la chaise électrique.

— Il n'y a que toi, moi et Milena Fonseca qui sommes au courant. Si tu fais le ménage pour moi, personne n'a besoin de savoir ce qui est arrivé.

— Et le personnel de l'asile ? Ils doivent savoir.

— Ils ferment les yeux. Demande-leur comment il s'est enfui.

— C'est ce que j'ai fait. Ils ont dit que le système de sécurité était merdique.

— Tu vois.

— J'aurais dû être au courant depuis le début. *Putain*, Devon, tu te sortiras jamais de ce pétrin.

— Ça m'est égal. Je veux juste récupérer ma Marianne. Et je veux que tous les habitants de B Movie Hell souffrent pour ce qu'ils ont fait.

— Il y avait d'autres façons de faire. Officiellement, par exemple.

— Avec des mandats et ce genre de choses? Tu plaisantes? Tu sais comment ça aurait fini. Dans une ville comme B Movie Hell, mon bébé aurait disparu à la minute même où on aurait sorti le mandat. Je ne pouvais pas risquer de la perdre encore une fois, pas si près du but. Toi et moi, quand on bossait sur cette putain d'opération dont on n'est pas supposé parler, on a travaillé dur pour entraîner Joey Conrad et en faire une parfaite machine à tuer. J'ai enfin eu l'occasion de mettre en œuvre ce qu'on lui a appris. L'opération Blackwash est un succès, finalement. »

Munson sentit la caféine s'insinuer dans son système. Il commençait enfin à se réveiller. Il soupira.

« Ce que tu essaies de dire, c'est qu'en entraînant Conrad je suis responsable autant que toi de tout ce bordel?

— Non. Tu n'as pas à être associé à tout ça. Ton nom n'apparaît nulle part dans les dossiers sur Blackwash. Je l'ai effacé. Personne ne sait que tu étais impliqué, et personne ne sait que tu es à B Movie Hell en ce moment.

— Qu'est-ce que je fous là alors?

— Milena Fonseca a découvert que Conrad s'était échappé. Et elle voulait en parler. Je l'ai convaincue de te laisser faire le ménage, mais elle a insisté pour venir avec toi. Je ne pouvais pas t'expliquer ce qui se passait. Pas au bureau, sur les lignes de l'agence. Ça n'a absolument rien d'officiel.

— Tu aurais simplement dû m'y envoyer à la place de Joey Conrad. J'aurais pu m'en charger.

— Ne le prends pas mal, Jack. Mais tu n'as plus grand-chose de Liam Neeson aujourd'hui. Je voulais pas mettre la vie de ma fille entre les mains d'un vieil agent sur le retour à moitié alcoolique. Ce qu'il me fallait, c'était le tueur d'*Halloween.*»

Munson avala sa dernière goutte de café. Il commençait à se remettre de l'incident avec le rhum.

«Alors qu'est-ce que tu veux que je fasse maintenant?

— Maintenant que Fonseca est morte, tu n'as plus rien à faire ici, Jack. Laisse Joey Conrad faire son boulot. Tu peux rentrer à la maison. Je m'assurerai que tu sois payé. Tout ce que tu as à faire, c'est garder le silence, comme je l'ai fait quand tu as tiré sur cette fille.

— C'est vraiment sympa de ta part, Devon.»

Munson raccrocha. L'image d'un kidnappeur pointant son arme contre la tempe d'une jeune fille flotta dans son esprit pour la millionième fois. Il la chassa immédiatement. Il devait se concentrer sur le problème présent. Il se souvenait très bien de Marianne Pincent. À cinq ans, c'était une petite fille magnifique et drôle qui avait le monde à ses pieds. Mais que pouvait-il faire pour aider à la récupérer?

Joey Conrad était supposé la sauver. Une mission de sauvetage doublée de l'opération punitive la plus immorale et la plus ridicule qui soit.

Alors qu'il réfléchissait à ce qu'il devait faire, il sentit le téléphone vibrer dans sa main. La chanson des Backstreet Boys retentit. Il répondit, pensant que Pincent le rappelait.

«Quoi? demanda-t-il sèchement.

— Bonjour, est-ce que maman est là?» demanda la voix d'un petit garçon à l'autre bout du fil.

Munson raccrocha et balança le téléphone à travers la pièce. Il s'écrasa contre le mur sous une fenêtre. Milena Fonseca avait un gosse. Peut-être deux, qui sait? Ce dont Munson était sûr, c'est que ces gosses allaient bientôt apprendre la mort de leur mère.

Il songea à Marianne Pincent. Elle avait perdu sa mère et sa sœur alors qu'elle n'avait que cinq ans. Elle avait aussi perdu son père, mais elle avait aujourd'hui une chance de le retrouver.

Il prit une profonde inspiration et chercha dans sa poche la bouteille de rhum. Il la sortit et dévissa le bouchon. Il l'observa et se demanda s'il devait ou non en prendre une gorgée. Immédiatement, l'image d'un homme tenant un revolver contre la tempe d'une jeune fille lui revint à l'esprit. La fille n'avait que dix-huit ans. Elle était terrifiée. Son kidnappeur, un malfrat gras et répugnant, menaçait de lui tirer une balle dans la tête. Et il semblait sur le point de le faire. Alors Munson fit ce à quoi on l'avait entraîné. Il tira.

La balle toucha la jeune fille à la tête.

Un second tir toucha le kidnappeur entre les deux yeux, le tuant sur le coup. Munson n'oublierait jamais le moment où il s'était précipité auprès de la fille et l'avait prise dans ses bras jusqu'à ce qu'elle rende son dernier soupir. Il avait quatre-vingt-dix-neuf chances sur cent d'atteindre le kidnappeur du premier coup. Mais ce jour-là, sans aucune raison valable, fut la seule fois où il rata sa cible. Il devait vivre avec cette erreur chaque jour de sa vie. Et la boisson n'avait jamais été d'une grande aide.

Son esprit revint au présent et il s'imagina en train de vomir comme il l'avait fait un peu plus tôt après avoir bu le rhum maléfique de Litgo. Ce n'était pas une pensée agréable. Il posa la bouteille de rhum sur le comptoir et se fit une promesse à voix basse :

Rends Marianne Pincent à son père. Rachète-toi.

42

Benny claqua le coffre de la voiture de stock-car jaune. Il sortit son téléphone de sa poche et composa le numéro du Minou Joyeux. Ses doigts tremblaient lorsqu'il posa le téléphone contre son oreille et entendit la tonalité. Il sonna une fois. Benny s'attendait à une réponse immédiate.

Il sonna une deuxième fois.

Et une troisième.

Puis une quatrième.

Et une cinquième.

Le téléphone sonnait dans le vide.

En temps normal, le téléphone du Minou Joyeux ne sonnait pas plus d'une fois, à moins que la ligne ne soit occupée. C'était mauvais signe. Qu'est-ce qui se passait, bon sang?

Il raccrocha et courut vers sa voiture de patrouille. Il se jeta dedans et décrocha la CB de son socle. Ce n'étaient plus seulement ses mains qui tremblaient maintenant. Tout son corps était pris de tremblements. Il tourna le bouton marche/arrêt et cria dans le micro :

«Ici Benny. Répondez, s'il vous plaît!»

Il attendit une réponse en espérant que le poste de police serait plus réactif que le Minou Joyeux.

Il repensa à ses projets de rentrer à la maison pour boire un verre de vin avec sa femme. Ce projet allait devoir être reporté. Après une attente interminable, une voix de femme répondit à son appel radio.

«Salut, Benny, comment ça va?

— Passe-moi O'Grady immédiatement. C'est urgent.

— Charmant. Tu n'as même pas le temps de…

— Jenny, peux-tu juste me transférer, nom d'un chien? C'est urgent. Je sais où est l'Iroquois.

— Le commissaire n'est pas là pour le moment, Benny. Il fait une conférence de presse. Je peux te passer quelqu'un d'autre?»

Benny passa quelques secondes à pester en silence. Il devait prendre une décision. Et il décida qu'il valait peut-être mieux prendre en charge la situation.

«Jenny, préviens tout le monde, dis-leur d'aller chez Mellencamp immédiatement.

— Comment ça, *tout le monde*?

— Tu as bien compris, TOUT LE MONDE.

— Qu'est-ce que je leur dis?

— Dis-leur que l'Iroquois est au Minou Joyeux. Il est déguisé en médecin.

— Comment tu sais? Tu l'as vu?

— J'ai trouvé le cadavre du médecin dans le coffre de la voiture de l'Iroquois. Je pense qu'il a pris la voiture du médecin pour aller chez Mellencamp.

— OK. Où es-tu? Quelles instructions dois-je leur donner?

— Je suis sur la route, à un kilomètre de chez Mellencamp. Vous pouvez pas me rater. Ma voiture est garée près du tas de ferraille jaune que le tueur a volé à Hank Jackson ce matin.

— Je dis à tout le monde de te rejoindre là-bas ?

— Oui. Je suis facile à repérer. Je suis dans ma voiture. Je suis d'un côté de la route et cette putain de voiture jaune et rouge est de l'autre côté. Dis à tout le monde de me rejoindre d'ici dix minutes. Je peux pas attendre plus longtemps. Ensuite je vais au Minou Joyeux. Tous ceux qui arriveront quand je serai déjà parti doivent aller directement là-bas. Mais dis à tout le monde de venir en tenue anti-émeute si possible. Et prenez des armes. Beaucoup d'armes. Et beaucoup de munitions. Et envoie bien *tout le monde*.

— Tu veux tout le commissariat ?

— Je veux n'importe qui avec un flingue. Et tous ceux qui n'en ont pas. Envoie tout le monde. Il est temps de descendre ce putain de fils de pute.

— Ça marche, Benny. Je te rappelle dans une minute pour te tenir au courant. »

Benny raccrocha la CB au tableau de bord et utilisa son téléphone pour rappeler le Minou Joyeux.

Comme plus tôt, le téléphone sonnait dans le vide. Personne ne répondit.

43

Horrifiée, Bébé détourna le regard une fraction de seconde avant d'entendre Reg se mettre à hurler. Il criait comme une truie. Le couperet de l'Iroquois ne chômait pas. Bébé essaya d'occulter les bruits du corps de Reg en train de se faire découper. Elle n'avait jamais été si soulagée d'entendre Sam and Dave chanter «Hold on I'm comin'». Sans eux, ce qu'elle aurait entendu aurait certainement été encore plus horrible.

Elle savait qu'il y avait des chances qu'elle soit la prochaine personne à rencontrer la lame de ce couperet. Elle avait déjà passé près d'une demi-heure à essayer de se défaire des cordes que Mack avait utilisées pour l'attacher au lit. Elle avait pratiquement abandonné cinq minutes plus tôt mais, depuis, les circonstances avaient changé. Une poussée d'adrénaline soudaine l'aida à rassembler toutes ses forces pour tenter de se libérer. Elle essayait aussi de tordre la bouche dans tous les sens dans l'espoir de défaire le scotch collé dessus. Mais tous ses efforts étaient vains.

Et elle ne pouvait pas non plus échapper à ce qui était en train d'arriver à Reg. Elle avait beau détourner le regard, Sam and Dave avaient beau couvrir les bruits les plus horribles, rien ne pouvait empêcher le sang de Reg d'éclabousser ses jambes et son ventre.

La jeune fille fut prise d'une nausée si forte qu'elle n'aurait cette fois-ci pas eu besoin de sirop d'ipéca pour se faire vomir. Elle priait pour que quelqu'un vienne la secourir. Mack le Slasher était quelque part derrière la porte, ainsi qu'une demi-douzaine de filles, mais avec la chaîne hi-fi qui braillait, aucun d'entre eux ne pouvait entendre les cris de détresse de plus en plus faibles de Reg.

Elle avait souvent entendu des gens qui avaient frôlé la mort parler de la façon dont leur vie avait défilé devant leurs yeux. Elle commença à se sentir étourdie. Soudain, tout devint flou. Plus rien ne semblait réel. Elle était en état de choc. Au-dessus d'elle, au plafond, un écran de cinéma imaginaire se déroula devant ses yeux. Des images stroboscopiques de sa vie défilèrent. *Des images vacillantes de sa mère et de son père. Un de ses premiers Noël, avec des cadeaux sous un grand sapin vert. Des souvenirs de ses premiers jours au Minou Joyeux.* Elle vit les femmes plus âgées lui lire des contes de fées avant d'aller dormir. Ses préférés étaient *Raiponce* et *La Belle au bois dormant*. Elle rêvait d'un preux chevalier ou d'un beau prince qui viendrait un jour la sauver de B Movie Hell. Mais si un chevalier ou un prince avait l'intention de faire une telle chose, il ferait bien de se dépêcher car ses minutes étaient comptées.

L'écran de cinéma au-dessus de sa tête roula en un cylindre et disparut. Bébé arrêta de se débattre et accepta son sort. Une étrange sensation de calme l'enveloppa. Elle fixa des yeux le plafond exactement comme elle le faisait lors de ses rares visites chez le dentiste. *Subis ce qui t'attend en regardant le plafond*, c'est ce que Clarisse lui avait toujours conseillé. Ça fonctionnait avec les dentistes et avec certains clients repoussants. Pour le moment, elle aurait fait n'importe quoi pour ne pas voir les restes de Reg, ou l'homme en train de le mutiler. L'écran de cinéma imaginaire avait laissé place à la silhouette du tueur masqué s'acharnant sur la carcasse de Reg avec son couperet.

La chanson de Sam and Dave arriva à son apogée et se conclut en même temps que le massacre de Reg.

Son assassin se dressait dans la vision périphérique de Bébé. Elle se figea lorsque son masque arriva dans son champ de vision, juste au-dessus de sa tête. Elle vit son couperet le long de son corps, et sa main fermement agrippée au manche. Le masque et le couperet étaient tous deux tachés de sang. Il gouttait de la lame, épais et grumeleux comme de la confiture. Bébé se demanda si son sang ressemblerait à celui-là.

Le tueur s'approcha et se mit à la fixer. Bébé resta totalement immobile. Pour des raisons qu'elle ne pouvait pas expliquer, elle voulait à tout prix éviter tout mouvement brusque. Elle resta allongée, respira par le nez et essaya de rester le plus calme possible. L'homme masqué ne fit que la regarder. Elle attendit qu'il dise quelque chose. Qu'il l'attaque. Qu'il la découpe en morceaux. Mais il ne dit rien. Il ne fit rien.

Au bout d'un moment incroyablement long et pénible elle tourna la tête, en prenant toujours soin d'éviter tout mouvement brusque. Son regard se posa sur les yeux derrière le masque.

Le silence fut interrompu par la grosse voix de Barry White émanant des enceintes de la chaîne hi-fi, qui roucoulait les mots «It feels so good», la première phrase de sa chanson, «I'm gonna love you just a little bit more».

Soudain, l'Iroquois leva le couperet d'un mouvement rapide et s'apprêta à l'abattre sur le lit. Bébé hurla derrière le scotch et plissa les yeux de toutes ses forces. *Ça y est.*

Mais ça n'y était pas. À la place d'une douleur insoutenable, elle sentit soudain la tension se relâcher dans son bras gauche. Il lui fallut un moment pour se rendre compte que ce n'était pas sa chair que le couperet avait tranchée, mais la corde. Elle resta immobile, se demandant s'il avait vraiment l'intention de la libérer de ses liens.

Un autre rapide coup de couperet libéra sa jambe gauche. Elle rabattit instinctivement sa jambe contre son ventre, aussi loin que possible du couperet. Elle regarda l'horrible silhouette masquée faire le tour du lit. Même s'il avait libéré deux de ses membres, la vision de l'homme levant le couperet au-dessus de sa tête pour l'abattre sur la corde qui maintenait sa jambe droite lui donna la chair de poule. Il ne faisait plus attention à elle maintenant. Elle en profita pour soulever un coin du scotch sur sa bouche et tirer fermement dessus. Ce fut douloureux, comme elle s'y attendait, mais ce n'était pas le moment de s'apitoyer sur son sort.

« Qui êtes-vous ? » demanda-t-elle.

L'horrible silhouette à la crête rouge coupa la corde attachée à son autre jambe et leva les yeux.

« Et vous, est-ce que vous savez qui vous êtes ? » demanda-t-il.

Bébé regarda de nouveau au plafond. L'écran de cinéma imaginaire montra d'autres images de ses parents et de l'arbre de Noël. Elle fronça les sourcils.

« Je ne m'en souviens pas. » En voyant les images de ses parents, son estomac se noua. Une sensation de vide l'envahit, qu'elle n'avait pas ressentie depuis l'enfance.

« Vous êtes Marianne Pincent. »

Il abattit une dernière fois le couperet pour libérer sa main droite. Elle quitta des yeux le plafond et s'assit sur le lit, pliant ses genoux devant sa poitrine pour cacher de son mieux son corps nu. Elle recula aussi loin qu'elle put, pour mettre la plus grande distance possible entre eux. L'air de la chambre lui sembla soudain glacial, assez pour la faire frissonner. Elle le regarda, dans l'espoir qu'il ne donne plus d'explications sur ce nom, Marianne Pincent, un nom dont elle se souvenait. Un nom qui lui rappelait son enfance, même si ce souvenir était très lointain.

L'Iroquois enleva son masque et secoua la tête pour redonner forme à ses épais cheveux châtains. À visage découvert, le tueur était loin d'être aussi grotesque ou terrifiant. Il posa son couperet sur le lit, tachant de sang la couette rose, passa la main dans ses cheveux et prit une profonde inspiration.

«Je suis Joey Conrad, dit-il. Votre père m'envoie. Je suis là pour vous ramener à la maison.»

44

Munson posa son téléphone portable sur le tableau de bord de sa Mercedes. Il l'avait réglé de façon à capter la fréquence de la police locale. Ça parlait beaucoup, principalement des échanges entre les policiers et la réceptionniste du commissariat. Mais l'essentiel à savoir, c'était que Benny Stansfield avait demandé à tous les policiers de se rendre chez Mellencamp. Il avait mis en place un barrage routier et prévu de conduire une armée de flics au Minou Joyeux pour affronter l'Iroquois. Tout ça avait au moins un avantage pour Munson. Il était plus important pour les flics de tuer Joey Conrad que de trouver celui qu'ils prenaient pour un agent du FBI et l'empêcher de quitter la ville.

Il démarra la voiture et alluma les phares. Aucune autre voiture en vue. Il jeta un dernier coup d'œil au restaurant. Toutes les lumières étaient éteintes. Il avait laissé Candy sur le sol de la cuisine, attachée à un pied de table et bâillonnée avec un bout de tissu. Il s'en voulait un peu de la laisser là, mais il se rappela qu'elle était elle aussi mêlée à tout ça. Elle avait de son plein gré participé à la séquestration de Marianne Pincent. Et elle aurait dénoncé Munson à

Reg ou Dieu sait qui dès leur arrivée au restaurant. En plus, avec Joey Conrad en liberté, elle était probablement plus en sécurité coincée là-bas. Les seuls habitants de B Movie Hell qui avaient une chance de passer la nuit étaient ceux qui avaient assez de bon sens pour rester cloîtrés chez eux.

La route était toujours assez calme mais avec tous les flics susceptibles de débarquer à tout moment, Munson se demanda s'il était vraiment prudent de risquer d'être vu sur la route. Ses pensées furent interrompues par la voix de la réceptionniste du commissariat qui grésilla de nouveau dans les haut-parleurs du téléphone de Munson.

« À toutes les unités, une Mercedes noire correspondant à la description de la voiture de Jack Munson a été vue sur le parking de l'Alaska Roadside Diner. Est-ce que quelqu'un est dans le coin ? »

Et merde.

Une voix d'homme répondit presque immédiatement.

« Ici McGready. Simcock et moi sommes à moins d'un kilomètre. On se dirigeait vers le Minou Joyeux mais on peut s'arrêter pour vérifier. On y sera d'ici deux minutes.

— Merci, Ken.

— Aucun problème.

— Ken ?

— Ouais ?

— Si tu vois Munson… S'il est là, le commissaire dit de tirer à vue. Il ne doit pas quitter B Movie Hell.

— Bien reçu, Stephanie. Terminé. »

Comme Munson le soupçonnait, et comme Pincent l'avait plus ou moins confirmé, les flics étaient après lui. Il se retrouvait seul à B Movie Hell, avec pour unique allié possible un tueur en série mentalement instable qui se baladait avec un masque d'Halloween sur la tête. Munson sourit en y pensant. *Il ne s'était pas senti aussi vivant depuis des années.*

Il éteignit les phares de sa voiture. Si les flics cherchaient sa Mercedes, alors il devait faire tout son possible pour ne pas se faire repérer. Il quitta le parking du restaurant et s'engagea sur la route. Il envisagea la possibilité de voler une voiture. Les flics étaient à la recherche de sa Mercedes noire. Conduire sans phares le rendrait difficile à repérer de loin, mais ce n'était peut-être pas le meilleur moyen de leur échapper. Le garage où l'Iroquois avait volé une voiture était probablement désert, mais il était à plus de trois kilomètres. C'était trop risqué. En plus, il devait se rendre au Minou Joyeux aussi vite que possible. C'était là qu'était toute l'action.

Il était difficile de croire, après toutes ces années, que Marianne Pincent était vraiment prisonnière de cet endroit. Munson se souvenait de ce qu'il s'était passé comme si c'était hier. Il se rappelait avoir juré de faire tout son possible pour aider à la retrouver. Il le pensait à l'époque mais, après six mois sans la moindre piste, il avait abandonné. Pas Pincent. Bon sang, Pincent n'avait même songé qu'à ça depuis. Ils supposaient tous qu'une petite fille avec une tache de naissance aussi identifiable serait facile à trouver. Mais au bout de quelques mois sans aucune piste, il n'était pas déraisonnable de supposer qu'on ne la retrouverait jamais. Tout le monde pensait silencieusement qu'elle était enterrée quelque part dans une tombe de fortune. Tout le monde, sauf le père.

Après avoir conduit dans l'obscurité pendant près de trois kilomètres sans croiser le moindre véhicule ou piéton, il aperçut enfin un signe de vie. Dans un virage au loin, il vit un gyrophare bleu et rouge. Un second apparut dans son rétroviseur presque immédiatement. Le gyrophare devant lui ne bougeait pas. Ça devait être le barrage routier de Benny Stansfield. C'était le moment pour Munson de quitter la route principale. Sa Mercedes s'enfonça dans les bois, disparaissant derrière des buissons juste avant que la voiture de police derrière lui ne le dépasse, toutes sirènes hurlantes.

Il se gara de façon à ne pas être vu depuis la route et éteignit la radio sur son téléphone. Il l'attrapa, vérifia qu'il restait des balles dans son arme et sortit de la voiture.

Il avait réussi à ne pas se faire repérer par les deux voitures de patrouille, mais il ne pourrait jamais passer le barrage routier. Il allait devoir le contourner. Et s'il voulait aller au Minou Joyeux, il allait devoir le faire à pied. Et vite.

Il se faufila à travers les buissons en direction du gyrophare, en prenant soin de ne pas trop s'approcher de la route. S'il était repéré, il était probable qu'il soit très vite abattu. « *Tirez à vue* », avait dit l'autre salope du commissariat.

Le gyrophare bleu continuait à éclairer le ciel noir, mais la sirène de la voiture de patrouille qui venait d'arriver s'arrêta. S'ensuivit un délectable moment de silence qui se termina beaucoup trop vite. Munson entendit le bruit des portières s'ouvrir et se refermer.

Il marcha lentement pour éviter d'attirer l'attention en écrasant une branche et se faufila derrière un grand arbre d'où il pouvait entendre ce qu'il se disait. Il n'entendit d'abord que des bavardages avant que quelqu'un ne dise quelque chose qui lui fit tendre l'oreille.

« Voilà Randall.

— Il doit être de mauvaise humeur, répondit une autre voix. Il a toujours pas dormi. »

Sans surprise, Munson entendit un autre véhicule approcher. Un pick-up bleu métallisé apparut dans un virage. Le conducteur ralentit et se gara sur le bord de la route derrière les deux voitures de patrouille et à quelques mètres seulement de la planque de Munson. Celui-ci se baissa pour ne pas être vu. Il entendit la portière s'ouvrir et, à travers les arbres, il vit un homme rondouillard vêtu d'une salopette en jean et d'une chemise rouge sauter au sol. C'était Randall, en civil.

« Qu'est-ce qui se passe, Benny? demanda Randall.

— L'Iroquois est chez Mellencamp.

— Alors qu'est-ce que vous foutez à attendre ici?

— On attend des renforts. Les forces antiémeute arrivent. On va l'avoir, ce fils de pute.

— Tu plaisantes, grommela Randall. Ce psychopathe aura tué tout le monde avant que vous arriviez. Je passe devant. Je vais buter ce salopard avec mon nouveau fusil.

— On peut pas te laisser faire ça, Randall.

— Pourquoi ?

— Ça fait cinq minutes que j'essaie d'appeler le Minou Joyeux. Personne ne répond. C'est peut-être déjà le chaos là-bas.

— Nom de Dieu, Benny. Raison de plus pour me laisser y aller ! Ce type a tué mon coéquipier la nuit dernière, et il a tué plusieurs de nos hommes aujourd'hui. Je vais pas rester là à attendre que vous vous sortiez les doigts du cul. Laissez-moi passer. Je suis d'humeur à me faire un tueur en série.

— Calme-toi, Randall, nom d'un chien !

— C'est toi qui vas te calmer, Benny. Je suis pas flic ce soir. Cette fois, c'est personnel.

— Seigneur ! Tu crois que tu pourrais faire encore plus cliché ?

— Oui, je pourrais. J'ai toujours suivi les règles, fait les choses comme il fallait. Eh bien, plus maintenant. À partir de maintenant, je suis un flic qui vit sur le fil du rasoir. Si le commissaire doit m'appeler dans son bureau demain matin pour m'incendier, qu'il le fasse. Je joue selon mes propres règles à partir de maintenant.

— Tu as bu, n'est-ce pas ?

— Tout l'après-midi.

— Et tu as encore regardé *L'Arme fatale* apparemment.

— Des extraits, ouais. Et *Piège de cristal.* »

Un autre flic vint donner son opinion.

« Benny, on n'a qu'à le laisser passer. C'est un dur à cuire. S'il veut passer devant, je vois pas le problème. »

Tandis que Benny, Randall et les autres policiers débattaient de l'intérêt d'envoyer Randall chez Mellencamp, Munson en profita pour se faufiler hors des buissons jusqu'au pick-up de Randall. Sans un bruit, il se hissa sur le rebord et roula sur le plateau arrière. Il atterrit sur quelque chose de mou et se cacha hors de vue, allongé sur le dos. Il écouta le reste de la conversation en regardant les étoiles.

« D'accord, Randall. Vas-y. J'essaie de rappeler Mellencamp pour lui dire que t'arrives. Enfin, s'il est toujours vivant.

— Oui. Bonne idée. À plus. »

Munson entendit les graviers crisser sous les bottes de Randall, qui retournait vers son pick-up. Il grimpa à l'intérieur et claqua la portière derrière lui en marmonnant quelques clichés tout droit sortis d'un film d'action des années 1980. Sans perdre une minute, il alluma le moteur et roula à tombeau ouvert jusqu'au Minou Joyeux, avec Munson pour passager clandestin.

45

Clarisse était nue de la taille jusqu'aux pieds, pen-chée sur le bureau de la réception du Salon Coquin. Mack le Slasher était derrière elle, le pantalon aux chevilles. Silvio Mellencamp lui avait donné une pause de dix minutes en disant qu'il pouvait avoir la fille qu'il voulait. Malheureusement pour Clarisse, c'était toujours elle qu'il voulait. Toujours par-der-rière, et toujours sur le bureau.

Elle se tenait fermement au rebord du bureau et se servait de ses coudes pour empêcher ses carnets et stylos de tomber (même s'ils finissaient toujours par terre pendant les assauts vigoureux de Mack). Il n'avait aucun sens du rythme, aucune technique, et manquait cruellement d'imagination. Tout ce qu'il connaissait, c'était la force animale, et un mouve-ment répétitif de va-et-vient. Et lorsqu'il faisait cla-quer ses hanches contre le cul de Clarisse, il avait tendance à faire dangereusement trembler le bureau.

Dès le moment où il avait arraché son string et l'avait balancé Dieu sait où dans un violent accès de désir, le téléphone sur le bureau de Clarisse n'avait pas cessé de sonner. Elle avait pour l'instant manqué six appels. M. Mellencamp n'aimait pas beaucoup qu'elle rate des appels, mais puisque c'était sa faute si elle était en train de se faire malmener par son homme de main, elle se sentait dans son droit de ne pas décrocher le téléphone.

Plusieurs filles étaient passées devant eux et avaient ignoré le téléphone. Tout le monde savait que lorsque Mack baisait Clarisse sur le bureau (ce qui était fréquent), il ne pouvait pas jouir si quelqu'un était en train de parler, alors si quelqu'un avait décroché le téléphone et discuté devant lui, il aurait immédiatement débandé.

« Je crois que quelqu'un tente désespérément de nous joindre, Mack, dit Clarisse en serrant les dents, tout en empêchant une agrafeuse de glisser du bureau.

— La ferme, répondit Mack sèchement. J'ai presque fini. Arrête de m'interrompre.

— Dépêche-toi alors. »

Comme toujours, la technique de Mack n'envoyait pas vraiment Clarisse au septième ciel, alors tout en faisant semblant d'avoir un orgasme, elle pensa à Bébé. Elle avait entendu dire que le médecin était arrivé, et qu'il était dans sa chambre en ce moment même, en train de pratiquer un avortement. Mack avait refusé d'en discuter avec elle, mais on pouvait entendre un bruit de tous les diables en provenance de la chambre de Bébé au bout du couloir. Deux filles traînaient près de la porte pour voir si elles pouvaient entendre ce qui se passait. Mais tout ce qu'on entendait vraiment, c'était une musique assourdissante. De là où elle était, Clarisse avait du mal à reconnaître la chanson. Elle n'avait entendu aucun cri, mais ça ne voulait pas dire qu'il n'y en avait pas eu. C'était uniquement parce que la musique était bien trop forte pour les entendre.

Lorsque la chanson prit fin, un bref silence envahit la salle de réception et Mack réussit enfin à décharger sans qu'aucun bruit ne vienne le déranger. Il laissa échapper un soupir de soulagement.

« C'est bon. J'ai fini », dit-il triomphalement en remontant son pantalon. Il donna une fessée à Clarisse, comme il le faisait toujours, puis se pencha en avant et l'embrassa sur l'oreille. Ses lèvres étaient humides de sa propre salive, qui laissa un film gluant sur le lobe d'oreille de Clarisse.

« Je suis en haut si t'as besoin de moi, dit-il en reboutonnant son pantalon. Salut. »

Il trotta jusqu'à l'ascenseur à côté de la réception. Clarisse prit quelques secondes pour reprendre son souffle. Elle resta en position, penchée sur le bureau, une main agrippée à une agrafeuse, l'autre à une perforeuse. Lorsqu'elle entendit le ding de l'ascenseur indiquant que les portes s'étaient ouvertes, elle se redressa et mit de l'ordre sur le bureau. Mack entra dans la cabine et disparut vers un des étages supérieurs.

Une fois que tous les objets présents sur le bureau furent à leur place, elle regarda autour d'elle pour voir ce qui était arrivé à son string. La tenue standard pour travailler à la réception variait d'à moitié nue à complètement nue, aussi Clarisse ne portait-elle la plupart du temps qu'un soutien-gorge et un string. Le soutien-gorge était toujours à sa place mais, comme d'habitude, Mack avait balancé son string quelque part où il faudrait au moins cinq minutes à Clarisse pour le retrouver. Par le passé, elle avait trouvé certains de ses strings sur des abat-jour, dans des pots de fleurs et même une fois sur la tête d'un client aveugle.

Elle n'eut pas le temps d'aller bien loin avant que le téléphone ne se remette à sonner. Il avait arrêté de sonner au moment où Mack avait terminé son affaire. Clarisse soupira. De toute évidence, quelqu'un cherchait à tout prix à les joindre. La chasse au string allait devoir attendre. Elle décrocha le combiné.

« Le Minou Joyeux, bonjour.

— Clarisse, c'est toi?

— Oui.

— C'est Benny Stansfield. Passe-moi Silvio immédiatement.

— Qu'est-ce qui se passe?

— Il y a un médecin chez vous.

— Oui, je sais. Il est avec Bébé en ce moment.

— Clarisse, ce n'est pas un médecin. Le médecin est mort. C'est l'Iroquois.

— Hein?

— Passe-moi Silvio et tire-toi vite d'ici! »

46

Silvio Mellencamp se sentait enfin relaxé. Il était avachi dans le fauteuil derrière son bureau, un cigare à la main et un petit verre de cognac dans l'autre. Il ferma les yeux, arborant un large sourire. Jusqu'à ce que, pour changer, le téléphone se remette à sonner.

Il soupira et posa son verre de cognac sur le bureau.

« Pas moyen d'être tranquille une minute », marmonna-t-il dans sa barbe.

Il garda les yeux fermés et chercha à tâtons le téléphone sur son bureau. Lorsque sa main se posa dessus, il décrocha le combiné et le plaça contre son oreille.

« Silvio à l'appareil.

— Salut, Silvio. C'est Benny. Tout va bien ? »

Mellencamp ouvrit les yeux.

« Qui a dit que tu pouvais arrêter de me sucer ? lança-t-il d'un ton cinglant.

— Pardon ? demanda Benny.

— Pas toi, Benny. Je parlais à Selena. »

Sous le bureau, à quatre pattes, s'activait Selena, une des filles du Salon Coquin. Elle était relativement nouvelle et peu familière des règles de Mellencamp sur les fellations.

« Désolée, répondit-elle, en lui massant un peu les testicules avant de remettre sa bite dans sa bouche.

— Franchement, dit Mellencamp. C'est pas facile de trouver du bon personnel de nos jours, Benny.

— Silvio. Écoute-moi. L'Iroquois est avec vous.

— Quoi ? » Mellencamp regarda vers le bas pour s'assurer que c'était bien la bouche de Selena qu'il sentait autour de sa bite. Heureusement, ça l'était. « De quoi tu parles ?

— Le médecin qui est venu pour l'avortement de Bébé. Il est mort. Je l'ai trouvé dans le coffre d'une voiture. Celui qui l'a tué et a pris sa place, c'est l'Iroquois. Il est dans le bâtiment en ce moment même.

— Bordel de merde ! » Mellencamp entendait à la voix de Benny qu'il n'était pas en train de plaisanter. Le flic parlait à toute vitesse. « Vous êtes en chemin ?

— Bientôt, répondit Benny. J'attends juste l'équipe antiémeute. Randall est déjà en chemin mais, en attendant, reste aussi loin que possible de ce médecin ! »

Avant que Mellencamp ne puisse répondre, la porte de son bureau s'ouvrit brusquement. Mack entra d'un air guilleret.

« Salut, boss, dit-il en souriant de toutes ses dents.

— Mack. Benny dit que le médecin est mort. »

Mack fronça les sourcils.

« Non. Je viens de le laisser entrer dans la chambre de Bébé avec Reg. Il avait l'air d'aller bien.

— Ce n'était pas le médecin. Sérieusement, qui t'a dit d'arrêter de sucer ?

— Hein ?

— Je parlais à Selena.

— Oh. »

Toujours sous le bureau, Selena lança d'un air guilleret :

« Salut, Mack.

— Salut, Selena. Tout se passe bien ? »

Mellencamp tira sur son cigare, le posa sur le cendrier du bureau et, de sa main libre, remit la tête de Selena à sa juste place.

« Mack. Envoie tout le monde dans la chambre de Bébé. Le médecin est un imposteur. Le docteur Chandler, c'est l'Iroquois. Envoie tout le monde là-bas et tuez-moi ce fils de pute.

— Le docteur est quoi ? L'Iroquois ?

— Ouais. C'est le type qui a buté la moitié de la ville aujourd'hui. Retourne là-bas et mets-lui une balle entre les deux yeux, ou tords-lui son putain de cou, rien à foutre. Utilise l'interphone pour avertir tout le monde. »

Mack pigea enfin ce qui se passait. Il se précipita vers un meuble en bois vernis sous la télévision. Il y avait un interphone avec un micro que Mellencamp utilisait fréquemment pour faire venir les filles dans sa chambre quand il ne les trouvait pas. L'interphone était relié à tous les haut-parleurs du bâtiment. Mack le mit en marche, attrapa le micro et commença son annonce.

« Votre attention s'il vous plaît. Ici Mack. J'ai une annonce importante à faire de la part de Silvio. Tous les hommes de main doivent descendre immédiatement au Salon Coquin. L'Iroquois est dans la chambre de Bébé. Il est déguisé en médecin. Si vous le voyez, tirez à vue. Tirez pour tuer. »

Mellencamp l'interrompit.

« Dis-leur pour les cent mille dollars !

— Ah oui, et rappelez-vous qu'il y a une récompense de cent mille dollars pour celui qui tuera l'Iroquois.

— Parfait, dit Mellencamp. Maintenant descends et tue cet enculé. Appelle-moi quand c'est fait. »

Mack acquiesça et se dirigea d'un pas assuré vers la sortie, claquant la porte derrière lui. Mellencamp prit son cigare et saisit le téléphone.

« Tu as entendu, Benny. Tout est sous contrôle. On va tuer ce fils de pute d'une minute à l'autre.

— J'envoie quand même l'équipe antiémeute.

— Merci, Benny. »

Mellencamp raccrocha. Il attrapa son verre de cognac et en but une gorgée.

« Tout va bien ? demanda Selena.

— Oh, bon sang ! hurla-t-il en se mettant debout. Va chercher Jasmine. Et dis-lui d'apporter du yaourt. Et un gant de cuisine. »

47

Sans le masque, Joey Conrad ressemblait à un type normal. C'était étrange, car Bébé ne se sentait plus menacée quand il était comme ça, mais si elle voulait sortir du Minou Joyeux en un seul morceau, elle avait besoin du tueur qui avait débarqué au restaurant, avec son masque, sa veste en cuir rouge et son jean noir. Pas de ce type avec ce pantalon en toile froissé, cette chemise bleue miteuse et cette serviette en cuir.

Il l'interpella. Sa voix était exactement la même, sûre d'elle et agressive.

« Je te donne deux minutes pour nettoyer ce sang et une autre minute pour t'habiller. Ensuite, on se tire d'ici. »

Bébé regarda les éclaboussures de sang de Reg qui maculaient son corps. Il n'y en avait pas tant que ça, car la majorité formait une flaque au pied du lit. Mais il y en avait assez pour qu'elle veuille s'en débarrasser. *Très vite.*

Elle couru dans la salle de bains et sauta dans la douche. L'eau était glacée, mais elle ne pouvait pas se permettre d'attendre qu'elle se réchauffe. Elle voulait quitter cet endroit aussi vite que possible. Elle évitait de penser au fait que son seul moyen de sortir, c'était escortée par un tueur fou. S'enfuir, c'était tout ce qui comptait.

Elle frotta furieusement. Ce n'était pas seulement le sang de Reg qu'elle voulait faire partir, c'était aussi son odeur. La puanteur de la pièce. Elle regarda le sang s'écouler dans les canalisations, espérant que ce serait sa dernière douche au Minou Joyeux.

Quand elle fut certaine de s'être débarrassée de toute trace de Reg, elle bondit hors de la douche et attrapa une serviette rose sur le portant. Elle utilisa trente secondes de plus pour se sécher avant de foncer dans la chambre.

Elle fut accueillie par la vision de Joey Conrad enfilant sa veste en cuir rouge par-dessus un tee-shirt noir. La serviette qu'il avait apportée avec lui lorsqu'il s'était déguisé en médecin était ouverte sur le lit. Elle était vide, mais il n'y avait pas le moindre stéthoscope en vue. Elle n'avait contenu rien d'autre que les vêtements et les armes de l'Iroquois.

Tout en fouillant dans ses tiroirs, elle l'observa dans le miroir au-dessus de sa commode. Il avait passé autour de ses épaules un drôle d'engin en cuir marron qui formait plusieurs étuis pour cacher des armes. Il finit d'enfiler sa veste avant qu'elle n'ait le temps d'identifier une seule de ces armes.

Elle enfila un débardeur rouge et un jean, et le vit ramasser son masque en caoutchouc sur le lit. Il le glissa sur sa tête et l'ajusta afin de voir à travers les trous pour les yeux. Le masque était toujours aussi hideux, même si elle considérait maintenant l'homme qui se cachait en dessous comme un allié et sa meilleure chance de fuir B Movie Hell.

« Il te reste une minute. »

Elle récupéra ses baskets là où Mack les avait balancées un peu plus tôt. La blessure à son bras était toujours douloureuse, mais grâce à la poussée d'adrénaline et à l'excitation, elle savait que ça ne l'empêcherait pas de nouer ses lacets.

En les enfilant, elle entendit grésiller les haut-parleurs disposés à chaque coin de la pièce. Elle savait ce que cela signifiait. C'était une annonce de Silvio Mellencamp, dont le bureau était relié à tous les haut-parleurs du bâtiment. Le grésillement fut suivi de la voix de Mack.

« Votre attention, s'il vous plaît. Ici Mack. J'ai une annonce importante à faire de la part de Silvio. Tous les hommes de main doivent descendre immédiatement au Salon Coquin. L'Iroquois est dans la chambre de Bébé. Il est déguisé en médecin. Si vous le voyez, tirez à vue. Tirez pour tuer. »

Bébé, qui était en train de lacer ses chaussures sur le rebord du lit, regarda une nouvelle fois dans le miroir au-dessus de sa commode. Le masque jaune maléfique de son sauveur se tourna vers elle.

« On vient de perdre notre élément de surprise, dit-il. Tu peux prendre tout ton temps pour te préparer maintenant. »

Avant qu'elle n'ait le temps de répondre, la voix de Mack se fit de nouveau entendre.

« Ah oui, et rappelez-vous qu'il y a une récompense de cent mille dollars pour celui qui tuera l'Iroquois. »

Encore une fois, Bébé se sentit terrifiée. Apparemment, ils avaient peu de chances de pouvoir sortir de la chambre, et encore moins du bâtiment.

« Ils vont nous tuer ! dit-elle. Ils sont nombreux et armés. Ils vont nous tuer.

— Non, ils ne vont pas nous tuer. Mon premier plan est tombé à l'eau, c'est tout.

— Oh non. C'était quoi, le plan ?

— Partir en courant et tuer tous ceux qui se trouvent sur notre chemin. Mais c'est impossible maintenant. »

Bébé avait du mal à cacher son inquiétude. Elle savait de quoi Mack et ses hommes étaient capables.

« Alors qu'est-ce qu'on fait maintenant ?

— Plan B.

— C'est quoi, le plan B ?

— On va sortir lentement et je vais tuer *tout le monde*. »

Bébé arrêta de nouer ses lacets.

« Sérieusement ?

— Sérieusement. »

Bébé songea à ses amies du Minou Joyeux. Elles n'étaient pas nombreuses, mais elle en avait quelques-unes, comme Chardonnay.

« Ce n'est pas la peine de tuer les autres filles, hasarda-t-elle, pleine d'espoir. Elles ne sont pas une menace. Et certaines sont mes amies.

— OK. Je ne tuerai pas les filles. Sauf si elles sont armées.

— Super ! »

C'était un soulagement. Un poids en moins sur la conscience. Les autres meurtres ne la ravissaient pas non plus, mais certaines des filles étaient là contre leur gré, comme elle.

« Est-ce que j'ai le temps de prendre quelques trucs avec moi ? demanda-t-elle.

— Comme j'ai dit. Prends tout ton temps.

— J'en ai pour une minute.»

Bébé finit de lacer ses chaussures et bondit hors du lit. Elle prit son eyeliner et son rouge à lèvres sur sa commode et les fourra dans un sac à main rose qu'elle jeta sur son épaule. Elle était en train de sortir son DVD de *Dirty Dancing* du lecteur lorsqu'elle entendit un gros bang contre la porte. Surprise, elle se retourna.

La porte fut enfoncée et deux agents de sécurité baraqués firent irruption. L'Iroquois les attendait. Il donna un coup de poing dans le nez du premier, qu'il balança contre le mur. Le second, pris par surprise, n'eut pas le temps de réagir. La botte du tueur se planta violemment dans la rotule de son genou droit. Bébé entendit les os se briser. C'était comme si on avait cassé en deux un pied de table en bois. L'Iroquois attrapa l'homme blessé par une poignée de cheveux et lui enfonça la tête dans le mur. Presque immédiatement, un troisième agent de sécurité débaula dans la chambre et rencontra à son tour le poing de l'Iroquois, exactement comme le premier. Bébé n'avait pas compté, mais elle était sûre que les trois hommes de main furent maîtrisés en moins de cinq secondes. L'Iroquois tira le troisième à l'intérieur de la chambre et referma la porte derrière lui. Les trois hommes étaient empilés sur le sol.

«Waouh, laissa échapper Bébé à voix haute. Ils sont morts?

— Ouais. Il fallait faire vite, alors j'ai utilisé la technique Hallenbeck.

— C'est quoi, la technique Hallenbeck?

— Enfoncer le nez dans le cerveau. Ça tue instantanément. Pour les grandes occasions. Ça y est, tu es prête?»

Bébé glissa le DVD de *Dirty Dancing* dans son sac et regarda une dernière fois autour d'elle. Elle avait vécu dans cette chambre du plus loin qu'elle pouvait se souvenir, mais pas une seule pensée agréable ne lui vint en tête. Jusqu'à ce qu'elle voie le CD de la bande originale de *Dirty Dancing* posé sur la chaîne hi-fi à côté de la boîte vide de la compilation que Reg avait choisie. Il n'y avait aucun intérêt à avoir le DVD sans la bande originale qui l'accompagne. Elle courut le chercher et le glissa dans son sac.

«Je crois que j'ai tout.

— Bien. Reste aussi près de moi que possible. Comme ça, je pourrai te protéger.

— Et si on est séparés?

— Va où il y a de la musique. J'adore tuer quand il y a de la musique. Trouve la musique, et tu me trouveras.

— D'accord. Mais vous savez que certains de ces hommes sont armés, n'est-ce pas? Je les ai vus tout à l'heure. Ils ont des armes.»

L'Iroquois plaça une main sur la poignée de porte et s'apprêta à l'ouvrir. Avant ça, il montra du doigt son masque et fit une dernière remarque.

«Te laisse pas avoir par le sourire. Je suis pas aussi sympa que j'en ai l'air.»

48

Le trajet à l'arrière du pick-up de Randall fut assez cahoteux. Plus d'une fois, le corps de Munson avait rebondi dans les airs. À tel point qu'il craignait d'apparaître régulièrement dans le rétroviseur de Randall. À cause de tout l'alcool consommé pendant la journée, il se sentait maintenant complètement déshydraté. Et son estomac n'appréciait pas beaucoup tous ces rebonds. La tasse de café bien fort qu'il avait bue à l'Alaska avait fait des merveilles, mais il commençait à passer dans son système et son estomac bouillonnait.

Sa main droite était agrippée à son pistolet, prête à viser et tirer si un curieux regardait à l'arrière du camion.

Après un court trajet, le camion s'arrêta. Munson n'osa pas laisser dépasser sa tête du véhicule pour voir où il était. Il se contenta de rester concentré sur le ciel étoilé et sur les voix qu'il entendait.

« Hé, Randall ! cria une voix d'homme. Je t'ouvre le portail. Rentre. »

Randall se pencha par la fenêtre du camion et cria à son tour.

«Les flics sont en route, Ned. On a été informés que l'Iroquois avait débarqué ici, déguisé en médecin. Vous l'avez laissé entrer?

— Tu plaisantes, putain?

— Non. Tu as vu un médecin?

— Ouais. J'ai laissé un médecin entrer il y a une demi-heure à peu près.

— Eh bien, tu as laissé entrer l'Iroquois!

— Merde. C'est quoi, ce bordel?

— Je te le fais pas dire, *c'est quoi, ce bordel!* Benny a essayé d'appeler pour vous avertir, mais personne ne répondait. Vous avez rien entendu à l'intérieur?

— Comme quoi?

— Comme des gens en train de se faire découper par un couperet? À ton avis, putain?

— Non. Rien entendu. Mais je vais appeler Mack, bouge pas.» Munson entendit le bruit d'un talkie-walkie se mettre en marche. Il ne comprenait pas exactement ce qu'il se disait mais, apparemment, c'était grave. Si Joey Conrad était vraiment dans le bâtiment, déguisé en médecin, alors peut-être qu'il venait de révéler sa vraie identité.

«OK Randall! hurla Ned. J'ouvre le portail. Mais je ferais mieux de venir avec toi. Ça a l'air sérieux.»

Munson entendit le grincement d'un grand portail électrique s'ouvrir. Il roula sur le ventre, prêt à tirer. Il pria pour que Ned, qui qu'il fût, décide de monter à l'avant avec Reg, plutôt qu'à l'arrière avec lui. Il perdit tout espoir lorsqu'il entendit Randall, à un mètre à peine de lui, se pencher par la vitre du pick-up.

«Monte à l'arrière!» hurla Randall à Ned.

Et merde.

Le camion avança d'environ un mètre avant que Munson ne voie une paire de mains apparaître sur le rebord, pas très loin de sa tête. Le visage d'un maigrichon d'une trentaine d'années aux cheveux bruns hirsutes apparut. Il ne vit pas Munson allongé juste en face de lui dans l'obscurité. Il se hissa par-dessus le rebord du camion et passa une jambe à l'intérieur. Ce n'est que lorsqu'il fut presque face à face avec Munson qu'il remarqua enfin sa présence. Ses yeux s'écarquillèrent en voyant que quelqu'un l'attendait, allongé à l'arrière du pick-up. Pendant quelques instants assez embarrassants, les deux hommes restèrent immobiles à se regarder. Ils furent interrompus lorsque le camion accéléra et avança en cahotant. Au momènt où les pneus touchèrent enfin le sol, Munson tira.

La balle n'avait pas loin à aller. Elle ne parcourut qu'une vingtaine de centimètres avant de voler en éclats dans la poitrine de Ned. Munson se sentit presque obligé de s'excuser mais, en toute honnêteté, ce n'était que la dernière de toutes les choses horribles qu'il avait faites à des gens qu'il venait de rencontrer aujourd'hui. L'expression sur le visage de l'homme se transforma immédiatement. Les muscles de son visage se relâchèrent, il sembla complètement dépité, comme s'il venait d'ouvrir un cadeau de Noël pour y découvrir un rat mort. Une seconde plus tard, il rendit son dernier soupir et son visage s'écrasa bruyamment contre le fond du camion.

À l'avant, Randall enfonça le frein.

«Putain de merde! C'est quoi encore, ce bordel? hurla-t-il en regardant par la vitre d'où venait le bruit. J'ai un pneu crevé?»

Munson ne perdit pas une seconde. Il bondit sur ses genoux et pointa son pistolet vers le crâne de Randall. Le policier en civil vit d'abord le canon de l'arme avant de lever les yeux et de voir qui se tenait derrière.

«C'est pas ton jour», dit Munson.

Randall n'eut pas le temps de répondre. Munson tira une seconde fois. Même s'il ne visait pas depuis une grande distance, c'était toujours bon de savoir que son tir pouvait être précis lorsqu'il le fallait. Cela faisait longtemps qu'il n'avait pas tiré en situation réelle, il était donc soulagé de voir qu'il en était toujours capable. Cette fois la balle atteignit Randall pile entre les deux yeux. Sa tête partit en arrière et du sang jaillit de son crâne. Deux secondes plus tard, son corps était avachi sur le siège avant et les restes de son crâne pendaient par la fenêtre.

Munson bondit hors du camion. Derrière lui, il vit le grand portail électrique que le camion venait de franchir. Il se trouvait maintenant à l'intérieur de la propriété de Mellencamp. Le bâtiment principal était juste en face de lui, au bout d'un chemin de graviers. Il vit deux agents de sécurité habillés en noir courir à l'intérieur par l'entrée principale. Malheureusement, ils fermèrent la porte derrière eux.

Munson ôta sa veste et la jeta à l'arrière du pick-up. Même s'il n'avait pas de tee-shirt noir comme les autres agents de sécurité, il portait une chemise noire à manches longues et passerait mieux inaperçu sans la veste. Et il se déplacerait avec beaucoup plus d'aisance, ce qui lui ferait gagner un temps précieux. Les deux coups de feu qu'il avait déjà tirés avaient certainement attiré l'attention des hommes de Mellencamp, il ne devait donc pas traîner.

Il se baissa et courut vers l'entrée du bâtiment, son pistolet à la main. Alors qu'il s'approchait de la grande porte en chêne, il réfléchit à la façon dont il allait entrer. Il gravit les deux marches conduisant au seuil et tira sur la poignée. La porte ne s'ouvrit pas. Elle était fermée de l'intérieur.

Merde.

Munson recula de quelques pas. Il envisageait de contourner le bâtiment pour trouver une autre entrée lorsque, soudain, des coups de feu retentirent, suivis de hurlements. Une putain de fusillade faisait rage à l'intérieur du Minou Joyeux.

49

Bébé suivit l'Iroquois dans le couloir conduisant au bureau de Clarisse. Il régnait autour d'eux un chaos infernal. Des filles couraient dans tous les sens en hurlant, des portes claquaient. De la musique beuglait à travers la porte d'une des chambres. Bébé reconnut la chanson. C'était «Cry of the Celts» de la comédie musicale de Michael Flatley, *Lord of the Dance*. Elle l'avait entendue à moult reprises et l'avait toujours détestée.

Un peu plus loin, derrière le bureau de la réception, elle vit Clarisse. La réceptionniste leur tournait le dos. Elle était penchée en avant et inspectait un pot de fleurs. Le cul à l'air. Bébé essaya d'oublier la vision de ses fesses nues exposées à la vue de tous. Il y avait des choses plus importantes à voir. *Et à entendre*. En particulier le bruit d'autres agents de sécurité dévalant au pas de charge les escaliers près du pot de fleurs que Clarisse examinait. Le claquement de leurs bottes sur les marches était un peu perturbant. On aurait dit un troupeau de bisons.

Bébé resta derrière l'Iroquois, une main posée sur son dos. Ce n'était pas une mauvaise idée de rester aussi proche de lui que possible. Elle était convaincue que c'était l'endroit le plus sûr où elle pouvait être. Il s'accroupit sur un genou et plongea les deux mains dans sa veste rouge. Il en sortit deux pistolets. Des putains d'engins, remarqua-t-elle en s'accroupissant derrière lui. Quelque chose en lui inspirait confiance à la jeune femme. Ils étaient largement moins nombreux que la horde inépuisable d'hommes de main de Mellencamp et s'échapper du Minou Joyeux semblait être mission impossible, mais Bébé avait son propre tueur en série. Un preux chevalier, qui n'avait ni armure étincelante, ni cheval, mais un masque d'Halloween. Elle ne pouvait pas s'empêcher de penser, même si c'était un peu déplacé, qu'il avait quand même une putain de classe. Et il était à elle.

« Vous allez tous les tuer ? demanda-t-elle tandis que le bruit des hommes de main dévalant les marches se faisait de plus en plus assourdissant.

— Quand le moment sera venu, répondit-il, ses pistolets braqués sur l'escalier.

— C'est-à-dire ?

— Maintenant. »

L'Iroquois attendit que les genoux des agents de sécurité fassent leur apparition dans l'escalier pour ouvrir le feu avec ses deux pistolets énormes. Les mains sur les oreilles, Bébé regarda sept ou huit paires de jambes se briser, déchiquetées par une myriade de balles. Puis la partie supérieure du corps de ces malheureux dégringola l'escalier. Ils rebondirent et s'amoncelèrent en bas des marches. À côté d'eux, Clarisse était toujours penchée en avant, le cul à l'air. Mais elle avait maintenant ses doigts dans les oreilles. Lorsque les coups de feu cessèrent, elle retira ses doigts et se releva. Elle se tourna et vit Bébé cachée derrière le tueur masqué, observant par-dessus sa crête rouge le carnage qu'il venait de faire. La mâchoire de Clarisse tomba. Elle resta bouche bée devant eux pendant quelques secondes avant de recouvrer ses esprits.

Quel que soit l'objet qu'elle cherchait dans la plante (et Bébé soupçonnait que c'était son string), elle abandonna assez vite et prit ses jambes à son cou. Malheureusement, à peine eut-elle fait quelques pas qu'elle se prit les pieds dans le cadavre d'un des hommes qui gisaient au pied des marches. Elle tré-bucha et tomba la tête la première. Il ne lui fallut pas longtemps pour se relever et leur offrir une nouvelle vue sur son trou du cul. Malgré tout, Bébé était sou-lagée de la revoir sur pied, s'échappant par l'escalier en hurlant tout ce qu'elle pouvait.

L'Iroquois se releva.

«Par ici», dit-il en se dirigeant vers le couloir menant à l'ascenseur.

Bébé courut derrière lui, faisant de son mieux pour rester le plus près possible, cachée derrière son imposante silhouette. Lorsqu'ils atteignirent l'ascen-seur, il pressa un bouton sur le mur pour l'appeler. Derrière eux, Bébé entendit quelqu'un crier.

«Ils sont là-bas!»

Avant que Bébé n'ait le temps de réagir, Joey Conrad la protégea de son bras. Il la poussa derrière lui et s'apprêta à régler son compte à celui qui venait de hurler à l'autre bout du couloir.

«Baisse-toi», ordonna-t-il.

Il braqua ses pistolets vers le couloir et ouvrit le feu sans une seconde d'hésitation. Bébé s'accroupit derrière lui, les mains sur les oreilles. La dernière vague de coups de feu l'avait pratiquement assourdie et elle n'avait aucune envie d'en faire une nouvelle fois les frais.

Comme elle s'y attendait, un tir de barrage suivit. Elle ferma les yeux et attendit la fin. Le bruit dura cinq ou six secondes avant que le calme ne revienne. Elle plissa les yeux pour les ouvrir et regarda au bout du couloir. De nouveaux cadavres gisaient au milieu d'un panache de fumée. Elle entendit l'Iroquois ranger ses armes dans leur étui. Le ding de l'ascenseur suivit. Elle se tourna juste à temps pour voir les portes s'ouvrir sur la silhouette massive qui les attendait dans l'ascenseur. Bébé se figea lorsqu'elle vit Mack se dresser devant elle. Elle voulut crier pour avertir son ami masqué de ce qui l'attendait, mais il était trop tard.

Par-derrière, Mack enserra le cou de l'Iroquois de son bras. Il l'attira dans l'ascenseur avec lui. Bouche bée, elle regarda Mack serrer ses énormes mains autour du cou du tueur masqué et le projeter contre le mur de l'ascenseur. Les portes se refermèrent, la laissant seule de nouveau, abandonnée dans un couloir du Salon Coquin. Elle regarda les chiffres au-dessus de l'ascenseur indiquant qu'il remontait.

Le plan de Bébé pour s'échapper venait de tomber à l'eau. Elle n'était pas sûre de savoir quoi faire. Attendre que l'ascenseur redescende, ou courir vers l'escalier ?

Trouver de la musique.

C'était peut-être l'idée la plus stupide qu'elle ait jamais eue, mais c'était ce que Joey Conrad lui avait dit de faire s'ils étaient séparés. «Cry of the Celts» passait toujours dans une des chambres près du bureau de Clarisse. Bébé se retourna et courut dans cette direction, sans trop savoir ce qu'elle espérait.

50

Munson regarda par une des fenêtres près de l'entrée de l'établissement. Elle donnait sur un grand hall avec une porte à double battant à l'arrière. Soudain, il vit une silhouette franchir à toutes jambes la double porte. C'était une femme, et elle se dirigeait vers la sortie, hurlant à pleins poumons.

Le timing était si parfait qu'il aurait pu la prendre dans ses bras. Elle enfonça la porte et descendit les marches en courant. Munson lui boucha le passage. Elle s'écrasa contre sa poitrine, leva les yeux vers lui et hurla. Munson la regarda de bas en haut. Elle portait un soutien-gorge en dentelle noir, et c'était à peu près tout. Il l'attrapa par le bras. Elle continua à hurler et se débattit, mais il était bien trop fort pour elle.

« Qu'est-ce qui se passe là-dedans ? cria-t-il, assez fort pour qu'elle l'entende par-dessus ses propres cris.

— Le tueur à la crête rouge, l'Iroquois. Il est à l'intérieur. Laissez-moi ! »

Elle essaya de se libérer, les yeux fixés sur le camion de Randall au bout de l'allée, mais Munson refusait de la laisser partir. À la place, il la tira vers lui.

«Je cherche une fille, Bébé, dit-il. Elle est à l'intérieur?

— Bébé?

— Vous savez très bien de qui je parle.

— Bébé. Ouais, elle doit être morte. Le tueur était dans sa chambre. Je viens de le voir sortir. C'est là que je suis partie en courant.

— Où est sa chambre?»

La femme continuait à se débattre pour essayer de se libérer de Munson, en vain.

«Laissez-moi partir!» hurla-t-elle.

Munson lâcha un de ses bras et sortit son pistolet de son holster. Il le braqua sur le visage de la fille.

«Où est Marianne Pincent?» gronda-t-il.

Elle arrêta immédiatement de se débattre. Son regard se posa d'abord sur l'arme, puis sur Munson. Puis, comme si elle venait de prendre conscience de sa nudité, elle plaça sa main libre entre ses jambes pour cacher son intimité, avant de lui répondre.

«Elle est en bas. Après la réception. Descendez l'escalier dans la pièce suivante et c'est la première porte sur la droite. Mais elle est probablement morte. N'y allez pas.»

Munson regarda la femme de haut en bas.

«Vous devriez vraiment mettre un pantalon», dit-il. Puis il lâcha son bras et la regarda courir vers le camion de Randall.

La cervelle du policier ne pendait plus par la fenêtre. Mais lorsque la femme nue agrippa la poignée et ouvrit la portière, son cadavre lui tomba dessus et la renversa sur le sol. Écrasée par le corps, elle se remit à hurler mais, cette fois, ses cris furent étouffés par le cadavre qui gisait sur elle.

Munson inspira profondément et entra dans le bâtiment principal. Il fut accueilli par les cris d'une horde de jeunes femmes courant dans toutes les directions. C'était la distraction parfaite pour se diriger vers la chambre de Bébé. Il traversa en courant la réception, cherchant du regard une fille avec une tache de naissance bleue.

Un chaos monstrueux régnait autour de lui. Les cris et les pleurs d'hommes et de femmes de tous âges emplissaient les lieux. Il entendit d'autres coups de feu venant de l'étage inférieur et la musique d'un spectacle de Michael Flatley. Munson se dirigea prudemment vers la pièce où l'escalier était censé se trouver. Il vit des marches sur sa gauche. Elles conduisaient à l'endroit d'où venait tout ce raffut. Il s'immobilisa en haut de l'escalier. Tout en bas gisait une pile de cadavres. Quelqu'un avait tué un certain nombre d'agents de sécurité. Il pensait savoir de qui il s'agissait. Il brandit son pistolet et descendit l'escalier. Lorsqu'il atteignit les dernières marches, il vit une jeune fille en jean et débardeur rouge courir le long d'un couloir dans sa direction. Elle avait une tache de naissance bleue sur le visage. C'était la fille de la photo sur le téléphone de Fonseca. Leurs regards se croisèrent et ils se figèrent tous les deux.

«Êtes-vous Marianne Pincent?» hurla-t-il par-dessus le vacarme.

Elle sembla surprise, mais répondit rapidement.

«Oui.

— Je suis Jack Munson. Tu m'appelais *Oncle Jack* autrefois. Je suis du FBI. Je suis là pour te sortir d'ici.» Il tendit la main. «Viens. Dépêche-toi, le temps presse!»

51

Silvio Mellencamp s'appuya contre son bureau et but une gorgée de cognac. Il regardait la porte tout en écoutant le chaos qui faisait rage de l'autre côté. Des gens étaient en train de mourir en bas. Il y avait un sacré boucan, beaucoup de cris et de coups de feu, beaucoup plus qu'il n'avait imaginé.

Du plus loin qu'il se souvienne, il n'avait jamais eu aucune raison d'avoir peur de quiconque. Mais ce psychopathe d'Iroquois lui avait donné pas mal de raisons de s'inquiéter. B Movie Hell, la ville de Mellencamp, *sa putain de ville à lui*, avait été mise à feu et à sang par ce type en moins d'une journée. Et ce putain de barjo était quelque part entre les murs de l'établissement.

Mellencamp avait fermé à clef son bureau dès que Selena était partie. Ça faisait maintenant plus de deux minutes qu'il avait envoyé son meilleur homme, Mack, en mission de destruction avec plusieurs autres de ses employés. Il s'attendait à entendre un ou deux coups de feu, qui signifieraient que l'incident était clos. Mais les coups de feu n'en finissaient plus. Ce qui ne pouvait vouloir dire qu'une seule chose. L'Iroquois n'était pas encore mort. Mellencamp devenait de plus en plus nerveux à chaque seconde. Il restait immobile, les yeux écarquillés, à fixer la porte et à se demander qui arriverait en premier, Mack ou l'Iroquois. Un coup bruyant à la porte le fit sursauter.

«Qui est là? demanda-t-il.

— C'est Jasmine. Selena dit que vous vouliez me voir.

— Ah, oui, une seconde.»

Il soupira de soulagement et se dirigea vers la porte en faisant tourner son cognac dans son verre. Il déverrouilla la porte et ouvrit. Jasmine se tenait devant lui, en guêpière rouge, bas noirs et talons aiguilles. Il l'examina de haut en bas et lui fit un clin d'œil approbateur. Même face à un danger mortel, il ne pouvait qu'apprécier un tel spectacle. Il la fit entrer et referma la porte à clef avant de vérifier qu'elle était bien verrouillée. Le simple fait d'avoir Jasmine dans la pièce avec lui l'apaisa énormément. Elle ne semblait pas le moins du monde paniquée par tout le bruit qui venait d'en bas. Et il savait que lorsqu'elle commençait à le sucer, elle pouvait lui faire oublier n'importe quoi. Même un danger mortel.

Il se tourna et la trouva appuyée contre son bureau. Elle vérifiait ses ongles.

«Tu as apporté le gant de cuisine? demanda-t-il.

— J'étais censée le faire?

— Oui. Selena ne t'a pas dit?

— Non. Par contre, elle a entendu dire que l'Iroquois était dans le bâtiment. C'est vrai?»

Mellencamp fit la grimace.

«À ton avis? Tu n'entends pas les coups de feu?

— Ah, c'est ça ?

— Ouais. Mack et les garçons sont en train de s'occuper de lui en bas. Mais ne t'inquiète pas, toi et moi, on est parfaitement en sécurité ici. » Il ouvrit sa robe de chambre et lui agita son pénis sous le nez. « Occupons-nous un peu pour nous changer les idées.

— Vous préférez pas attendre que ce soit terminé ? demanda Jasmine, ignorant son pénis tournoyant.

— Nom d'une pipe ! Tu vas pas t'y mettre toi aussi ?

— De quoi parlez-vous ?

— Selena. Elle arrêtait pas de l'ouvrir. C'est pour ça que je t'ai fait venir. Tu es ma préférée, Jasmine, parce que tu sais me changer les idées. Alors rends-moi service, mets-toi à genoux et ferme-la. Enfin non, je veux dire, ouvre-la mais ne parle pas. Cette Selena bavardait avec tout le monde au lieu de faire ce qu'elle était censée faire.

— C'était pour être sympa.

— Oui, eh bien, c'était pas le moment. Tu as de la chance que je t'aie appelée. C'est l'endroit le plus sûr de tout le bâtiment. La porte est fermée à clef, personne n'entrera. Alors, pour me remercier, le moins que tu puisses faire, c'est te mettre à genoux et arrêter avec toutes tes questions ! »

Jasmine eut du mal à cacher son manque d'enthousiasme face à la tâche qui l'attendait. Elle s'était déjà occupée de sa bite, ses couilles et son cul deux fois aujourd'hui. Trois fois en une journée, ce n'était pas courant.

« Et ne prends pas cet air dépité », dit Mellencamp avec un petit sourire méprisant.

Jasmine se baissa et avança jusqu'à lui à genoux. Elle savait exactement quoi faire pour exciter Mellencamp. Il aimait beaucoup la plupart des filles, mais aucune ne savait caresser ses testicules comme Jasmine, et sa technique de fellation était inégalée. Les filles les plus malignes avaient toutes compris que celles qui faisaient les meilleures pipes étaient systématiquement réquisitionnées pour satisfaire le chef. Soit Jasmine n'avait pas encore compris, soit elle ne savait simplement pas comment faire une mauvaise pipe.

Pendant les deux minutes qui suivirent, alors qu'il sirotait son verre de cognac et regardait les magnifiques cheveux noirs de Jasmine, il oublia complètement l'Iroquois. Bon sang, cette fille était douée. Elle pouvait vraiment lui faire oublier n'importe quoi.

Il était en train de guider la main de Jasmine vers son anus lorsqu'on frappa de nouveau à la porte.

«Qui est-ce? cria-t-il.

— Mack.

— Excellent. Tu l'as eu?

— Ouais, je l'ai eu, boss. Je lui ai tordu le cou dans l'ascenseur.

— Merveilleux! Tu es une légende, Mack. Entre donc. Je vais dire à Jasmine de s'occuper de toi pour te remercier.»

Il sortit son pénis de la bouche de Jasmine et la poussa en arrière.

«Attends ici une minute, ma belle, dit-il.

— Il faut aussi que je suce la bite de Mack? grommela Jasmine.

— Hé! Rappelle-toi ce que je t'ai dit. Quand tu es à genoux, je ne veux pas t'entendre dire un mot. Compris?»

Jasmine hocha la tête. Elle semblait vouloir se plaindre mais eut le bon sens de garder ses remarques pour elle.

Mellencamp déverrouilla la porte et l'ouvrit. Mack se tenait devant l'entrée.

«Entre, baisse ton pantalon, mets ta bite dans la bouche de Jasmine et raconte-moi tout», dit Mellencamp en tenant la porte et en lui faisant signe d'entrer.

Mack resta immobile.

«J'y vois rien, boss.

— Quoi?»

Mellencamp regarda sur le seuil de la porte. Il leva les yeux vers Mack et fut stupéfait de voir du sang couler à flots sur le visage du colosse. Il regarda de plus près. Les orbites de Mack étaient vides. Du sang coulait des deux trous noirs béants qui avaient jadis contenu ses yeux.

«PUTAIN DE MERDE!»

Mack tomba soudain à genoux. Mellencamp recula d'un pas.

«Mack? *Mack*?»

Avant qu'il ne puisse lui demander ce qui se passait, le géant tomba en avant. Son visage s'écrasa bruyamment sur le tapis qu'il avait accidentellement aspergé de pisse plus tôt dans la journée. Un couperet était planté dans son dos, pile entre les omoplates. Il était enfoncé d'une bonne dizaine de centimètres.

Mellencamp regarda sur le seuil de la porte et aperçut le propriétaire du couperet debout derrière

Mack. Pour la première fois, il se retrouvait face à face avec le psychopathe masqué qui terrorisait sa ville. L'Iroquois entra dans la pièce. Il se pencha et arracha son couperet du dos de Mack. Puis il fit une grande enjambée en direction du patron du Minou Joyeux.

« Attendez. Attendez ! supplia Mellencamp, qui recula précipitamment tout en essayant de le convaincre de lui laisser la vie sauve. J'ai de l'argent. Si c'est l'argent qui vous intéresse, j'en ai autant que vous voulez. Vous pouvez venir travailler pour moi. Donnez-moi une somme. »

L'Iroquois ne répondit pas. Il continua de marcher en direction de Mellencamp, son couperet ensanglanté à la main.

« Je peux vous donner un million tout de naaaaa-aaaaagh… »

Le pied de Mellencamp se prit dans quelque chose sur le sol derrière lui et il tomba à la renverse. Il avait trébuché sur Jasmine, qui était restée à quatre pattes derrière lui. Sa tête cogna contre le sol et il laissa tomber son verre de cognac. Il n'était pas en état de se relever rapidement. À la place, il lança un regard noir à Jasmine et hurla.

« Espèce d'idiote ! Salope, t'aurais pas pu dire quelque chose ? »

Jasmine se releva. Elle baissa les yeux sur lui.

« Vous m'avez dit de me taire quand je suis à genoux. »

Le tueur à la crête rouge avança de quelques pas et s'arrêta à côté d'elle. Jasmine recula prudemment vers le bureau.

«Tu peux partir, lui dit le tueur masqué. C'est pour lui que je viens.

— Vous allez le tuer ? demanda Jasmine.

— D'une minute à l'autre.

— Dans ce cas… » Jasmine regarda Mellencamp. Sa robe de chambre était grande ouverte. Il était allongé sur le dos, jambes écartées, à sa merci. Elle prit son élan et lui balança son pied droit dans les testicules. Le bout de sa chaussure visa l'endroit le plus douloureux. Ses testicules lui remontèrent presque dans l'estomac. L'expression sur le visage de Mellencamp passa de la terreur à l'agonie en moins d'une seconde. Il ferma les yeux et hurla. Avant qu'il ne puisse soulager la douleur de ses mains, Jasmine y planta son talon aiguille qui s'enfonça dans son scrotum, pile entre les testicules. Elle tourna le pied à 90 degrés, ce qui causa un étrange bruit de crissement. Mellencamp grimaça et cria.

«Espèce de salope ingrate ! Après tout ce que j'ai fait pour toi ! »

Jasmine s'autorisa un petit sourire satisfait.

«Suce-moi ça !

— C'est bon, tu as terminé ? demanda une voix derrière lui.

— Oh oui. »

Jasmine se retourna et passa devant l'Iroquois. Elle quitta fièrement la pièce avec la démarche de quelqu'un qui vient de gagner à la loterie.

Mellencamp attrapa ses couilles et roula sur le côté, grimaçant de douleur. L'ombre du tueur se dressa au-dessus de lui. L'Iroquois se pencha en avant et l'attrapa par la gorge. Mellencamp regarda les yeux noirs derrière le masque jaune. Le tristement célèbre baron du crime de B Movie Hell était maintenant bien trop effrayé pour parler. Il pleurait comme une petite chienne et ses testicules le faisaient terriblement souffrir. Il craignait aussi d'avoir chié dans sa robe de chambre préférée.

L'Iroquois le souleva du sol. Il parla d'une voix rauque.

« Mauvaise nouvelle. Pas de mort rapide pour toi. »

52

Escortée par Jack Munson, Bébé se fraya un chemin à travers les cadavres jusqu'au rez-de-chaussée. Il disait être son Oncle Jack. Elle ne se souvenait pas de lui et n'était pas sûre de pouvoir lui faire confiance. Mais elle ne l'avait jamais vu au Minou Joyeux avant, il était donc probablement étranger à la ville. Et d'après les films qu'elle avait vus, il ressemblait vraiment à un agent du FBI, même s'il était banalement vêtu d'un pantalon gris et d'une chemise noire. Peut-être était-il vraiment son Oncle Jack ? Ça n'avait pas beaucoup d'importance au final, parce qu'il la tenait fermement par la main et il était armé. Il ne lui en fallait pas plus pour être convaincue.

Le Minou Joyeux s'était transformé en asile de fous. Il y avait des gens partout, tous plus ou moins vêtus. Des cris, des hurlements, des coups de feu, et le clic-clac des talons aiguilles à plumes rebondissait sur les murs dans toutes les directions. Heureusement, cette connerie de *Lord of the Dance* s'était enfin arrêtée. Une nuisance sonore en moins.

Lorsqu'ils arrivèrent en haut de l'escalier, Munson hésita et regarda autour de lui. Les yeux de Bébé se posèrent sur les portes de l'ascenseur dans un coin du hall principal. Elles étaient toujours fermées à cet étage. Elle se demandait ce qui était arrivé à l'Iroquois. Même si Munson avait dit qu'il allait la sortir d'ici, elle ne pouvait pas s'empêcher de penser qu'elle avait de meilleures chances d'en sortir vivante escortée par son propre tueur en série masqué.

«Par ici!» cria Munson en la tirant vers la porte à double battant qui menait à la réception. Ils franchirent le seuil et le cœur de Bébé s'arrêta presque de battre. La porte d'entrée du manoir était grande ouverte. La réception était prise d'assaut par une horde de policiers armés jusqu'aux dents, vêtus des pieds à la tête d'un uniforme bleu marine et d'un casque assorti. À leur tête se dressait fièrement Benny Stansfield, dans son costume gris. Munson s'arrêta si brusquement que Bébé lui rentra dedans.

Benny Stansfield pointa son pistolet, qu'il tenait des deux mains, dans leur direction. Le groupe de policiers derrière lui, dont la plupart étaient armés de mitrailleuses, fit de même.

«Lâchez votre arme, monsieur! hurla Benny pardessus le vacarme.

— Merde», marmonna Munson. Puis il cria à Benny : «Je n'ai pas l'intention de tirer!

— Ça, je le sais, parce que vous allez vous baisser lentement et poser cette arme sur le sol, ou c'est moi qui vais tirer.

— D'accord, d'accord.» Munson baissa son arme, tenant la crosse de deux doigts. Il se pencha en avant et la posa sur le sol. Il se redressa et leva les mains pour montrer qu'il se rendait. Puis il murmura à Bébé :

«Pas de panique.

— Vous êtes Jack Munson, je présume, dit Benny en gardant son arme braquée sur la poitrine de Munson.

— Vous savez que vous ne vous en tirerez pas comme ça», répondit Munson.

Benny l'ignora. «Où est Mellencamp?» demanda-t-il.

Munson leva les bras, les paumes vers le haut.

«Aucune idée. Je l'ai jamais rencontré. Je sais même pas à quoi il ressemble.

— Bébé? demanda Benny en se tournant vers elle. Où est Silvio?

— Je sais pas. Sûrement en haut, dans son bureau.»

Benny fit signe à deux de ses hommes.

«Vous deux, allez voir en haut.» Il fit signe à deux autres. «Vous deux, en bas. Les autres, vous restez avec moi.»

Obéissant diligemment, deux flics de la brigade antiémeute passèrent au pas de course devant Bébé et Munson et se dirigèrent vers le Salon Coquin par l'escalier. Ils bousculèrent au passage une fille qui détalait dans l'autre direction en hurlant à se décrocher la mâchoire. Deux autres flics prirent la direction de l'escalier qui longeait le mur jusqu'à un balcon juste au-dessus de la tête de Bébé.

Munson lança à Benny.

«Écoutez, mon pote, je suis du FBI. Vous vous êtes mis dans un sacré pétrin. J'ai déjà informé le bureau de ce qui se passe ici.»

Benny était en train de regarder ses hommes monter les marches. Lorsque Munson eut fini de parler, il lui jeta un coup d'œil, comme s'il n'avait pas entendu ce qu'il venait de dire.

« Jack, dit-il avec un sourire narquois. C'est bien Jack ?

— Oui.

— Voilà le truc. J'en ai rien à foutre de ce que le FBI sait. On est à B Movie Hell. On a nos propres règles. Si Mellencamp veut se débarrasser de vous, et je sais que c'est ce qu'il veut, alors on se débarrasse de vous. Et probablement aussi de Bébé.

— On peut peut-être trouver un arrangement, dit Munson. On est dans la même équipe.

— Je crois pas, non. Vous êtes un mort en sursis. Mais ce n'est pas pour vous qu'on est là. Je veux savoir ce qui est arrivé au médecin venu tout à l'heure ? Est-ce qu'il y a un putain de médecin dans la maison, bordel ?»

Munson secoua la tête.

« Je vois pas de quoi vous parlez.

— Je parle d'un tueur en série, qu'on appelle l'Iroquois, qui est arrivé ici déguisé en médecin. Où est-il ? À moins que ce ne soit vous, Munson ? C'est vous qui vous baladez avec un masque en tuant les habitants de ma ville ?

— Bien sûr que non, répliqua Munson.

— C'est peut-être évident pour vous, mon ami. Mais pas pour nous. Si quelqu'un débarque ici, on peut toujours leur dire qu'on vous a descendu parce que c'était vous, l'Iroquois.

— Ça pourrait marcher, dit Munson. Si mon chef ne connaissait pas déjà l'identité de l'Iroquois. Vous ne la connaissez peut-être pas, mais moi oui, et mes supérieurs aussi. Si vous m'accusez des meurtres, ils vous balanceront en prison. Tête de con.

— *Tête de con*? C'est moi que tu traites de tête de con?

— En effet.»

Benny leva son arme de quelques centimètres et tendit le bras, laissant supposer qu'il était prêt à tirer sur Munson.

«Ce n'est pas très gentil.

— Vous savez quoi, je viens de me rendre compte de quelque chose, dit Munson avec un petit sourire.

— Quoi?

— Vous n'avez jamais tiré sur personne avant, n'est-ce pas? Vous hésitez depuis tout à l'heure comme si vous ne vouliez pas vraiment me tirer dessus.»

Bébé regrettait de ne pas pouvoir aider. Elle regarda autour d'elle, cherchant quelque chose qu'elle pourrait utiliser pour se défendre ou pour faire distraction. À sa surprise, il ne lui fallut que quelques secondes pour trouver ce qu'elle cherchait. Son seul problème, c'était d'y accéder. Il y avait six policiers armés jusqu'aux dents, dont Benny, et ils avaient tous leur arme braquée sur Munson. Elle recula d'un pas hésitant. Personne ne sembla la remarquer. Il y avait un canapé à sa droite. C'était le canapé sur lequel Chardonnay et elle étaient assises un peu plus tôt quand Mack avait débarqué pour la traîner en bas. Elle devait y accéder.

Elle fit un autre pas en arrière tandis que Benny et Munson continuaient à échanger des insultes de macho et à jouer au plus malin. Un des flics derrière

Benny semblait la surveiller, mais c'était difficile à dire parce qu'il portait un casque antiémeute. Son arme semblait bouger lentement dans la direction de Bébé. Elle fit un pas de plus vers le canapé et posa sa main sur l'accoudoir.

«Qu'est-ce que vous faites?» demanda le flic en braquant son arme sur elle.

Tout le monde se tourna vers Bébé.

«On m'a tiré dessus tout à l'heure, dit-elle. Je me sens pas très bien.» Sans attendre que quelqu'un l'en empêche, elle glissa sur le canapé et s'assit.

Benny garda son arme pointée sur Munson mais cria dans sa direction.

«T'as pas intérêt à bouger de là, Bébé!
— OK.
— Munson. À genoux.»

Bébé regarda Munson se mettre à genoux. Benny s'approcha de lui et braqua son pistolet contre sa tête. Il allait tuer l'agent du FBI de sang-froid, Bébé en était convaincue. Il était temps de mettre son plan en marche. Elle attrapa la télécommande de la télévision. L'écran devant elle affichait l'image figée du bar bondé de *Coyote Girls*. Chardonnay l'avait mis sur pause sous la menace de Mack. Bébé appuya sur le bouton LECTURE de la télécommande. Sur l'écran, le personnage joué par Maria Bello hurla dans un mégaphone.

«Je vous demanderais de faire un accueil digne des Coyote à Mlle LeAnn Rimes!»

Surpris par la voix perçante qui sortit du téléviseur, les policiers commencèrent à braquer leurs mitrailleuses dans toutes les directions, tout en penchant la tête pour essayer de comprendre ce que LeAnn Rimes pouvait bien venir faire à B Movie Hell. Benny se détourna de Munson pour voir ce qui se passait.

« C'est quoi, ce bordel ? » dit-il, complètement désorienté.

Les autres flics se tournèrent vers Bébé et la télévision. Sur l'écran ils virent LeAnn Rimes et les Coyote Girls danser sur le bar et chanter « Can't fight the moonlight ». Ils restèrent scotchés pendant quelques secondes, avant que Benny ne hurle.

« ÉTEINS CETTE MERDE ! »

Bébé pointa la télécommande vers l'écran et fit semblant d'appuyer sur un bouton. Elle haussa les épaules.

« Elle veut pas s'éteindre.

— Bon Dieu de merde ! »

La distraction avait été efficace. Benny semblait maintenant hésiter à tuer Munson. Il leva son arme et la baissa immédiatement. Il secoua les bras, comme pour les détendre, et leva son arme à nouveau. Ce cinéma dura quelques secondes avant qu'il ne se décide enfin et braque son arme d'un air assuré. Bébé eut le souffle coupé lorsque Benny commença à presser son doigt sur la détente.

Mais il hésita une seconde de trop. Soudain, un objet de la taille et de la forme d'un ballon de football tomba du balcon au-dessus de sa tête. Benny le vit juste à temps. Il l'attrapa dans ses bras avant qu'il n'atteigne sa poitrine. L'objet fit presque tomber son arme de sa main. Il regarda ce que c'était. *Tout le monde regarda.*

C'était la tête de Silvio Mellencamp. Elle était pâle et flétrie, mais une grande quantité de sang s'en écoulait.

« MEEEERDE ! » Benny laissa tomber la tête sur le sol. Elle roula vers Bébé et s'arrêta sur le côté. La langue de Mellencamp sortit de sa bouche et lécha le sol tandis que le blanc de ses yeux dévisageait la jeune fille.

Benny tituba vers l'arrière. Il avait du sang sur les mains et sur son costume beige. Il leva les yeux vers le balcon. Ses camarades pointèrent tous leur arme vers le haut pour voir qui venait de leur balancer la tête de Mellencamp.

Un autre objet vola par-dessus le balcon. Beaucoup plus gros cette fois. Le corps d'un homme. Un policier. C'était un des deux agents que Benny venait d'envoyer dans le bureau de Mellencamp. Benny s'écarta en chancelant. Le corps atterrit sur le sol dans un gros bruit sourd, dispersant les policiers qui s'écartèrent du passage. Bébé sentit le sol trembler sous ses pieds. Le corps venait d'émettre un grognement.

« Il est toujours vivant ! hurla quelqu'un.

— C'est quoi, ce truc dans sa main ? marmonna quelqu'un d'autre.

— Une grenade.

— Merde. »

Une petite grenade roula hors de la main du policier. Elle clignotait en émettant un sifflement perçant. Un énorme nuage de fumée en sortit, se répandant rapidement dans toutes les directions. La pièce fut presque instantanément envahie de fumée. Bébé entendit les gens tousser et balbutier, prisonniers de la fumée.

S'ensuivit un tir de barrage en provenance du balcon. Bébé plongea dans un coin du canapé pour être aussi loin que possible du centre de la pièce. Les coups de feu étaient assourdissants. Les flics commencèrent à riposter à l'aveugle depuis le nuage de fumée qui les nimbait. Bébé mit les mains sur ses oreilles et essaya de se concentrer sur LeAnn Rimes et les Coyote Girls. Elle pouvait à peine les voir à travers la fumée et elles donnaient maintenant l'impression de danser sur une symphonie de coups de feu et de hurlements, plutôt que sur «Can't fight the moonlight».

Il devint rapidement difficile de respirer et Bébé, enveloppée de fumée, commença à tousser, incapable de reprendre son souffle. Elle mit la main devant sa bouche et son nez. La fumée lui piquait les yeux.

Finalement, alors que «Can't fight the moonlight» touchait à sa fin, les coups de feu cessèrent et la voix de LeAnn Rimes redevint audible. Bébé entendit quelques gémissements à travers la fumée qui se dissipait. Elle regarda au centre de la pièce, les yeux pleins de larmes à cause de la fumée. On n'y voyait pas grand-chose. Mais, soudain, la main d'un homme l'attrapa par le bras et la tira hors du canapé.

Ils traversèrent la fumée jusqu'à la porte d'entrée. Elle trébucha sur quelques corps mais ne ralentit pas, impatiente de pouvoir respirer l'air frais de l'extérieur. Celui qui lui tenait la main semblait savoir où il allait. Elle pouvait sentir l'air s'assainir à chaque pas. Elle avait l'impression que ses poumons s'étaient complètement fermés. Mais elle sentit soudain l'air frais sur son visage. Son sauveur la traîna hors de la fumée, dans l'air froid de l'extérieur.

Bébé ouvrit grand la bouche et essaya d'avaler autant d'oxygène que possible. Elle toussa et se plia en deux pour retrouver son souffle. Son sauveur la tenait toujours fermement par le bras gauche. Elle prit une grande inspiration, se redressa et regarda le visage de l'homme qui l'avait sortie du bâtiment.

C'était Benny. Il l'attira plus près de lui et enserra sa taille de son bras. Il pressa son corps contre son dos et posa le canon de son arme sur sa tempe.

« Tu viens avec moi, dit-il. Si tu bouges d'un poil, tu es morte. »

53

Benny s'éloigna à reculons de l'entrée du Minou Joyeux en tenant fermement Bébé par la taille. La jeune fille garda les yeux fixés sur les portes du bâtiment, dans l'espoir de voir l'Iroquois apparaître. Elle savait que, quelque part à l'intérieur, quelqu'un était toujours vivant car, de temps en temps, un coup de feu lointain retentissait. Mais toutes les issues étaient enfumées, il était donc difficile de voir ce qui se passait entre les murs du manoir.

Benny était clairement inquiet. Son pistolet passait sans cesse de la tête de Bébé aux portes d'entrée. Sa respiration était irrégulière et laissait penser qu'il était sérieusement paniqué. En fait, Bébé se demandait s'il n'était pas encore plus paniqué qu'elle, même si c'était elle qui avait un pistolet contre la tempe.

Lorsqu'ils eurent parcouru la moitié de l'allée, Benny lui murmura à l'oreille :

« Ma voiture est garée juste là. Quand on y sera, tu montes du côté passager. Ne fais rien de stupide ou tu le regretteras. »

Bébé décida d'essayer de jouer avec son anxiété.

« L'Iroquois est venu pour me ramener à la maison, dit-elle. Si vous m'emmenez avec vous, il viendra à notre poursuite. Laissez-moi ici et il vous oubliera. Vous pouvez encore vous enfuir.

— L'Iroquois est venu pour te ramener à la maison? C'est qui, exactement?»

Bébé n'eut pas le temps de répondre. La silhouette du tueur masqué apparut au milieu de la fumée derrière les portes du Minou Joyeux. Il sortit du manoir à grandes enjambées, jusqu'à ce qu'il soit clairement visible, devant la fumée qui filtrait derrière lui. Il tenait un pistolet dans sa main droite. Il s'arrêta et le pointa en direction de Benny et Bébé.

Benny braqua son arme sur lui et cria.

«Pas un pas de plus!»

L'Iroquois étant déjà immobile, l'injonction de Benny était légèrement hors de propos, ce qui confirmait qu'il n'avait plus toute sa tête.

Le tueur à la crête rouge garda son arme pointée sur eux. Il semblait viser la tête de Benny.

«Attends une seconde! hurla Benny. Écoute-moi, bordel! Je ne vais pas faire de mal à la fille. Pose ton arme et laisse-nous partir d'ici. Mais si tu tires une seule balle dans ma direction, je vous tuerai tous les deux. Et ce sera ta faute!

— Tire-moi dessus, répondit l'Iroquois.

— Quoi?

— Tire-moi dessus. À cette distance, tu rateras ta cible.»

Benny détourna son arme du psychopathe masqué et pressa le canon contre le crâne de Bébé.

«Fais pas de conneries! grommela-t-il. C'est moi qui mène le jeu. Pose ton arme ou je tue la fille. Maintenant. Et pas de mouvement brusque.»

L'Iroquois resta immobile mais ne fit rien qui laissait penser qu'il envisageait d'obéir à Benny, qui semblait de plus en plus nerveux. Il pressa le canon de son arme encore plus fort sur la tempe de Bébé, qui retint ton souffle et essaya de ne pas bouger. Était-ce vraiment comme ça qu'elle allait mourir?

«Pose ton arme et allonge-toi! hurla Benny. Tu as trois secondes pour obéir ou je la tue. Un... Deux...»

L'Iroquois réagit enfin.

«OK.»

Il leva la main gauche pour indiquer à Benny d'arrêter de compter. Puis il se pencha en avant et posa le pistolet au sol. Bébé ferma les yeux et grimaça, craignant que Benny n'en profite pour tirer sur l'Iroquois.

BANG!

Bébé entendit distinctement le coup de feu et sentit même la balle lui frôler l'oreille dans un sifflement. Benny relâcha son étreinte et elle entendit son pistolet s'écraser sur les graviers. Elle ouvrit un œil et vit Benny effondré sur le sol, formant un tas à ses pieds. Il avait reçu une balle au visage. Son crâne n'avait pas vraiment explosé, il n'avait qu'un trou en plein milieu du front, dont s'écoulait un peu de sang. Ses yeux étaient révulsés et sa langue sortait de sa bouche.

Elle regarda l'Iroquois. Il était penché en avant, appuyé sur un genou. Dans un nuage de fumée derrière lui, son arme braquée sur elle, se dressait Jack Munson. De la fumée d'une teinte plus foncée s'échappait du canon de son arme.

Bébé eut le souffle coupé lorsqu'elle prit conscience de l'énorme risque que Munson venait de prendre.

«Oh, mon Dieu, bafouilla-t-elle. J'arrive pas à croire que vous ayez fait ça !

— Tout va bien, dit Munson en baissant son arme. Je vise juste quatre-vingt-dix-neuf fois sur cent.»

54

Joey Conrad retira le masque à la crête rouge et le laissa tomber à ses pieds. Il passa la main dans son épaisse chevelure, que le masque avait un peu aplatie.

«Ravi de te revoir, Jack, dit-il.

— T'as fait du bon boulot, Joey, dit Munson. Peut-être un peu excessif à mon goût, mais le boulot est fait. C'est le principal, je suppose.

— Ouais.»

Munson regarda en direction de Bébé, au bout de l'allée. Elle n'avait pas bougé d'un poil depuis qu'il avait tiré une balle dans le front de Benny Stansfield.

«Ça va aller, Marianne?» lança-t-il.

Bébé hocha la tête.

«Ça vous embêterait de m'appeler Bébé? demanda-t-elle timidement. Je suis pas encore prête pour Marianne.»

Elle semblait avoir froid, dans l'air de la nuit, vêtue d'un jean et d'un débardeur rouge. Joey Conrad s'approcha d'elle. Il enleva sa veste en cuir rouge et la posa sur ses épaules.

«Là, pour pas que tu prennes froid.

— Et maintenant? demanda Bébé.

— Je te ramène à la maison.» Il passa la main dans ses cheveux et sourit.

Bébé plongea son regard dans le sien et sourit à son tour, un peu nerveuse.

«Merci pour tout, dit-elle.

— Aucun problème.»

Munson les interpella.

«Je peux la ramener.

— C'est ma première vraie mission, Jack, répondit Conrad en se tournant vers lui. Le but était de sauver Bébé et de la ramener chez elle. Laisse-moi la mener à bien.»

Munson hésita. Il regarda Bébé et comprit qu'elle n'était pas vraiment en état de prendre la bonne décision. En quelques heures, son monde avait été mis sens dessus dessous, et il était évident qu'elle s'accrochait à celui avec qui elle était sûre d'être en sécurité. L'ironie, c'est que cette personne était Joey Conrad, l'homme qui venait de passer les dernières vingt-quatre heures à déambuler dans la ville avec un masque d'Halloween, tuant toutes les personnes qu'il croisait.

«Bébé, tu es sûre que tu veux y aller avec lui? demanda Munson, juste pour être certain de bien interpréter les choses. Je peux t'emmener si tu veux. Ce sera peut-être plus discret.

— Ça ira. Le prenez pas mal mais, avec lui, je suis sûre de quitter cette ville en un seul morceau.»

Munson éclata de rire et secoua la tête, amusé par l'ironie de la situation.

«Ça marche, mais promets-moi de saluer ton père de ma part, quand tu le verras.»

Il se pencha et attrapa le masque de l'Iroquois. Il
était plus lourd qu'il n'imaginait. Il était vraiment
grotesque ; même maintenant, sans personne à l'intérieur, il était toujours aussi effrayant. Il le lança à
Joey Conrad.

« Tu devrais le garder, dit-il. Ça pourrait te servir
un jour.

— J'espère bien », répondit Conrad en rattrapant
le masque.

Munson s'épousseta. Ses épaules et ses cheveux
étaient couverts de toutes sortes de résidus de fumée
et de poudre.

« Je vais me nettoyer un peu ici, dit-il. Vous deux,
vous feriez bien de vous dépêcher de partir. Vous
pouvez quitter la ville sans que quiconque sache que
vous étiez ici. Mais l'hôpital va bientôt devoir signaler ton évasion, Joey. Et dès qu'ils le feront, tout le
pays sera à ta poursuite. Tu dois la ramener à la maison avant qu'ils ne t'arrêtent. »

Joey Conrad s'approcha de Munson et tendit la
main. Munson la serra fermement et Conrad lui sourit.

« C'était bon de te revoir, Jack.

— Toi aussi. »

Munson marqua une courte pause avant d'ajouter
un compliment qui ferait certainement plaisir à son
ancien élève.

« Tu aurais fait un excellent soldat. »

Conrad sortit un petit objet en métal de la poche
de son jean noir et le glissa dans la main de Munson.

« Tiens, dit-il. J'ai piqué ça dans le bureau de Mellencamp. »

C'était un Zippo finition miroir étincelant. Munson s'était déjà servi d'un Zippo pour mettre le feu à une scène de crime. Mais, cette fois, il n'était pas rongé par la culpabilité à l'idée de le faire.

Munson fut distrait par la vision de son reflet dans le briquet pendant quelques secondes, jusqu'à ce que Bébé ne l'interpelle.

« Est-ce que je vous reverrai, à la maison ? »

Il la regarda avec un sourire réconfortant.

« Je ne pense pas. J'ai prévu de prendre ma retraite. J'envisage de vivre une vie tranquille, quelque part où personne ne me trouvera. Surtout pas ton papa. »

Bébé courut vers lui et planta un baiser sur sa joue.

« Quand je le verrai, je lui dirai à quel point vous avez été génial.

— Merci. Et maintenant, tirez-vous d'ici. »

Joey Conrad passa son bras autour de l'épaule de Bébé et la conduisit au bout de l'allée. Ils s'arrêtèrent un moment à côté du cadavre de Benny Stansfield et Conrad récupéra les clefs de la voiture du flic mort dans la poche de sa veste. Munson resta quelques instants à regarder l'étrange spectacle qu'offraient les deux jeunes gens qui se dirigeaient vers la voiture de Benny. La douce Marianne Pincent, la petite fille qu'il avait connue alors qu'elle n'avait que cinq ans, marchait sous le soleil couchant vêtue d'une veste en cuir rouge deux fois trop grande pour elle, dans les bras d'un homme qui venait de s'échapper d'un asile de fous et avait exterminé la moitié des habitants d'une petite ville. Et pourtant, lorsque Munson les regarda et vit Conrad avec son bras autour de l'épaule de Bébé, et Bébé appuyée contre lui, il se sentit un peu envieux.

« Quel monde de merde », songea-t-il.

Il regarda le Zippo dans sa main. Il était temps de mettre le feu au Minou Joyeux et à sa triste histoire.

Il retourna à l'intérieur du bâtiment et chercha dans les pièces au rez-de-chaussée un liquide inflammable. Tout ce qu'il trouva fut un bar dans une des salles à manger. Il répandit autant d'alcool que possible sur le sol, les escaliers et les meubles et commença à mettre le feu à tous les rideaux.

Lorsqu'il fut sûr d'avoir créé assez de départs de feu pour enflammer tout le bâtiment, il retourna dans le hall d'entrée avec la dernière bouteille d'alcool qu'il avait piquée dans le bar. C'était une bouteille de son rhum préféré.

Il dévissa le bouchon et renifla. Il ne ressentit même pas le besoin d'en boire une gorgée. Il se contenta de savourer l'odeur et, sans le moindre regret, il en versa le contenu sur le canapé du salon. Jusqu'à la dernière goutte.

Il ouvrit le briquet et la flamme s'alluma instantanément. Le Zippo, qui avait déjà beaucoup servi, était brûlant. Il le balança sur le canapé qui s'embrasa immédiatement. Des flammes immenses se propagèrent très vite dans la pièce et une énorme vague de chaleur enveloppa Munson. Il fit demi-tour pour retrouver l'air frais de la nuit. Il n'avait fait que deux pas lorsqu'il entendit une voix de femme hurler depuis le balcon au-dessus de lui.

« Au secours ! Je suis là-haut ! »

Munson se retourna et leva les yeux. Sur le balcon en haut des marches se tenait, absolument terrifiée, une belle jeune femme aux longs cheveux bruns et à la peau sombre et crémeuse, vêtue d'une guêpière rouge et de bas noirs. Le brasier l'empêchait de descendre l'escalier.

Merde!

«Sautez. Je vous rattrape! hurla Munson en se plaçant sous le balcon.

— Que je saute? Vous êtes taré?»

Elle était de toute évidence complètement paniquée et n'avait pas les idées bien en place. Heureusement, grâce à des années d'entraînement et beaucoup d'expérience, Munson savait exactement comment calmer une prostituée hystérique prisonnière d'une maison en feu.

«Comment vous appelez-vous? cria-t-il à son intention.

— Jasmine.

— D'accord, Jasmine. Je m'appelle Jack. Je suis un agent du gouvernement. Passez par-dessus le balcon et je vous rattraperai. Ne vous inquiétez pas, j'ai fait ça un million de fois. Je ne vous laisserai pas tomber.»

L'espace de quelques instants, Jasmine sembla oublier ses malheurs.

«Un agent du gouvernement? demanda-t-elle, son visage révélant un intérêt soudain. Comme James Bond?»

La jeune femme était soit en état de choc, soit bête à manger du foin. Elle était sur le point de brûler vive mais elle prenait le temps de lui demander s'il était «comme James Bond». C'était à la fois mignon et ridicule. Une réponse ferme et rassurante s'imposait.

«Je suis *exactement* comme James Bond, hurla Munson. Maintenant, sautez, nom de Dieu!»

Le visage de Jasmine s'illumina lorsqu'elle apprit qu'il était *exactement comme James Bond*. Elle passa par-dessus le balcon sans hésiter une seconde. Munson se stabilisa et l'attrapa dans ses bras, pliant les genoux pour amortir la chute. Dès qu'il la rattrapa, elle passa ses bras autour de son cou et l'embrassa sur la joue. Un sourire radieux illuminait son visage et elle semblait avoir complètement oublié qu'ils étaient au milieu d'un immense brasier. Munson essaya de la poser, mais elle resserra ses bras autour de son cou et le regarda dans les yeux.

«J'ai toujours rêvé d'être sauvée d'une maison en feu par James Bond.

— Ce sera plus rapide si je vous repose. Comme ça, on pourra courir tous les deux.

— Mais je peux pas courir avec ces talons!»

Munson regarda ses chaussures. Elle portait une paire de talons aiguilles ridiculement hauts. Et même s'ils étaient encerclés de flammes de deux mètres de haut et que des cadavres de flics brûlaient tout autour d'eux, il remarqua qu'elle sentait très bon. *Oh, et puis merde*, décida-t-il. *Tous les hommes devraient avoir sauvé une pute en folie d'une maison en feu au moins une fois dans leur vie.* Il se précipita vers la sortie avec Jasmine dans ses bras. Elle n'était pas très lourde, la tâche n'était donc pas trop difficile. Il sortit en courant et retrouva l'air froid de l'extérieur.

Une partie des escaliers et du plafond commençait à s'effondrer derrière lui. Tandis qu'il courait le long de l'allée, Munson entendit une série d'explosions en provenance du bâtiment. Le Minou Joyeux s'écroulait, illuminant le ciel noir.

Munson s'arrêta enfin et reposa Jasmine. Elle se stabilisa sur ses talons aiguilles pendant que Munson se penchait pour reprendre son souffle. Transporter Jasmine hors du bâtiment en feu avait peut-être été grisant, héroïque et bon pour son ego, mais ça l'avait complètement épuisé.

« Qui a mis le feu ? demanda Jasmine en s'époussetant, les yeux fixés sur le manoir en feu.

— C'est important ? demanda Munson, haletant.

— Pour moi, oui. Je travaille ici. »

Munson se redressa et se frotta le dos, qui commençait à lui faire mal.

« Vous n'avez plus à travailler ici. Vous pouvez rentrer à la maison.

— *C'était* ma maison.

— Eh bien, maintenant vous pouvez commencer une nouvelle vie, ailleurs.

— Avec quoi ? Tout ce que je possède est en train de partir en fumée.

— Croyez-moi. Vous serez mieux loin d'ici.

— Alors où est-ce que vous m'emmenez ? »

Munson observa le bâtiment en feu. Il en émanait une chaleur étouffante, même à quarante mètres de là. Mais il lui vint à l'esprit que, sans le feu, Jasmine mourrait de froid en sous-vêtements.

« Vous voulez ma chemise ?

— Non. Je veux un endroit pour vivre. Où est-ce que vous m'emmenez ?

— Je ne sais pas. Il va falloir que vous trouviez un endroit. Ce n'est pas mon problème. »

Jasmine posa les mains sur ses hanches et fit claquer son talon aiguille par terre.

« Je sais que c'est vous qui avez mis le feu. Vous me devez une maison, *monsieur l'agent du gouvernement* ! »

Munson se frotta les sourcils en réfléchissant à la meilleure façon de la calmer. Avant qu'il n'ait une chance de trouver quelque chose, Jasmine se mit à taper des mains.

« Regardez, regardez ! couina-t-elle. Je crois que l'étage est en train de s'effondrer ! C'est trop cool. J'ai jamais vu un bâtiment prendre feu avant. Vous oui ? »

Munson observa Jasmine et fit de son mieux pour cacher sa perplexité. Cette fille était folle à lier. Mais il trouvait ça plutôt attachant. Et puis, elle était magnifique, ce qui brouillait peut-être un peu son jugement. Il la regardait taper des mains, tout excitée devant la maison en feu, lorsqu'il sentit son téléphone vibrer dans sa poche. Il le sortit et vit un appel entrant de Devon Pincent. Il plaça son téléphone contre son oreille.

« Salut, Devon.

— Qu'est-ce qui se passe ?

— Ta fille est en chemin. On l'a sortie d'ici. En un seul morceau.

— Seigneur. » La voix de Pincent sembla se briser. Munson sourit en pensant à l'émotion que son vieil ami devait ressentir. Mais Pincent, égal à lui-même, se reprit et poursuivit : « Est-ce qu'elle est avec toi ?

— Non. C'est Joey Conrad qui te la ramène. Il est devenu vraiment bon. Toutes ces années d'entraînement ont fini par payer. L'opération Blackwash est un succès, finalement. »

Pincent laissa échapper un long soupir, que Munson supposa de soulagement à bien des égards.

« Merci pour ton aide, dit Pincent. J'apprécie. Vous avez laissé beaucoup de bordel derrière vous ? On peut en effacer les traces ? »

Munson se tourna vers le Minou Joyeux, presque réduit en cendres. Il jeta un regard en biais à Jasmine qui avait cessé de taper des mains et se tenait si tranquille qu'elle était de toute évidence en train d'écouter la conversation tout en essayant de montrer le contraire. Il se détourna légèrement. « J'ai mis le feu aux preuves. Le seul problème, c'est que la moitié de la ville sait que j'étais là. Pas besoin d'être un génie pour comprendre que je suis impliqué dans cette merde.

— J'ai tout prévu, Jack. Quitte la ville et rends-toi immédiatement à l'aéroport d'Andrews. Un avion privé t'attend pour t'emmener en Roumanie. Je t'ai fait préparer un appartement vraiment classe là-bas.

— En Roumanie ? Sérieusement ? Pourquoi la Roumanie ? Pourquoi pas les Bahamas ?

— Parce qu'il y a quelque chose dont je voudrais que tu t'occupes en Roumanie. Un autre boulot si tu veux. Mais cette fois tu n'auras à tuer personne. Et je t'ai mis un peu d'argent de côté.

— Mais la Roumanie ? C'est le trou du cul du monde. Qu'est-ce qu'il y a à faire là-bas ? »

Jasmine suggéra une réponse.

«Le Danube, les Carpates, le château de Peles, les stations balnéaires de la mer Noire.»

Munson couvrit le téléphone de sa main.

«Qu'est-ce que vous racontez? murmura-t-il, visiblement énervé.

— La Roumanie. Vous demandiez ce qu'il y avait à faire. J'ai juste donné quelques idées.

— Comment vous savez tout ça sur la Roumanie?

— Je regarde History Channel. Oohhh, regardez, la cheminée va s'effondrer!»

Munson secoua la tête. Jasmine était une nouvelle fois captivée par le manoir en feu. *Espèce de folle*. Il retira sa main du téléphone et reprit sa conversation avec Pincent.

«J'ai une autre option que la Roumanie?

— Pas pour le moment, répondit Pincent. Écoute, j'ai besoin de toi là-bas pendant quelques mois. Rends-moi ce dernier service et tu seras tranquille pour le restant de tes jours. Je te trouverai une place aux Bahamas après, c'est promis.»

Munson réfléchit à son offre. Il n'avait de toute façon pas vraiment le choix. Il devait quitter le pays et faire profil bas pendant quelque temps. Et le voyage en Roumanie était apparemment sa seule option.

«J'aurai besoin de mon passeport? demanda-t-il.

— Non. Tu ne passeras pas par la douane.

— Une seconde.» Munson baissa le téléphone et regarda Jasmine. «Vous n'avez pas de maison, n'est-ce pas?

— Non.

— Et vous semblez connaître pas mal de choses sur la Roumanie.

— Plus que vous apparemment.

— Vous savez préparer le petit déjeuner ? »

Jasmine pencha la tête sur le côté et lui sourit.

« Je sais faire chauffer une bonne saucisse en un rien de temps », dit-elle avec un clin d'œil.

Munson leva les yeux au ciel et soupira.

« Ça vous dirait de venir en Roumanie avec moi ?

— Je pensais que vous ne poseriez jamais la question. »

Munson remit le téléphone contre son oreille.

« Devon. Assure-toi qu'il y aura de la place pour deux dans l'avion.

— Ça marche, Jack. Et bonne chance. Tu vas en avoir besoin, apparemment. »

55

Quitter B Movie Hell n'avait pas été aussi délicat que Bébé l'imaginait. La voiture de police qui était garée au bout du pont et empêchait quiconque de quitter la ville avait détalé en apercevant la voiture de stock-car jaune et rouge qui lui fonçait dessus.

Depuis, la route avait été tranquille. Bébé n'avait jamais traversé la campagne en voiture avant. Ils écoutèrent son CD de *Dirty Dancing* en boucle pendant tout le trajet. Joey Conrad semblait apprécier la musique et, pour la première fois depuis plusieurs années, Bébé avait l'impression d'être une jeune fille normale.

Pendant les premières heures, ils avaient échangé l'histoire de leurs vies respectives au Minou Joyeux et à l'asile de Grimwald, dans une surenchère d'anecdotes toujours plus effrayantes. En matière de folie et d'oppression, leurs expériences se valaient. Finalement, Bébé commença à être fatiguée et, tandis qu'elle racontait la fascination de Chardonnay pour les vêtements en léopard, elle s'endormit au son de «She's like the wind» de Patrick Swayze.

Elle dormit pendant ce qui lui parut des jours. D'un sommeil profond. Un sommeil heureux, comme elle n'en avait pas connu depuis l'enfance. La peur d'être réveillée et forcée à pratiquer des actes sexuels avec des étrangers l'avait quittée. Personne ne lui ferait de mal tant qu'elle dormait à côté de Joey Conrad.

Lorsqu'elle se réveilla, la voiture était garée. Le CD de *Dirty Dancing* tournait toujours. Elle cligna plusieurs fois des yeux pour s'assurer qu'elle était bien réveillée et pas en train de rêver de Patrick Swayze comme elle l'avait fait si souvent par le passé. Elle entendit Bill Medley et Jennifer Warnes chanter «Time of my life». Mais ce n'était pas un rêve. Elle était toujours dans la voiture de Joey Conrad. Elle sourit en voyant qu'il avait continué à écouter son CD préféré même quand elle dormait.

Elle tourna la tête vers lui. Il ne portait plus son masque. Les yeux fixés sur le pare-brise, il semblait être plongé dans ses pensées.

«Où sommes-nous?» demanda-t-elle.

Il n'avait pas remarqué qu'elle était réveillée. Il la regarda et sourit.

«Tu es à la maison.»

Elle dessina un cercle de la tête pour décontracter son cou et regarda par la fenêtre. Il s'était garé devant une maison individuelle d'un quartier tranquille. Il y avait une palissade blanche tout autour de la maison et un petit chemin goudronné qui conduisait à la porte d'entrée.

«C'est là? C'est ici que je vis?» Elle ne reconnaissait pas du tout l'endroit.

«Je crois oui. J'attendrai dans la voiture pendant que tu vérifies s'il y a quelqu'un.»

Bébé se redressa et se frotta les yeux.

« Tu ne viens pas avec moi ?

— Je peux pas.

— Pourquoi ?

— Je dois repartir. Il y a d'autres personnes disparues à trouver. Et d'autres Silvio Mellencamp à tuer. »

Elle le regarda dans les yeux et repensa à ses premières rencontres avec lui. Il avait découpé Arnold au restaurant, ainsi que deux types qui avaient essayé de l'en empêcher. Lors de leur deuxième rencontre, dans sa chambre, il avait découpé Reg, le chef cuisinier, en morceaux. Puis il avait abattu tous les hommes de Mellencamp. Il avait fait toutes ces choses avec son masque jaune et sa veste en cuir rouge, qu'il portait de nouveau après lui avoir prêtée.

« Avant de partir, tu veux bien faire une dernière chose pour moi ? demanda-t-elle.

— Quoi ?

— Remets ton masque. »

Il sourit une nouvelle fois, comme s'il pouvait lire dans ses pensées.

« D'accord. »

Il se tourna vers le siège arrière et attrapa l'épais masque en caoutchouc jaune. Il l'enfila sur sa tête et l'ajusta pour que ses yeux voient clairement par les trous. Puis il la regarda. Le masque était toujours aussi hideux et lui rappelait les horreurs dont Joey Conrad était capable. Bébé enregistra l'image de son masque, ses cheveux rouges et ses yeux noirs, la peau jaune du squelette et son sourire maléfique. Elle ne voulait jamais l'oublier.

400

« Allez. Il est temps d'y aller, dit-il. Tu ferais bien de te dépêcher. Je dois rester en mouvement. Les flics sont après moi, tu sais.

— Ils vont t'attraper ?

— Un jour, oui. Ils m'attraperont. »

Bébé détacha sa ceinture de sécurité et se redressa. Elle passa sa main dans la bande de cheveux rouges au-dessus du masque, puis se pencha et embrassa les horribles dents jaune et noir du masque. La bouche de Joey Conrad était derrière le caoutchouc. Elle le sentit lui rendre son baiser. Pendant des années, elle avait rêvé qu'un prince charmant viendrait la secourir, qu'ils s'embrasseraient et que tout irait bien. Dans son rêve, Bill Medley et Jennifer Warnes chantaient toujours « Time of my life » en arrière-plan. Son rêve s'était enfin réalisé, même si le prince charmant ne ressemblait en rien à ce qu'elle avait imaginé. Mais elle ne l'oublierait jamais.

Elle retira ses lèvres du masque et se pencha vers la portière. Elle l'ouvrit d'un geste hésitant.

« Est-ce que je te reverrai un jour ? »

Il mit le contact et regarda la route devant lui.

« Tu me verras aux infos un jour.

— Alors est-ce que tu peux me promettre quelque chose ?

— Ça dépend.

— Je voudrais que tu gardes mon CD de *Dirty Dancing* et que tu penses à moi chaque fois que tu entendras cette chanson. »

Il détourna son regard de la route et le posa sur elle. Elle n'en était pas tout à fait sûre, mais elle avait l'impression qu'il souriait derrière le masque.

« Bien sûr. »

Bébé attrapa le sac à main rose à ses pieds et sortit de la voiture. Elle ferma la portière derrière elle et se pencha par la vitre.

« Je ne t'oublierai jamais », promit-elle.

Il hocha la tête. Elle lui sourit une dernière fois, puis se tourna et fit un premier pas éprouvant vers le portail de la maison de son père.

Joey Conrad regarda Bébé se diriger d'un pas hésitant jusqu'à la porte de la maison. Elle appuya sur la sonnette et attendit nerveusement une réponse. Cinq ou six secondes plus tard, la porte s'ouvrit. Un homme d'une cinquantaine d'années en costume gris apparut dans l'entrebâillement. Conrad le reconnut. C'était Devon Pincent. L'homme posa les yeux sur la jeune fille qui se tenait devant sa porte, en jean bleu et débardeur rouge, et un sourire radieux illumina instantanément son visage.

Il fit un pas vers l'extérieur et prit sa fille dans ses bras. Il la serra fort, comme s'il ne voulait jamais plus la quitter. Bébé répondit de la même façon, jetant ses bras autour de son père pour la première fois depuis ses cinq ans. De son siège dans la voiture, Joey Conrad pouvait entendre Devon Pincent pleurer comme un enfant en embrassant sa fille. Il était heureux pour Pincent, son ancien mentor, mais, au fond de lui, pour des raisons égoïstes, il se sentait un peu triste. Il ne connaissait Bébé que depuis très peu de temps, mais elle était déjà la meilleure amie qu'il ait jamais eue. Elle allait lui manquer. Devon Pincent avait beaucoup de chance.

Il regardait Pincent et Bébé s'embrasser depuis à peine dix secondes lorsqu'il entendit les sirènes hurler derrière lui. Elles s'intensifièrent, couvrant la chanson de Bill Medley et Jennifer Warnes. Dans son rétroviseur, l'Iroquois vit deux voitures de police déraper dans le virage et se diriger droit vers lui. Il tourna un bouton sur le lecteur de CD et mit le volume au maximum.

Il était temps de tailler la route.

La tétralogie du Bourbon Kid
dans Le Livre de Poche

Le Livre sans nom   n° 32271

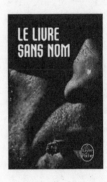

Santa Mondega, une ville d'Amérique du Sud oubliée du reste du monde, où sommeillent de terribles secrets… Un serial killer assassine ceux qui ont eu la malchance de lire un énigmatique livre sans nom… La seule victime encore vivante du tueur se réveille, amnésique, après cinq ans de coma. Deux flics très spéciaux, des barons du crime, des moines férus d'arts martiaux, une pierre précieuse à la valeur inestimable, quelques clins d'œil à *Seven* et à *The Ring*… et voilà le thriller le plus rock'n'roll de l'année ! Diffusé anonymement sur Internet en 2007, ce texte jubilatoire est vite devenu culte. Après sa publication en Angleterre et aux États-Unis, il a connu un succès fulgurant.

Personne n'a oublié le Bourbon Kid, mystérieux tueur en série aux innombrables victimes. Ni les lecteurs du *Livre sans nom* ni les habitants de Santa Mondega, l'étrange cité d'Amérique du Sud où dorment de terribles secrets. Alors que la ville s'apprête à fêter Halloween, le Bourbon Kid devient la proie d'une brigade très spéciale, une proie qu'il ne faut pas rater sous peine d'une impitoyable vengeance. Si vous ajoutez à cela la disparition de la momie du musée municipal et le kidnapping d'un patient très particulier de l'hôpital psychiatrique, vous comprendrez que la nuit d'Halloween à Santa Mondega risque, cette année, de marquer les esprits… Avec *L'Œil de la Lune*, l'auteur du *Livre sans nom*, toujours aussi anonyme et déjanté, revient sur les lieux du crime pour un nouvel opus de cette saga survoltée et jubilatoire.

Vous n'avez pas lu *Le Livre sans nom* ? Vous êtes donc encore de ce monde, et c'est tant mieux. Parce que vous allez pouvoir assister à un spectacle sans précédent, mettant en scène Judy Garland, James Brown, les Blues Brothers, Kurt Cobain, Elvis Presley, Janis Joplin, Freddie Mercury, Michael Jackson… et le Bourbon Kid. Les héros du *Livre sans nom* se retrouvent en effet dans un hôtel perdu au milieu du désert pour assister à un concours de chant au nom prometteur : «Back From The Dead». Imaginez un *Dix petits nègres* rock revu et corrigé par Quentin Tarantino… Vous y êtes? C'est encore mieux!

Le Livre de la mort   n° 32852

Officiellement mort, le Bourbon Kid pourrait en profiter pour couler des jours heureux en compagnie de Beth, son amour de jeunesse enfin retrouvé. Encore faudrait-il que sa nouvelle identité reste secrète, sans quoi ses nombreuses victimes et ses ennemis, plus nombreux encore, risqueraient bien de s'unir pour se venger. Mais quand Beth est kidnappée, et qu'il s'avère aussi être le seul à pouvoir sauver Santa Mondega d'un terrible bain de sang, le Bourbon Kid n'a plus qu'une solution : revenir d'entre les morts. Plus sauvage et plus impitoyable que jamais. Un quatrième épisode des aventures du Bourbon Kid, encore plus déjanté et jubilatoire que les trois premiers.

Le Livre de Poche s'engage pour
l'environnement en réduisant
l'empreinte carbone de ses livres.
Celle de cet exemplaire est de :
400 g éq. CO_2
PAPIER À BASE DE   Rendez-vous sur
FIBRES CERTIFIÉES   www.livredepoche-durable.fr

Composition réalisée par INOVCOM

Achevé d'imprimer en septembre 2014 en France par
CPI BRODARD ET TAUPIN
La Flèche (Sarthe)
N° d'impression : 3007074
Dépôt légal 1re publication : octobre 2014
LIBRAIRIE GÉNÉRALE FRANÇAISE
31, rue de Fleurus – 75278 Paris Cedex 06

39/5556/5